無鹽妖嬈 3

風 文創 061

玉贏 著

目錄

第十六章　再見弱兒太驚心

這隻小手白嫩至極，水靈青蔥而修長，指節間小小的肉渦兒清楚可見。光看著這隻手，眾人便覺得當下心跳加速。

一雙雙眼睛緊緊地盯著珠簾處，連大氣也沒有人喘一下。

隨著珠簾一晃，一個明豔至極的美人出現在眾人眼前。

這個美人有著一副比正常女人稍濃的眉毛，嘴唇豐厚，她皮膚白嫩如豆腐，雙眸顧盼間秋波連連，身材極為豐滿完美。

這是孫樂作為女人所看到的了。

在一眾男人的眼中，眼前的美人一出現，焰火騰騰的大殿中馬上變得光亮宛如白晝。他們還沒有看清美人的面容，便被她的豔光給耀花了眼。

比起這個美人來說，姬洛那樣的少女已是暗淡無光了。這時候，連向來不好女色的姬五公子也被晃花了眼，抬頭定定地打量著眼前的雉才女，不過與別的男人色授魂與不同的是，他的雙眼清亮如故。

眾人只顧癡癡地望著雉才女，連她什麼時候在榻上坐下來了也沒有發現。至於跟在雉才女身後的四個負劍少女，更是沒有人注意到了。

雉才女的視線在眾人臉上一一劃過，當掃到五公子臉上時，她略停了停，然後又移開看向他人。

她把殿內諸人都打量過後，慢慢舉起手中的酒盅。青色的酒盅，玉白的小手交映，一時眾人俱醉。

雉才女舉起酒盅向眾人示意道：「諸位都是各地高賢，妾早已聞名，今日得見，不勝榮幸。請飲！」

眾男人被她這麼一說，頓時都飄飄然起來，齊齊地舉起酒盅向雉才女示意。

在這些人熱切的目光、慌亂的動作中，姬五低眉斂目，一臉平靜的樣子更顯得扎眼了。

雉才女又看向五公子，嘴角略彎。她長長的睫毛一垂，在白嫩的小臉上顯出一個弧形的陰影後，眼望著手中搖晃的酒水，曼聲說道：「妾請姬五公子飲下此杯。」一說罷，她把酒盅朝五公子一晃，然後仰起完美而精緻的下巴，抿了一口酒水。

紅唇，青盅，黃酒，一時之間，這幅美人飲酒圖令得眾人又是一癡，看向五公子的目光中妒意更重。

雉才女在飲下杯中的酒水後，抬起濃密的睫毛，打量著五公子。「聽說公子曾夜觀天象，早在三月前便斷定楚地出現了破軍星，它侵犯了紫微星，可有此事？」

五公子低眉斂目，狀似冷淡地回道：「然。」

就在兩人一言一語交談之際，坐在前排的幾個名家和法家的人都有點躍躍欲試了。

五公子的這種冷淡，襯得旁邊的眾人更是不堪，只有孫樂知道，五公子這是不自在來著。

雉才女嘴角微揚，絕美的臉上現出一抹笑容。她本來美麗至極，這一笑，便如百花齊放，一時之間，眾人又都癡了傻了，那幾個躍躍欲試、一心想在她面前一展所長的人更是癡癡呆呆，把早就準備好的說辭全給丟到了九霄雲外。

孫樂在一旁冷眼旁觀，她發現眼前的這個雉女，確實是對五公子大有興趣，可她的興趣，卻與男女之情無關。

雉才女長長的睫毛又搧了搧，她垂下眼瞼，輕輕地說道：「三月前，妾曾見過那個楚弱。」

啊？

眾皆愕然。連孫樂也傻乎乎地看向她，不解地想道：她為什麼在這種場合提到此事？怪了，這個女人在想些什麼？

雉才女彷彿沒有察覺到眾人的愕然，她抬眸看向眾人，在掃過一眾驚愕的表情時，又是嫣然一笑。

再次令得眾人呆住後，雉才女曼啟紅唇，輕聲說道：「那楚弱渾不似一個少年。據妾所見，此人誠一梟雄也。當時妾身見了，便想著，此人會亂天下，沒有想到姬五公子從天象中亦看到了這一點，妾身佩服。」

她這席話，說的時候軟綿綿的，雖然從字面上來聽並無異常，可從語音上來聽，她對那楚弱王似乎沒有一點惡感。不但沒有惡感，只怕還有不少好感。孫樂看著眼前這個絕美動人的尤物，大是好奇。也不知那楚弱王是個什麼樣的少年？居然能令雉才女這樣的女子對他生出好感？

在座的眾人都是有抱負的人，聽到雉才女提起楚弱王和他的性格，不由得都露出沈思的表情來。在理想面前，這些男人對雉才女的狂熱似乎降低了少許。

這時，離子率先喝道：「這楚弱王不過是一個囂張狂徒！區區少年，便敢問鼎，意欲荼毒中原，如此無父無祖之人，哪配稱得上雄字？」

離子的聲音一落，法家的呈子已開口了，呈子的聲音很樸實，說話時一字一句的，甚是慢條斯理。「此言差矣！如今王室式微，諸侯力政，各國王侯中蠢蠢欲動者不在少數。」他說到這裡，盯了一眼五公子，繼續說道：「上一次五國之會，趙王子問姬五公子的那個問題，可不亦有問鼎之意？這楚弱王不過率先發難而已，如此人物，確實可以稱作梟雄。」

他一字一句地說到後面，雙眼已頻頻向雉才女看去，一副「我站在才女這邊」的意思。

呈子說到這裡，轉頭看向五公子，叉手說道：「敢問姬五公子，楚地可有紫微皇氣乎？」

他居然直接問五公子，楚王有沒有可能成為天下至主？

一時之間，所有人都給吃了一驚，齊刷刷地，百來雙目光都看向五公子和呈子兩人。

五公子銜著呈子叉手還禮，淡然說道：「亂象剛生，天下諸國都有皇氣出現，楚也不例外。」

天下剛剛大亂，皇氣還沒有最後定主，他這句話倒是回答在情理當中。

五公子說到「天下諸國都有皇氣出現」時，齊王眼中精光大作，一直只是傾聽的他，突然插道：「姬五公子才堪列為諸子，各位可以稱呼他為叔子。」

這卻是正名了！

這時再糊塗的人也明白了，今天晚上這一場宴會，便是齊王為五公子而舉辦的。他一進來便向眾人宣佈五公子的預言，此時又向在座的人慎重提出他位列諸子，這些可是造勢呀！在座的賢士可都是天下揚名的大賢，對著他們宣佈，便等於是當著天下人的面宣佈了。

一時之間，眾人紛紛交頭接耳。

議論聲中，一聲清咳響起，卻還是呈子，他正在開口質詢，雉才女已是一聲清笑，她小手一合，曼聲說道——

「妾大幸！得蒙盛會。」

她這一說，恰到好處地打斷了呈子的問詢，也表明了她的支持。呈子眉頭微皺，卻住了嘴。

齊王見無人反對，哈哈一笑，笑聲中，他轉向五公子說道：「剛才叔子有言，楚國亦有皇氣出現，這等本侯卻不明白了。天下不是有德者居之嗎？楚弱王如此囂張胡鬧，難道他也受命於天不成？」

五公子笑了笑，衝著齊王叉手回道：「天象如棋盤，有時需要破軍星衝殺一番，局勢才能轉為明朗。」

這話一出，齊侯恍然大悟。

不只是齊侯，連一旁的眾人中也有不少人在點頭。

五公子這句話，令得眾人，包括雉女在內皆沈思起來。

孫樂靜靜地看著五公子，這個時候，一個念頭突然出現在她的腦海中——

如今五公子位列諸子了，他，怕是不需要自己了吧？

這種感覺突如其來，令她在替五公子開心中，也添了一分悵然。這種悵然和失落莫名其妙，彷彿是一個一直依賴自己的人，漸漸可以獨立，漸漸不再回頭的那種感覺。

這時，呈子突然說道：「以叔子之意，楚王當為上蒼授命來破局之人。那這種人，誅之者可不盡得天意？」

五公子一怔，他不知道要怎麼回答了。

齊王也怔住了，他像是明悟到了什麼似的，臉上容光煥發。

在眾人的盯視中，五公子略一沈思，搖頭說道：「不然。」齊王立馬抬頭，灼熱灼地盯視於他，五公子斟酌著字句說道：「亂象剛出時，天地間多煞氣，誅殺破軍的人肯定也會正面承受這種煞氣。」

力。

五公子這句話的意思是說，如果攻擊楚弱王，攻打之人難免會受到煞氣的衝擊，有損實力。

齊王這下子眉頭緊鎖了。

呈子還待再問，雉才女長嘆道：「亂世一出，人命不如草。如我等女子，更是命薄如水，也只有你等丈夫，才可不懼之反而甚為盼之。唉……」

她的聲音清悅中有點酥軟，這句本來是很惆悵傷懷的嘆息，從她的口中吐出來，卻好似呢喃低語，一時之間，雄心壯志的諸人又是心中一軟，眼睛再次齊刷刷地看向她，目露癡迷之相。

呈子第一個安慰道：「雉才女何必傷懷？才女如此才貌，就算是天下的人打成了一團，也不會有半個人捨得傷害於妳。」

別看這小子說話一字一字的，似乎有點矬，可這席話說起來還真有那麼點溫柔情意。

這時齊侯也笑了。「雉才女如怕世情反覆，何不留在我齊侯宮中享享清福？」他說到這裡，感覺到賢士打量自己的目光有點異樣，馬上明白過來，自己今日的目的是納賢和顯示愛賢之名，這美人還是暫且放在一旁的好。

想到這裡，他連忙補充道：「這種時局下，才女東跑西跑的甚不安全，如不願意待在齊侯宮中陪公主們說說話，也可以到稷下宮來。」這麼一說，他的話立馬由好雉女之色變成了好雉女之才。

雉才女低聲回道：「謝齊侯看重。」

雉才女回話後，大殿中又變得安靜下來。

孫樂靜靜地坐在五公子身後，默不作聲地打量著眾人，她看著看著，突然想到：怎麼不見墨家的代表？

她是由義解想到了墨家，按道理，墨家在這個時代可算得上是天下第一流派，稷下宮擴建這樣的大事，居然沒有墨家的人參加，還真有點不合情理。

就在孫樂尋思的時候，雉才女明眸朝五公子的身後一轉，清聲問道——

「敢問叔子，你的身邊可有一醜女叫孫樂的？」

啊？孫樂大驚！

她駭然抬頭，錯愕地看向雉才女。

事實上，不只是她，連五公子也是一臉驚訝，而眾賢士也是一臉不解地看著雉才女，不明白她為什麼對一個女子感興趣起來了？而且還是一個醜女？

五公子眉頭微皺，不解地問道：「才女因何對孫樂產生了興趣？」

雉才女嫣然一笑，她垂下長長的睫毛，目光投向自己杯中蕩漾的酒水，輕輕地、幽怨地說道：「妾曾聽一人說過，這天下間，有一女子的聰明不下於妾，所以妾甚是好奇。」

她抬起目光，又看向五公子身後，在轉到孫樂時略停頓了一下，卻沒有多作停留。因為雉才女聽到過，孫樂是一個奇醜的稚女，坐在五公子身後的女孩雖然年紀相仿，可她卻不醜啊！

雉才女的目光在孫樂的身上轉過後，再次看向五公子問道：「叔子可相告否？」

五公子微微猶豫了一下，不自覺地側頭看向孫樂。

他性格純良，不善作偽，這一看眾人頓時都明白過來，此時坐在他身後的，這個其貌不揚、毫無特色的少女，便是雉才女所說的聰明不下於她的孫樂了。

一個女人再聰明，如果她沒有相應的美貌，便不值一提，這是在座眾人的想法。因此他們掃了一眼孫樂後，便沒有再放在心上。

雉才女怔住了。

她錯愕地盯著孫樂，朝著她細細地、上上下下地打量著。雉才女的目光溫和而有禮，雖然打量不休，卻讓人產生不了惡感。

在雉才女的目光下，孫樂低眉斂目，表情淡然。雖然低著頭，孫樂卻能清楚地感覺到，雉才女對自己很感興趣，她的這種興趣，甚至不在五公子之下！

呈子一直把注意力都放在雉才女身上，一副目眩神迷，色不醉人人自醉的模樣，此時見到她對孫樂如此關注，也轉頭看向孫樂。他看了一眼，好奇地問道：「此女有何聰明之處，竟然能令名滿天下的雉才女這麼感興趣？」

他這話，問的自然是雉才女。

雉才女笑了笑，搖頭說道：「妾亦不知。」在眾人的不解中，她幽幽地補上一句。「不過說此話的人絕不是信口開河之輩。」

雉才女回答完呈子後，微微抬起下巴，衝著一直低眉斂目，壓根兒沒有看向自己的孫樂綻開一朵燦爛的微笑，在令得眾男人心跳加速、呼吸急促時，她曼聲說道：「孫樂姑娘可願解妾之疑惑否？」

孫樂早在她說自己聰明之時，腦袋便在不停的轉動著，她實在不明白，那個向雉才女誇獎自己的人誰？聽雉才女的語氣，此人在她心目中的地位絕對不低，難不成是贏十三？或者是義解？

她正琢磨之際，聽到雉才女的問話，當下依舊低眉斂目，輕輕地說道：「雉大家過獎了，孫樂有的只是一些尋常應對的小聰明，可不能與大家那不輸天下鬚眉的才智相比。」

雉才女聽到她如此說來，嘴角微彎，露出一個嫵媚的笑容後，輕聲說道：「妹妹過謙了。」

一邊說，她一邊還是打量著孫樂。

孫樂可以感覺到，她的眼神中有疑惑、有迷茫，顯然她實在是弄不明白，眼前這個長相平庸至極，也沒有露出半點才智之士頭角崢嶸的孫樂，有何值得那人如此看重？

她看著看著，終於搖了搖頭，把目光從孫樂的身上移開。

這時，齊侯雙手一拍，喝道：「奏樂！舞來！」一喝罷，編鐘聲再起，眾舞伎扭腰揚袖間，室內香風飄蕩。

這樂聲一起，眾賢士似乎不再那麼拘謹。一時之間，一股綺麗溫暖的氣息開始流轉著。

齊侯瞟了一眼眾人，見眾男人一個個對著雉才女色授魂與，卻又時不時地瞟向殿中舞蹈著的眾女的細腰和胸脯，看來都是色心大發了。

他哈哈一笑，對著眾人說道：「可惜蘇姬還要兩天才能趕到，不然今天晚上，各位可真是眼福不淺呀！」

眾男人跟著哈哈一笑。自從雉才女出場後，他們被她容光所懾，頗有點拘謹，此時齊侯一句話，令得眾男人心情大放。緊接著，膽子也開始大了起來。

齊侯轉向雉才女笑道：「雉才女可是第一次來到齊地？可覺得我齊地風物如何？」

雉才女微微一笑，輕聲說道：「齊地富饒，人也聰明，自是絕佳。」

她說到這裡，不由得轉向五公子和孫樂笑道：「叔子的身邊，連一個小姑娘也才名遠播，妾可不敢不服。」

眾人哈哈一笑。

孫樂依舊低眉斂目，似乎沒有聽到雉才女的誇獎。

雉才女見她如此，眼波一轉，伸手掩著小嘴，嫣然笑道：「妾有一事相求叔子，可能應否？」

她這句話，又軟又糯，嬌滴滴的帶著幾分撒嬌，讓人一聽便心蕩神馳。這樣的絕色美人，以這樣的語氣相求，就算是神仙也會心動。

孫樂心中暗驚。雉才女自出現後，舉止端莊有禮，應對有序，哪裡顯出過這番女兒家的模樣？卻不知她找五公子相求何事？

在孫樂沈吟的時候，眾男人都醉了癡了，他們一個個看向五公子，恨不得代他答應。

在孫樂有點擔憂的目光中，五公子俊臉一紅，他低頭避開雉才女的秋波，說道——

「才女請說。」

五公子這話一出，雉才女眼波中閃過一抹訝異，看向他的目光慎重了兩分。

而一旁的眾賢當中，幾位年長者已是讚賞不已地看著他。

在如此誘惑之下，他居然還能如此冷靜！一時之間，孫樂心頭大定。

見五公子並沒有熱血沸騰地立馬應承了自己，雉才女有點失望。她輕輕一嘆，幽怨地說道：「叔子可否將孫樂贈送於妾？妾必厚報之！」

轟！

孫樂給炸得頭暈目眩！她不敢置信地盯著雉才女，第一次警惕地、防備地審量著這個才女。

而五公子也是大驚，他駭然抬頭，不敢置信地看著正對著自己眉目傳情的雉才女。

周圍的眾男人也是一臉愕然，他們再次看向孫樂，心中暗暗估量著她的價值。在估量的同時，他們看向五公子的目光中真是充滿了妒忌。「妾必厚報之」，這話真是讓人心動呀！這麼一個絕色美人兼大才女的厚報，光是想想就讓人狼血沸騰。這個姬五，可真是太有豔福了！

在場所有人的想法中，孫樂不過是叔子的一個婢妾之輩，拿這麼一個不起眼的婢妾，換得鼎鼎大名的雉才女的歡喜，這買賣實在太划算了。

孫樂暈乎乎地看向五公子，她第一次意識到，自己居然一直是五公子、是姬府的私有物品，是他們可以隨意轉讓買賣的私有物品！

這時節，幾乎所有人的注意力都有意無意地放到了五公子身上，都在等著他的回答。

當然，沒有人以為五公子會拒絕。

姬五慢慢地回過頭看向孫樂，在對上孫樂清亮如鏡的雙眸時，他輕輕一笑。

這一笑，令得孫樂心中一定。她回以一笑，暗暗想道：我怎麼連五公子也不相信了？

五公子轉頭對上雉才女的雙眼，目光清亮而平靜地回道：「孫樂對我已如家人，雉大家言過矣！」

他的聲音有點厲，竟然是喝斥！

他居然對雉才女斥喝！

眾人大訝，他們看了看五公子，又看了看孫樂。坐在五公子身後的孫樂實在太不起眼了，他們看了一眼，便又把注意力放到了五公子身上。

雉才女美麗的小臉一紅，她不自在地站了起來，衝著五公子盈盈一福，弱弱地說道：「妾身言之不當，叔子切勿放在心上。」

五公子叉手回禮。

孫樂這時心中一片清冷。

她一直有點漫不經心，到這個時候，她的腦子已恢復了十足的清醒。她警惕地看向四周，突然發現，自己已成了眾人注目的中心，特別是齊王，那掃向她的目光中若有所思。會不會，這些人會把自己當成討好雉才女的物品？

想到這裡，她的心中悚然一驚！

孫樂驀然抬頭。

果然，齊侯看了一眼雉才女後，轉向五公子，淡淡地說道：「叔子待人當真純厚，婢妾就是婢妾，怎可稱之為家人？」他看向孫樂，表情一冷，喝道：「妳叫孫樂？」

孫樂的心怦地一跳。來了！要是這個時候齊侯強迫五公子把自己轉贈給雉才女，事情可就大不妙了。不能讓他把話說出來！

孫樂盈盈一福，慢慢站了起來，輕聲應道：「然。」她轉頭看向雉才女，清聲說道：「孫樂可否知道，雉大家是代誰而索要孫樂？」說到這裡，孫樂嘴角略彎，露出一個有點調皮的笑容來。「卻不知此人是雉大家的心上人否？」

啊？雉大家有心上人？

孫樂的聲音一落，齊王、呈子等對雉大家頗有興趣的男人們都轉過頭看向雉大家，等著她的回答。

雉大家抬頭定定地看向孫樂，她的明眸睜得老大，似乎直到現在，她才敢確定面前其貌不揚、毫無出色之處的女子就是那個孫樂。只有那個孫樂，才可用一句輕描淡寫的話，便禍水東引，把她自己從危機中解救出來。

在場的多是一些聰明絕頂之人，有不少人也看出了孫樂的聰明之處，可他們一對上孫樂那平凡無奇的臉，便不感興趣地移開了目光。

呈子笑了笑，憨厚地說道：「敢問是何方英傑？居然能博得大家的芳心？」

雉大家微微一笑，她眼波掃過孫樂，見到孫樂又安靜地坐回原處，那笑容更加燦爛了兩分。

她以一個華美的笑容，耀得眾人目眩神迷的時候，曼啟紅唇，低嘆道：「妾哪有什麼心上人？」

一句話吐出，眾人齊齊地吁了一口氣，看向她的目光中又火熱了三分。

齊王撫上鬍鬚，盯著雉才女朗聲說道：「雉大家如果願意，天下男人哪個不想娶？就如本侯也是心羨久矣！只要大家一句話，本侯願意騰出一妻之位來。」

齊王說到這裡，目光掃過眾人，他唯恐眾賢能以為他只重色不重才，便又畫蛇添足地加上一句。「如雉才女這樣才貌雙全，外可輔助國事，內可取媚的絕色，可是絕無僅有啊！哈哈哈……」

在齊王的大笑聲中，雉才女微微一笑，淡淡地應道：「謝齊王厚愛，可妾並無許人之意。」

呈子在一旁嘆道：「雉大家的眼光高著呢！唉，如果大家願意，我願以正妻之位許之！」

雉才女微微一笑，表情清冷並不答話。

坐在呈子旁的一個青年賢士見他受到冷落，哈哈一笑，朗聲說道：「如果大家願意，我倒願意只以大家一人為妻！」

這話一出，眾人都看向那青年賢士，呈子冷笑道：「敢問武儒，如此一來，你家的元配將如何處置？」

武儒是個二十五、六歲，長方臉形，頗有幾分俊朗的青年，孫樂知道他，此人乃是名家的代表之一。此人是姓武，儒是一種稱謂，是子之下，對有才的賢士的尊稱。因為現在儒家還是剛剛萌芽，還沒有獨占此稱號。

武儒哈哈一笑，朗聲說道：「無知的老婦，哪堪與雉大家相比？至時黜之為姬亦可！」

武儒此話一出，孫樂和雉大家同時垂下眼眸。而那南子和離子等人，都臉露不屑之色。

離子拂然怒道：「糟糠之妻便下堂，如此之人，有何信義可言？」

武儒盯向離子，喝道：「大丈夫行事，本來從權而擅機變，如你等口口聲聲仁義責任，拘泥不化之輩，哪裡懂得變化的真義？」

離子氣得一噎。他本不是善於口才的人，武儒一句話，便把他駁得無話可說。

在離子之旁的南子，見此搖了搖頭。與名家的人爭口舌之利，可不是明智之舉。要知道，所謂名家，本來便以混淆黑白、顛倒是非而著稱。

武儒見沒有人再向自己問責，頭一轉，對上了五公子，他略一叉手，朗聲說道：「天下的年輕人無不愛慕雉大家，叔子如此才俊，為何卻對如此絕色美人無動於衷？難不成你身後的平庸僕婦，另有內媚之術不成？」

他說到這裡，仰頭大笑起來。

此人說話真是無禮！孫樂眉頭暗皺。

在眾人看來的目光中，五公子雙眼似閉非閉，竟是看也不看向武儒，更不搭理他的問話。

武儒暗怒，他聲音一提，叫道：「叔子為何不回話？」

五公子還是沒有理會。

武儒怒極反笑，他哈哈說道：「敢情叔子別有嗜好，不敢回答了？」

他這就是暗諷五公子有龍陽之好了！

終於，五公子抬起了眼眸，冷冷地瞟了武儒一眼，淡淡地說道：「我辯你不過，又鄙夷於你，請勿再言。」

此言大妙！

孫樂雙眼笑盈盈地看向五公子之時，一陣清脆的鼓掌聲響起。而且這掌聲越來越響，先是離子和呈子，然後是南子，最後連雉大家也在鼓掌輕笑。

咻地一下，武儒氣得俊臉通紅。他騰地站了起來，怒目瞪視著眾人，就要轉身離去，卻不知想到了什麼，慢慢的，他的怒火不再，慢慢地，甚至還浮出一個微笑來，再施施然地繼續坐好。

一場論辯，竟以武儒敗場作結。

雉才女的目光又轉向了孫樂。

孫樂感覺到她的目光，暗中皺眉。也不知是什麼緣故，令得她對我如此感興趣？

這時，齊王嘆道：「那楚弱居然用區區一年時間，便收服了楚地眾酋，諸位可知他是用了什麼法子？」

他雖然說的是諸位，目光卻轉向呈子。在座的雖然都是一時俊傑，可真正知曉這些兵事布局的，只有法家的呈子沾了一點邊。更確切地說，這等事應該是縱橫家和兵家的事。

呈子微微擰眉，說道：「天下人都在議論此事。以我看來，楚弱十一、二歲才回到楚地，十五歲便動手收服眾酋，這三年來，他必是以酷法治理地方，以嚴練兵，以刑治人！只有如此，方能在短短三年間有如此巨大的成就。」

齊王沈思起來。

呈子說到這裡，雙目炯炯地直視齊王，朗聲說道：「人之本性好逸惡勞，如不以死來脅迫他們，以酷刑來警嚇他們，以規矩方寸來約束他們，怎麼能在區區幾年中成就不敗之兵？」

齊王抬頭看向呈子，顯得有點意動了。

呈子正欲再加上兩把火，說動齊王徵用自己的主張時，齊王突然對眾人說道——

「楚弱無道，我欲伐之，可乎？」

終於說到正題了！

眾賢早就感覺到齊王會利用這次楚弱王的事而出頭，現在聽他這麼一說，頓時人人凜然，人人直起腰背看向齊王。

齊王轉向五公子，說道：「叔子可願為我一卦？」

他這是要五公子用卦算一算這個決定是吉是凶了。

五公子低頭應道：「然。願在主意已定，洗浴之後再卦。」

齊王道：「此是情理當中。」頓了頓，他又說道：「破軍星者，不僅只有煞氣吧？孤料勝之必得無盡功德！」

離子站了起來，叉手道：「王舉仁義之兵，以大義之名而伐無道，必勝之！」

齊王大喜，連連叉手回道：「善！」

南子在一旁叉手道：「不如派一說客，先以大道說與楚弱，如能說服，天下豈不是少了干戈？」

南子這話並不合齊王的心意了，齊王之所以想攻打楚弱王，很大程度上是想藉此戰而立威天下。

倒是南子的話一落，武儒立刻在旁邊應道：「武儒願意一說。」

齊王見兩個高賢都有這種意向，當下沈思起來，想了想後笑道：「否！楚乃大逆。」

齊王哈哈一笑，笑聲中，他看向眾人說道：「叔子曾言，破軍星煞氣太足，輕易出兵者易受其鋒。如此，我想與幾國合攻楚弱，可乎？」

「然！」

「如此甚好！」

眾人不約而同的應答聲，使得齊王大悅，他再次仰頭哈哈大笑起來。

在齊王的大笑聲中，雉才女的眉頭微微皺了一下，不過只是一轉眼，她又依舊笑得嫣然。

齊王又就征戰之事問了幾句後，雙手一合，笑道：「舞來！」

殿內本來舞女在跳，編鐘在響，他這一聲「舞來」一傳出，三十來個宮裝少女便扭著腰肢，從側門處翩翩舞近。

這些少女個個長相嬌美清麗，都是千裡挑一的美人兒。她們穿著各國的服裝，舞蹈時媚眼橫飛，一邊跳著，一邊向眾賢士靠近。

齊王哈哈大笑，衝著眾人說道：「諸位，這些可都是千裡挑一的各國佳麗，都是處子之身，哈哈……這些美人經過調教，人人精通房中之術，各位有意儘管挑來！哈哈哈……」

齊王的大笑聲中，眾男人喜形於色，雉才女一臉司空見慣，倒是五公子又開始冒汗了。

齊王卻是懂得五公子的，他朝他瞟了一眼，暗中搖了搖頭，笑道：「叔子如果不適，可先行退下。」

五公子應聲站起，叉手道：「然。」

他低眉斂目，看也沒有向眾女看上一眼，帶著孫樂和陳立便轉身離去。

眾美人早在進殿之間，便齊刷刷地被五公子所吸引住，一雙雙美目時不時地瞟向五公子，只希望天可憐見，能蒙得這樣的一位公子看中自己。哪裡知道，正宴還沒有開始，他便退去了。一時之間，眾女都有點幽怨了。

雉才女若有所思地看著五公子和孫樂的背影，很久都沒有移開目光。

五公子一走出會賢大殿，便長長地吐了一口氣，搖頭說道：「與人打交道還真是累。」

他看向孫樂，皺眉道：「那雉才女對妳甚是關注，卻不知為何？」

孫樂搖頭說道：「我亦不知。」

五公子沈吟半晌，長嘆一聲說道：「走罷！」

馬車駛入了街道中，風一吹，街旁的火把便騰騰地作響，孫樂低聲說道：「風雨欲來呀！」

接下來的幾場宴會，孫樂都沒有參加，她此時覺得，五公子並不是那麼需要自己了，她也不想再次遇到雉才女，再次成為眾人關注的重點，便準備休息幾天，讓本來就沒留多少印象的自己完全淡出大家的記憶中。

明天就是稷下宮觀禮的日子。

孫樂一個人在花園中閒逛著，現在是春夏相交的季節，樹葉繁茂，南風一吹遍身涼意。花園不大，不時有婢僕來往，不過她們遠遠地看到孫樂，卻是匆匆一禮後避了開來。孫樂雖然名不顯、聲不揚的，不過這些人都知道她在五公子心目中的地位。

孫樂走著走著，聽到一陣嬌笑聲傳來。她一開始還以為是姬洛等女，馬上又記起姬洛已在前兩天被本家的人帶走。

百無聊賴的孫樂在花園中轉了一圈後，舉步向街道上走去。臨淄城隨著稷下宮觀禮日期的臨近，如今是熱鬧喧囂至極，連一些深閨少女都跑了出來，孫樂走在街道上，不時可以聽到一陣陣歡笑聲和打罵聲。

望著那一簇簇豔麗如花的少女，孫樂忽然覺得，自己好似一直隔絕在世人之外。

孫樂逛了一會兒，抬頭看到一家棋館裡賢士眾多，熱鬧至極，便舉步向裡面走去。

棋館以屏風為隔，分隔成大大小小的廂房十數間。位於中間的廂房最大，兩個棋手正在下棋，而他們的旁邊，則是密密麻麻地擠了一圈觀戰的人。

孫樂轉了一會兒，緩步來到一個空廂房中，這廂房位於左側第三間，它的屏風特別矮小，只到人的膝蓋，任何人都一眼可以看到擺在几上的棋譜。

孫樂走近一看，馬上明白過來，這几上擺的是一個上古殘譜，黑白兩子相殺相生，難分難解，明明都已擠入對方腹地，卻偏偏都是無路可走，無棋可下。這殘譜在當時鼎鼎大名，許多棋館都喜歡擺上它供世人賞閱。

孫樂早就聽聞過這殘譜，卻從來沒有仔細看過。她對黑白棋只是略懂皮毛，看也看不出名堂來。雖然看不出，她還是待在那裡靜靜地瞅著，一邊瞅，一邊感覺著這份熱鬧。

正當她看得目不轉睛之際，一個聲音從她的身後傳來——

「姑娘看得如此認真，可有見解？」說話中，一個青年人轉身走到她的面前。

這青年高大健壯，有劍客的味道，卻戴著竹冠。他國字臉形，濃眉大眼，眼睛十分有神。

孫樂瞟了青年一眼，只是一眼，她便發現這青年食指和拇指間繭子老厚，顯然是個劍客。

孫樂斂眉，輕聲回道：「沒有見解，只是看看而已。」

「喔？」青年咧嘴一笑，露出雪白的牙齒。「孫樂如此聰明之人，也會沒有見解？」

他識得我！

孫樂心中悚然一驚。

她抬頭打量著來人，青年在她的打量中，毫不相讓的炯炯相對。

孫樂嘴角微揚，問道：「尊駕何人？」

青年笑道：「過路人。」見孫樂皺眉，他又說道：「姑娘可是不解，為何我可以叫出姑娘的名字？」

這還用說？孫樂靜靜地看著他，等著他說下去。

青年炯炯有神地看著她，徐徐說道：「剛才在街道上，我便認出了姑娘，之所以在這裡，實是尾隨姑娘而來。姑娘可願尋一僻靜所在，聽我詳說？」

孫樂嘴角一彎，哂道：「你我初相識，我便因你一言前去？」

青年聞言，哈哈大笑起來。

他的大笑聲十分響亮，引得眾人側目。青年連忙聲音一收，笑道：「他果然說得不錯，姑娘看似平常，實則防範之心很重，心思又慎密。」

孫樂依然靜靜地看著他，等著青年說下去。

對上孫樂平靜無波的眼眸，青年不由得咳嗽了兩聲。他苦笑著說道：「姑娘想想，這世上如此瞭解姑娘的人有幾個？」

孫樂依然看著他。

她的眼波平靜至極，可這樣看著，卻讓青年感覺到兩分狼狽。他忍不住摸了摸頭，嘆道：「好罷，那人要我見到姑娘後，跟姑娘說一句：卻不知妳回來之時，那些燻肉可曾臭否？」

弱兒？

弱兒！

孫樂大驚！

她雙眼瞬時睜得老大，一臉震驚歡喜地看著眼前的青年，低低地、急急地問道：「他在哪裡？」見青年不答，她上前一步，又問道：「說這話的人在哪裡？」

孫樂一直冷靜至極，此時卻激動興奮不已。青年望著一改前態，雙頰脹得通紅、雙眼發亮的孫樂，得意地一笑，說道：「原來孫樂姑娘並不是冰做的人。既然姑娘已然知道他的名諱，何不隨我前來？」

說罷，青年長袖一揚，率先走出。

孫樂提步跟了上去。

她心中激動至極，突然得到弱兒的消息的興奮，讓她的心頭怦怦直跳，整個人都變得輕鬆了，步伐更是迫不及待。

青年所去的地方，是一家酒樓。這酒樓就位於棋館的左側百公尺處，在一色的石屋中，這幢全木製的小樓顯得特別秀雅。

孫樂走進去時，發現樓下的大堂空蕩蕩的，顯得很冷清，她不由得一怔。

那青年正提步向樓梯上走去，見到孫樂遲疑，便說道：「這酒樓早已被我等包下，妳想見的人就在樓上。」

弱兒就在樓上？

孫樂的心臟怦怦地跳得十分劇烈，一時之間，她連眼睛都有點濕潤了。她似乎看到那個小傢伙向自己揮著手，叫著姊姊。

孫樂掩住激動的心情，加快腳步跟上。

孫樂一上樓，便迫不及待地衝向大步前進的那青年，低低地、急急地問道：「他在哪裡？」她的聲音很低，似乎怕驚醒了什麼似的。

青年腳步一煞，回頭看向她，他還沒有回頭，一個女子的聲音便從孫樂的身後傳來——

「孫樂姑娘，久仰了！」

這聲音一傳出，孫樂全身一凜。

她怦怦跳得飛快的，滿懷期待和緊張的心也是一沈。

孫樂慢慢轉過頭去。

站在她身後的，是一個十八、九歲的俏麗姑娘，這姑娘生著一雙水靈的大眼睛，濃眉呈劍形，紅唇豐厚，身材高駣豐滿。

她有點面熟……

是了，她是一直跟在雉才女身邊的一個婢女。

這婢女雙手抱胸，如一個男人一樣斜睨著孫樂，嘴角向上彎出一抹嘲諷的笑容來。

孫樂的心沈到了谷底。

果然，她是不抱善意而來！

本來，孫樂是極為冷靜的人，要不是那青年說出了她與弱兒之間才知道的事情，她是萬萬不會如此輕忽，隨意地跟來。

事已至此，自怨自艾已經毫無用處，當小心應對，冷靜處理才是。

孫樂迅速地讓自己恢復了心如止水。

她眼神中的波瀾只是一閃而過，便又恢復了平靜，靜靜地打量著面前的這個少女。孫樂轉頭朝那個引自己前來的青年瞟了一眼，冷冷說道：「背主行不義之事，乃是人之大忌。你們既然與弱兒相識，可知道他與我是何等關係？」

她說到這裡，下巴一抬，顯得有點傲然。

高挑婢女從鼻中發出一聲輕哼，她朝孫樂上上下下打量了幾眼，冷笑道：「我等既然敢把妳叫來，那就是已想好了一切。」

她這話一出，孫樂暗叫不好：果然，今日無法善了。

高挑婢女的雙眼還在打量著孫樂，她刻意在孫樂那平板的胸前停留了片刻，然後搖頭疑惑地說道：「我真是不明白，如妳這樣毫無相貌的女人，怎麼值得他如此在意？」

高挑婢女一邊說，一邊慢慢地抽出了背上的長劍，劍尖指向孫樂。她與孫樂本來便隔得很近，這劍尖一指，直直地只差數寸便可刺進孫樂的眼睛。

高挑婢女似乎想看到孫樂驚慌失措的表情，她一邊慢慢地移動長劍，一邊歪著頭打量著孫樂，冷笑道：「如此平庸不起眼的女人，虧得我家小姐還對妳念念不忘，還一直想認識認識妳。哼，什麼聰明絕頂？什麼才學不凡？不也是我一劍便可輕易取下頭顱來！」

孫樂心如電轉，她在這高眺婢女說話之際，已想明白了許多事。同時，她也感覺到，眼前這婢女雖然對自己很有殺意，卻並不想馬上取了自己的性命去，她如捉到了老鼠的貓，迫不及待地想要戲耍一番。

在高眺婢女的劍尖上挑之時，孫樂連忙抬起了下巴，避開了她的劍勢。很奇怪，孫樂發現自己現在是真正的心如止水，很平靜、很從容，彷彿根本沒有感覺到害怕。

她微微抬頭，雙眼盯向那高眺婢女，忽然笑道：「雉才女名滿天下，不知傾倒了天下間多少男兒，原來她卻愛上了比她自己還要小上幾歲的弱兒？嘻嘻，不錯，很不錯，我的弱兒好本事呀！居然把雉才女迷得神魂顛倒，迷得她都不顧一切地去除掉任何一個對她有威脅的女人！真有趣！」

「閉嘴！」高眺婢女怒喝出聲。

她瞪著孫樂，氣得雙頰通紅，胸脯起伏不定。「妳這個蠢女人，妳懂得什麼？我家小姐乃是天仙般的人物，她才不屑對妳這樣的女人下手呢！哼，只是我實在看不慣，如妳這樣的人有什麼值得我家小姐為難傷心的？今日取了妳的頭顱去，她定再無煩惱！」

原來這婢女針對自己並不是雉才女的主意。弱兒啊弱兒，你現在到底是什麼身分，居然連雉才女都如此上心？看來，那個在她的面前讚揚我的人便是你了，怪不得雉才女對我如此關注。

孫樂嘴角癟了癟，待得高鮡婢女的怒喝聲一止，她又嘻嘻笑道：「不錯、不錯，殺了我，妳家小姐現在是沒有煩惱了，不過我想弱兒一定不會輕易罷休吧？他一定會細細地追查我的死因。是了，剛才這位小哥相請時，棋室中看到的人可不少，你們要不要一併滅了口去？如果不去的話，只怕終有一日事情會敗露。到了那時，妳家小姐與弱兒孩子也生了，她的美貌也打了折扣了，卻不知她要如何面對良人的遷怒和怨恨？」

高鮡婢女聞言一怔。

站在孫樂身後的那個國字臉青年也是一怔。

兩人相互看了一眼，臉現遲疑之色。與此同時，那高鮡婢女指向孫樂咽喉的劍尖也是一歪。

時機難得！

說時遲那時快，孫樂身形一晃，雙足不動，身形如風吹楊柳般一晃，兩人只覺得眼睛一花，再看清時，眼前已經失去了孫樂的蹤影！

再一細看，孫樂已出現在離兩人兩公尺處的窗口一側。

兩人萬萬沒有想到，孫樂居然有如此身手！

不過與孫樂不同的是，他們兩人都是身經百戰的一流高手，發現孫樂一逃離，同時腳步一錯，厲喝聲中，雙劍同時攻擊，劍尖颳著風聲呼嘯，一劍指向孫樂的太陽穴，另一劍指向她的肚腹。

兩劍齊發，快如閃電，而且所攻都是孫樂的破綻處。

孫樂哪裡有什麼江湖對戰的經驗？這兩人如此周密而迅速的反應，令得她的心頭一驚，她急急地向後一退，身子平平後仰，險而又險地避開了兩劍的攻勢。

可她雖然避開了這兩劍，卻無法因勢制宜，在最短的時間裡作出最有利的決策。緊接著，兩人同時連聲呼喝，一劍直向她咽喉，一劍直取她的膝蓋。這兩劍完全封死了她的去路，同時，劍招極其陰毒，而且快如閃電。這一瞬間，孫樂心如電轉，閃過五、六種躲避的法子，卻發現自己的身體不聽使喚，根本就做不到！

就在兩劍齊發，孫樂只能閉目待死時，忽然間，一聲炸雷般的大喝聲從樓梯處傳來——

「爾等好大的膽子！」

緊隨著大喝聲的，是兩個破空聲。

破空聲呼嘯而來，來得快而迅猛。兩劍剛剛抵達孫樂的皮膚處，兩樣物事夾著一股大力已齊齊地撞中了劍面。

兩人劍面重重一蕩，劍柄脫手而去。同時，兩人退後一步，齊齊「哇」地一聲，吐出了一口鮮血。

一個人箭步衝上，如風一般旋到了孫樂的面前。他雙手一伸，緊緊地扣著了孫樂的腰身，急急地叫道：「怎麼樣？姊姊，妳怎麼樣？有沒有傷到哪裡？」

孫樂死裡逃生，人還沒有完全清醒，便落入了一個寬闊的懷抱中。她傻乎乎地睜大眼，盯著面前這個對著自己上瞧下瞧，不時摸一摸手腳，一臉焦慮的青年男了，張著小嘴半天說不出話來。

眼前這個男人，看起來約莫十八、九歲的樣子，高眺身材，長方臉形，棕色皮膚，雙眼如電，他長得很俊朗，不對，用俊朗形容根本不對。

任何人看到這個男人，首先便會被他的雙眼給定住。他的眼神太亮太厲太深，彷彿一個黑洞一樣，可以使得任何看到他的人都忘記他的長相，只記住這雙威懾性十足的眼睛。

孫樂傻乎乎地看著他，看著他嘴唇處長著的細細茸毛，看著他濃黑的劍眉，有意無意間，她避開了他的眼睛。看著看著，孫樂倒抽了一口氣，結結巴巴地叫道：「你、你……你就是弱兒？你、你居然是弱兒?!」

她實在太震驚了，連話也說不出了，整個人都失去了平素的冷靜從容，張著小嘴的樣子十分傻氣。

青年這時已經把她四肢軀體都檢查完畢，他抬頭看到孫樂那笨拙的呆傻表情後，哈哈一笑。笑著笑著，他朝孫樂眨了眨右眼，笑咪咪地說道：「是啊，我就是弱兒！姊姊，我來接妳了！妳的弱兒來接妳了！」

孫樂聞言，嘴角連連抽動了幾下。

青年見此，眉頭微皺。

他這一皺眉，一股冷煞之氣便騰騰地在室內升起。似乎這一瞬間，連空氣也冷了幾度。
孫樂連忙垂下眼瞼，低下頭去。
青年感覺到孫樂的不適，馬上又是呵呵一笑，他眉開眼笑地打量著孫樂，依舊一隻手環著她的細腰，盯著她的臉，快樂地說道：「姊姊，妳果然不醜了！嘻嘻，弱兒來接妳了，來娶妳了！姊姊，妳高興不高興？」
他真是弱兒！
孫樂想道：他真的真的是弱兒！是我的弱兒！
孫樂眨巴眨巴著眼，打量著面前這個威煞十足、俊朗不凡，舉手投足便有種霸氣和威嚴的男人，欲哭無淚。我的弱兒呀，怎麼一眨眼便變成了這個樣子了？這、這……這可不是我想像中的弱兒呀！我的弱兒明明小小的，對我極為依賴的，是個鄰家男孩型的，他怎麼可能變成了這個模樣？這、這……可不可以重新換一個？
弱兒皺眉看著孫樂愁眉苦臉的樣子，微微轉頭，低聲向身後問道：「七老，你說我姊姊是不是見到我長大了，歡喜得傻了？怎麼她這笑挺像是哭的？」
他這話一出，站在他身後的幾個人同時嘴角一抽。人家壓根兒是想哭好不好？
孫樂被弱兒緊緊摟著腰身，感覺到他強而有力的手臂的溫度，聞著他呼出的男性氣息，只覺得恍如在魂夢中。這麼一個成熟的男人，會是她的弱兒？
她光是想想，就有點雙眼發直。

弱兒低下頭看向孫樂，他伸手拂開孫樂垂在額前的頭髮，細細地打量著她的面容，看著看著，他伸手放上孫樂的臉頰，嘆道：「姊姊，妳現在比以前好看太多了，要不是事先知道，我真認不出來呢！」

孫樂這時也已清醒過來，她抬眸打量著眼前這個成熟的青年，低低地說道：「我也認不出弱兒來了。」

弱兒聞言哈哈一笑，他昂起下巴，鼻孔朝天，得意地說道：「那是因為我長成大丈夫了！姊姊，我現在是不是很好看？是不是比妳高大多了？妳看到現在的我，有沒有感覺到很開心、很滿意？」

弱兒這一連串的問話說出，不管是他摟著的孫樂，還是他身後的眾人，臉上都是一連串的黑線。

這話有點稚氣，但這不是可笑的地方。可笑的是，那麼威嚴中透著煞氣和高貴的一個青年，卻說出這種孩子氣的話，真的是很讓人眩暈。

不過，這個稚氣的弱兒才是弱兒呀！孫樂暗暗想笑，她笑盈盈地看著弱兒，一臉溫柔地說道：「弱兒，你怎麼到這裡來了？還來得這麼巧？」

孫樂這句話提醒了弱兒。

他眉峰微皺，慢慢地鬆開摟著孫樂腰身的手臂，轉過頭看向那婢女。

幾乎是一瞬間，房間的溫度變得冷凝。

弱兒陰沈沈地盯著那婢女，冷冷地問道：「細姬，是誰令妳對我的姊姊動殺機的？」他的語氣很平靜，表情雖然陰沈，卻也僅僅只是陰沈。

可是，這個時候的弱兒，已與剛才判若兩人。一種無形的威壓瀰漫著整個房間，孫樂錯愕地看著弱兒，看著這個突然之間又變得極為陌生的大男人。她突然發現，有種人天生便威嚴十足，高貴不凡，他甚至不須多說什麼，便能令你從靈魂深處發出顫慄！

高眺婢女本來被那一下反擊擊得吐了血，此時的她，嘴角猶自帶著血跡。她臉色煞白地對上弱兒的雙眼，突然間，所有的勇氣和膽量都從身上流失了。

「撲通」一聲，高眺婢女雙膝一軟，跪到了弱兒面前。在離她一公尺遠的那國字臉的青年，此時也是雙股顫顫，臉白如紙。

弱兒冷冷地盯著高眺婢女，俊臉上毫無表情。

那高眺婢女掙扎著想避開他的目光，卻不知為什麼，始終無法掙脫開來。她張了張嘴，灰敗的臉上帶著絕望和害怕。「沒……沒有誰，是我自己要殺她。」

「是嗎？」弱兒冷冷一笑，徐徐地說道：「妳的主子呢？」

「不！與小姐無關！一切都與小姐無關，是奴婢自作主張！奴婢……奴婢見陛下你只念著這個女人，奴婢不忿！是奴婢一人的錯，大王，你千萬不可責怪我家小姐！」高眺的婢女一連迭地叫著，她越說越怕，對上弱兒那冰冷得毫無感情的雙眼，她的冷汗涔涔而下，突然意識到，自己給自家小姐惹了一個天大的麻煩。

弱兒淡淡地瞟了一眼尖叫不休的婢女，淡淡地喝道：「殺了他們！」

「喏！」

一個黑臉微鬚的中年人應聲站出。站在弱兒身後的，共有五個男子，這些人都是一些三、四十歲的中年男子。孫樂識得，那個站在倒數第二個的，高瘦而面色乾枯，雙眼渾濁得彷彿木頭人一般的漢子，便是剛才震動手中的長劍，一分為二擊飛婢女和國字臉的兵器的大高手！因為他的手中還握著一段劍柄，正好與落在地上的兩段劍面一致。

那黑臉微鬚的中年人應聲站出後，信步向前走出。他走得很隨意，而此時，那高䠷婢女還在尖叫，那國字臉青年張大嘴，一屁股坐倒在地，便準備向孫樂爬來。這兩人本也是劍客中的高手，可他們根本還沒有來得及做出任何反應，只見那中年人右手隨隨便便地揮出手掌，他這手掌揮出時，離高䠷婢女足有兩公尺的距離，離那國字臉青年足有五公尺遠。

可是，孫樂卻清楚地看到，他這隨隨便便揮出的手掌，輕描淡寫地、自然而然地拍在了兩人的頭頂上。

只聽得「啪啪」兩聲輕響，兩人同時嘴角流血，軟倒在地。

弱兒掃了一眼倒在地上的屍體，冷冷說道：「拖下去處理了。」

「喏！」

「把細姬的人頭送給雉姬！」

「喏！」

弱兒一連串的命令發出，眾人一一凜遵。

孫樂站在一旁，她張口結舌，目瞪口呆地看著這一幕。她的心在怦怦跳動著，一時千百種思緒湧出，一時又似乎覺得腦中只是一片空白。

她錯愕地看著站在自己身前的弱兒，實在是心緒紛亂，難理難清。

轉眼間，兩個中年人拖著兩具屍體，迅速地消失在孫樂的眼前。

弱兒處理了這些事後，回過頭來，靜靜地看向孫樂。

孫樂抬起頭來，怔怔地與他的眼光相對。

弱兒盯著孫樂，目光一掃冷漠。他溫柔地、擔心地看著孫樂，看著她的眼睛，低低地說道：「姊姊，妳是不是怕我了？」

他的聲音很輕、很低，有點無助。彷彿幾年前他眼巴巴地看著孫樂，纏著她要出去玩時一模一樣。

孫樂心頭一軟，她咬了咬唇，用力地把那些亂七八糟的思緒揮開，對著弱兒輕輕地說道：「不，我怎麼會害怕我的弱兒？」

弱兒展顏一笑。

他笑的時候，眼中的冷煞和威嚴全都消失不見了，只有那屬於他年齡的稚氣。

弱兒伸出手臂，自然而然地摟著孫樂的腰身，他望著孫樂，望著她的臉，歪著頭上上下下打量著，忽然笑道：「姊姊，妳真的變好看了喔！」說到這裡，他突然頭一低，飛快地在孫樂的臉上叭唧了一下！

他這一下動作，迅速至極。孫樂根本沒有反應過來，他的嘴唇已離開，繼續歪著頭笑咪咪地看著孫樂，等著她的反應，眼眸中，流露著一抹得意和淘氣。

第十七章　危機歡喜同加身

孫樂哭笑不得地看著他那一臉的得意樣，伸手推向他的臉龐，嘆道：「你呀！」

她眼中笑意盈盈，剛才的迷茫和紛亂一下子都消失了，孫樂不是個喜歡胡思亂想的人，她清楚一點：不管弱兒變成什麼樣，他在她的面前還是那個弱兒，這便足夠了呀！

這樣混亂的世道，一個少年變成狼也好，變成虎也好，變成蛇也好，這些都是情理當中的事。她根本不需要在意那些，她只要記得，這個人對她始終如故便足夠了。

孫樂的手撫到弱兒的臉頰時，弱兒的手突然一伸，按住了她的小手。

弱兒專注地看著孫樂，眸中瑩光閃動，緊緊地盯了她一會兒後，低低地說道：「姊姊，弱兒好想妳。」

弱兒這個表情一做，他身後的眾人立即相互看了一眼。只是一眼，他們便齊刷刷地低下頭，齊刷刷地向後退去，不一會兒工夫，整個二樓便只剩下他們兩人。

孫樂眨了眨眼，她發現自己的眼中有點酸澀，她的眼眶有點發紅了。孫樂的右手掌被弱兒按在臉上動彈不得，她便滑動一根食指，在他的眼角處撫動，低低地說道：「姊姊也是，姊姊好想你。」

孫樂的眼眶更紅了，兩滴淚水順著她的臉頰流下，淚水中，孫樂綻開一個笑容，笑道：

「我去了邯鄲不久，便知道你離開了，當時姊姊的心好空、好空。弱兒，再見到你可真好。」

弱兒微微一笑。

他摟著孫樂，腳步一提走向旁邊的榻几。

孫樂看到他跪坐在榻上，正準備提步向他對面的榻上走去，哪裡知道弱兒的右手唰地一伸，握著她的左手重重一帶。

「砰」地一聲，孫樂身子一歪，重重地栽在他的大腿上。弱兒哈哈一笑，大笑聲中，他雙手同時伸出，飛快地把她的腰圈住，手臂一挪，便把她輕盈的身子自然地一轉，讓孫樂完全坐在他的大腿上，身子半倚入他的懷抱中。

弱兒手臂一緊，把孫樂牢牢地掌握在懷中後，大驚小怪地叫道：「咦？姊姊妳怎麼投懷送抱了？是不是發現弱兒現在長得很俊了，是個俊小夥子了，所以姊姊妳芳心動了？」

孫樂的小臉唰地一紅！

她被弱兒緊緊地摟住，沒有辦法掙脫，只得轉頭給了他一個白眼，有點羞，有點好笑，也有點不自在地說道：「快放開我。」

「才不放！」弱兒笑咪咪地說道：「姊姊是我的，才不放呢！」

一邊說，他一邊伸過頭來貼在孫樂的頸窩處，不但蹭了蹭，還深深地吸了一口氣。

他這個吸氣的動作，令得孫樂的雞皮疙瘩唰地一下全冒出來了。孫樂本來有點微紅的小臉，更是唰地紅透了。她兩世為人，還沒有跟任何男人這麼親密過！
感覺到身後弱兒溫熱的呼吸噴在頸窩上，孫樂只覺得心開始亂了。
她咬了咬下唇，突然想起一事，便連忙開口問道：「弱兒，你就是楚弱王嗎？」這句話一問出，她那紛亂的心馬上變得冷靜至極。
弱兒的腦袋在她的頸窩處繼續蹭著，那毛茸茸的頭髮蹭得孫樂直是發癢，直是想笑。他一邊蹭，一邊漫不經心地說道：「是呀，我就是楚弱王。」
啊？
啊！
孫樂咻地一聲回過頭去，她緊緊地盯著弱兒，一臉嚴肅地盯著弱兒，低低地、有點氣惱地說道：「你、你居然就是楚弱王?!」
她說到這裡，雙眼迅速地朝四周掃視了幾下，見四下無人，這才壓低聲音又看向弱兒，皺眉說道：「弱兒，你可知道天下間有多少人想殺你？特別是齊王，他可是一心只想取下你的人頭！你怎麼堂而皇之地跑到這裡來了？」
弱兒聽出孫樂的語氣很嚴肅，而且有點氣惱，他熟悉孫樂，知道在這個時候，最好是認真地回答她的問題。
當下，他把頭從她的頸窩處撤離，抬起眼眸對上孫樂焦急的臉，淡淡一笑，露出一口雪白的牙齒，傲然地說道：「姊姊，妳小看弱兒了。我既然敢來，自有全身而退的把握。」

他冷冷一笑，哂然道：「我楚弱此次出來，就是想看看天下間有多少英雄人物？哼，區區齊王，不過是蠹蟲而已，何足懼哉！」

孫樂一時不知道說什麼的好。

她的性格謹慎小心慣了，就算有九成的把握，如沒有人相逼，她也不會出手。眼前的弱兒看來不管是性格還是行事皆與自己完全不同，不過孫樂一直有自知之明，從不會以為自己總是對的，因此她沈吟起來。

看到她沈吟，弱兒輕輕地喚道：「姊姊？」

「嗯？」

「如果這次弱兒沒有來，姊姊妳豈不是被細姬那個賤婢給殺了？姊姊，弱兒十分慶幸自己的決定呢。」

他的聲音很溫柔，溫柔如水。

孫樂的心一暖，她輕嘆一聲，說道：「弱兒，那國字臉的青年怎麼跟我說『卻不知妳回來之時，那些燻肉可曾臭否？』的話？就是因為這一句話，我才想也不多想地便跟他來此，險些死於此地。」

弱兒眉峰微皺，那股冷凝之氣再次出現。

半晌後，他徐徐地說道：「姊姊無須擔心，此事我定會給姊姊一個交代。」說話之際，他眼眸中殺機一閃。

孫樂見狀便不再問，她伸出小手，撫上弱兒那濃眉間深深的川字紋，一邊撫摸，一邊愛憐地看著他，低聲說道：「這些年來你是怎麼樣過來的？居然成了楚弱王。」

孫樂剛說到這裡，她的手忽然一僵！剛才她被久別重逢的狂喜給沖暈了，此時此刻，她忽然記起，弱兒在自己身邊時，可是一個普普通通、平平凡凡的小男孩，毫無出眾之處。

可就是這麼一個普普通通、毫不出眾的小男孩，居然在離開自己不過兩、三年的時間內，便先是一統楚地，再是問鼎天下，做了震驚世人的大事。

如果說性格要變，也不會在短短兩、三年間變得如此之大。

最大的，也是唯一的可能就是——以前與自己相處時，弱兒一直掩藏了他的個性！他一直偽裝著天真平庸來與自己相處。

一直以來，自己記憶中看到的弱兒，便不是他的本來面目！

孫樂越想越是心驚，她的心亂成了一團。

弱兒沒有發現她的不對勁，他苦澀地笑了笑，嘆了一口氣。「說來話長，姊姊，這些往事我以後再跟妳仔細說吧。唉，這是一個禽獸當道的世道，你要不想被吃了、被殺了，首先便要把自己變成一匹狼、一頭虎……」

他一口氣說到這裡，聲音突然一啞。

弱兒抬頭看向孫樂，笑了起來。「姊姊，我平生最為喜樂的時候，便是與姊姊在一起的日子。弱兒就算當了楚王，也每每在午夜夢迴時見到姊姊呢。」

他這句話說得很輕、很舒緩，孫樂聽著聽著，心中又是一軟。孫樂閉上雙眼，重重地在心中嘆了一口氣，苦笑著想道：不管如何，我對弱兒是連生氣也生氣不來。就算他欺我瞞我，我卻怎麼也生氣不來。

她甩了甩頭，決定不再想這件事。

這時，孫樂感覺到弱兒摟著自己腰間的手臂放鬆了些許，她試探著動了動，見他沒有阻攔後，便站了起來。

緩步走到弱兒的對面，孫樂跪坐在榻几上。

她提起酒壺，給弱兒和自己都倒了一杯酒。酒水汩汩地流入酒杯中，發出悅耳的輕響，孫樂一邊倒酒，一邊低眉斂目的。她心中有太多想說的話，腦海中的思緒更是攪成了一團。可能是想的事情太多了，她都不知道自己要說什麼的好。

弱兒伸手端起酒杯，仰頭一口飲下。

黃色的酒水順著他泛青的下巴，流過他的喉結，一直沁入他的衣領當中。孫樂看著看著，反射性地便想拿出手帕幫他拭乾淨，可手剛碰到袖袋中的手帕，她的動作便是一頓，最後手指動了動，終是沒有把手帕拿出來。

弱兒一口飲完，把酒杯朝孫樂面前一放，孫樂自然而然地再次給他斟酒。

弱兒再次拿起酒杯，他這次沒有立即就飲，而是望著杯中蕩漾的酒水皺眉沈吟。

孫樂也端起自己的酒杯，她望著渾黃的酒水，想了想，還是問道：「弱兒，你是什麼時候發現我的？」

弱兒哈哈一笑，他把手中的酒水朝口中一倒，咕嚕一聲吞下，說道：「妳和五公子參加齊王宴會時，我便知道了。」

孫樂的心突地一跳，她低斂著眉眼，輕聲問道：「雉才女告訴你的？」

弱兒聞言笑道：「雉姬？然也。」

弱兒這聲雉姬，竟然叫得如此親近隨便！他們到底是什麼關係？突然間，孫樂的心有點煩悶，她的眉頭不自覺地皺成一團。

弱兒漫不經心地繼續說道：「不過也不是她本人，她的身邊有我的人，她們回來時說起妳，我的人聽到了。」

孫樂明白了一點。

她明白了，雉才女與弱兒的關係並沒有那麼親近。這讓她心中的煩悶稍減。

孫樂的心一鬆，正待再問時，一陣腳步聲從樓梯處傳來。

這腳步聲從容不迫，弱兒卻似乎感覺到什麼似的，轉頭看向樓梯處。

不一會兒，那個木頭般的中年人走了上來。他徑直走到弱兒面前，叉手說道：「稟大王，附近有不明之人遊蕩。」

孫樂一聽，連忙關切地看向弱兒。

弱兒的唇角勾了勾，淡淡地說道：「知道了。」

他轉頭看向孫樂，笑道：「姊姊，跟我一起換個地方說話吧？」他的聲音平和，卻有一種不容拒絕的威嚴。

孫樂突然明白過來，弱兒這是要自己現在就跟他走呢！

就這麼離開嗎？就這樣離開五公子，離開姬府嗎？

孫樂有點茫然，她還真沒有想過要這樣離開呢！略想了想，孫樂搖了搖頭，低聲說道：「我不能就這麼離開。」

弱兒盯著她看了一會兒。

看著看著，他見那中年人還候在一旁，便揮了揮手示意他下去。

那中年人一離開，弱兒便站起身來。他走到孫樂面前，牽著孫樂的手，低低地問道：「姊姊，這幾年，妳跟姬五，可、可有……」

他說話有點吞吞吐吐的，似乎難以啟齒。

孫樂一怔，抬頭對上弱兒不安中帶著隱怒的表情，突然明白過來：*弱兒是擔心我與五公子有了肌膚之親呢！*

可是，有了肌膚之親又怎麼樣？

這一瞬間，孫樂心中亦有了些許不滿。同時，她也第一次正面面對這個問題：弱兒對我，似乎不只是姊弟之情。難不成，他以前說過的話，他還當真了？

這樣一想，孫樂又有點好笑。

沈默中，她還是靜靜地搖了搖頭，輕聲說道：「沒有。」

弱兒展顏一笑。

孫樂苦笑道：「弱兒，你關心這事做什麼？」她頓了頓，低聲嘆道：「弱兒，我是你姊姊。」

「不是！」

弱兒斬釘截鐵，嚴肅地說道：「孫樂，我的人早調查過了，妳的年齡實際上比我還小三個月，妳不是我姊姊。」

他說到這裡，聲音就溫和了些。「不過，我喜歡妳當我姊姊，叫妳姊姊弱兒願意。可弱兒希望姊姊明白，妳不僅是我的姊姊，還是我的女人！我早就內定的王后！幾年前我們就說好了，難不成姊姊妳想反悔？」

他說到最後一句時，不自覺地加重了語氣，盯著孫樂，笑咪咪地說道：「姊姊，我不會給妳反悔的機會的！」

這一句話，斬釘截鐵，擲地有聲，每一個字都帶著一種堅決和不容置疑的鏗鏘。

孫樂怔住了。

她給弱兒這語氣中的堅決給怔住了。

她錯愕地看著弱兒，嘴唇嚅動了一下，想道：算了，我孫樂無德無貌，弱兒只是因為幼時依賴慣了才會說出這種話來，過一陣子他就會忘記的。

想到這裡，她便放下與他爭論的想法。
孫樂低斂眉眼，輕嘆道：「這事以後再說吧。弱兒，你們先走吧，姊姊先回到姬府的別院中去，咱們想法子再聯繫。」
頓了頓，她幽幽地說道：「只是，如果你的人來找我，我怎麼相信他的好？」
孫樂這話一說，明顯是想到了先前那個誑她前來，想要殺她的國字臉青年了。不只是她想到了那人，弱兒也想到了他。
當下，弱兒的眼角跳了一下，他沈吟一會兒後，徐徐地說道：「姊姊，我不會輕易派他人前來。如果派了人來，那他會問：姊姊，曾記得弱兒的承諾否？」
弱兒的承諾？
孫樂的心突地一跳，難道是這小子說過的那句娶她為正妻的話？
她苦笑了一下，臨到走時，弱兒給她聯繫的話居然是這麼一句，這是一種宣告啊！弱兒還是不放心，還是在向她宣告他的決定呀！
孫樂點了點頭，深深地看了弱兒一眼後，轉身朝樓下走去，才走了兩步，弱兒便叫道——
「姊姊！」
孫樂腳步一頓。
弱兒沒有提步，只是看著她，悶悶地叫道：「姊姊，妳都說走就走，妳沒有弱兒捨不得姊姊那般捨不得弱兒！」

聽聽，這話說得可真是委屈呀！

孫樂有點好笑了。

她回過頭，溫柔地看著這個大男孩，笑道：「姊姊當然捨不得弱兒了，可是現在是非常時機，姊姊更怕弱兒因為疏忽而造成傷害。」

她知道，弱兒是在怪她不願意馬上離開五公子就跟他走，可孫樂卻故意裝作沒有聽明白。

孫樂的話一說出，弱兒更悶了。

孫樂笑了笑，她剛回過頭去，突然想起一事，連忙又轉過頭對弱兒說道：「弱兒，齊王有意與另外幾國結盟，一起攻打你的楚國，你，可得當心了。」

弱兒眉頭一擰。

他上前一步，看著孫樂問道：「此話我聽過。姊姊以為，齊王並不是隨意說說的？」

孫樂搖頭，斷然道：「肯定不是。姊姊懷疑他早就與諸國聯繫了一起進攻的事。」

弱兒沈吟起來。

孫樂望著他一點也不顯稚氣的面容，低聲嘆道：「弱兒，你問鼎的事，可把你置於風口浪尖了。要爭天下，並不是最先出頭的人便會是最後贏的人呀！」

弱兒霍然抬頭看向孫樂。

他盯著孫樂，過了半晌才說道：「姊姊，弱兒當時說那話，也是無可奈何之下的選擇。」

孫樂的心舒服了少許，她從再見到弱兒起，便知道他不是魯莽之人，而且他殺戮決斷十分俐落，當下便心有疑問。此時聽到他這麼一說，心下便放心了許多。

孫樂衝著弱兒溫柔地望了一眼，說道：「弱兒，姊姊走了。」

弱兒靜靜地望著她的身影在視野中消失，一動也不動。

不一會兒，一個人影咻地一聲，出現在他的身後。

這人一身麻衣，頭戴斗笠。他也盯著孫樂離開的方向，啞著嗓子開口道：「大王，此女頗有見識。」

弱兒嘴角向上一彎，笑道：「我的姊姊，本就不凡。」他頭也不回地命令道：「走罷！」

「喏！」

孫樂慢慢地走出了這家酒樓，當她跨出酒樓的大門時，太陽的強光耀得她一陣眩暈，她連忙伸手擋在眼前。

她一邊擋著眼睛，一邊暗暗想道：與我相處那麼久，那個天真的、任性的、簡單的弱兒，他的城府居然這麼深啊！他以前在我的面前一直都是偽裝的。孫樂，妳心中不舒服，為什麼就不敢去問一問他呢？要是弱兒能解釋一句，隨便解釋一句，妳的心裡都會好受些。可是、可是，妳為什麼就退縮了呢？為什麼妳要忍著不舒服，等著他主動說出來呢？唉……

孫樂進入那酒樓，不過區區兩個時辰不到的事，可這兩個時辰裡，她的心卻一直在驚濤駭浪中翻滾。

她走出來時，腦中還有點眩暈。她的腦子一時被塞進太多東西，現在的她，已經沒有辦法冷靜思考了。

孫樂來到姬府別院時，別院中一切如舊，五公子的院落前車水馬龍的，那位新來的管家正在有條有理地應對著。

孫樂悄無聲息地走到後山處，在那塊大石頭上坐下，眼前的溪水依舊清澈如許，不時有一條小小的銀魚繞著水中的竹根游來游去。

這便如天上的浮雲一樣，自由自在。

孫樂雙手抱頭，仰望著遠處的青山。

青山隱隱，山頂上雲氣繚繞。孫樂只覺得一陣迷茫，她現在有點不知如何選擇的好。

跟弱兒離去嗎？

那樣的話，於情於理她得跟五公子說過，得到他的同意後再走。可是，可是……哎，這話她又怎麼說得出口？再說了，就算五公子捨得，她自己也不會捨得呀！

這次見到弱兒，那種感覺雖然熟悉至極，卻也同時陌生之至。弱兒的變化太大了，實在是太大了！孫樂在他的面前，不知為什麼，竟然感覺到了些許緊張。

想到這裡，孫樂的臉唰地一紅。弱兒那小傢伙，摟著人時的手臂挺強而有力的，真像個大男人，哪裡還似一個只有十五、六歲的小屁孩兒？

這種陌生與熟悉交錯的感覺，讓一向不喜歡變化的孫樂，感覺到了一點無助。

可是，留下來吧，自己與五公子間，卻又是個什麼樣兒？再說了，自己在這裡始終有點名不正言不順。上次雉才女便差點把自己要了去，如果她通過齊王、通過姬城主，或通過本家施壓，孫樂不願相信，五公子會願意為了她而與他們對抗。他如果願意，以他今時今日的地位和聲望，誰也勉強不了他，可要是他並不那麼堅決呢？五公子畢竟從本質上來說，是個隨便而容易說話的人啊！

孫樂不斷地胡思亂想著，種種思緒紛至沓來。

她想了好半天，也拿不定主意。眼見時間不早了，便動身走回。

一晚時間無聲無息地過去了。

這一天，是稷下宮觀禮的日子。一大早天剛濛濛亮，孫樂還在練習著她的太極拳時，便聽到外面已經是喧譁聲一片。

望了一眼到處點起的燈籠，孫樂又練習起太極拳來。

前幾天，她曾有過一種自己算是個高手的錯覺，可這錯覺，昨天在生死關頭時破滅了。孫樂發現，自己現在最主要的便是實戰能力不夠。看來，得時不時地跟人對練一下了。

孫樂剛練了一會兒，一陣腳步聲傳來，緊接著，阿福的聲音響起——

「孫樂，妳又在練舞了？快去清洗一下，我們待會兒就得趕去參加稷下宮觀禮了。」

孫樂收勢，含笑看著漸漸走近的阿福。

阿福一邊向她走近，一邊笑道：「五公子昨天晚上便夜宿齊宮，咱們的馬車中沒有公子在，只怕占不到稷下宮的中心位置。不過能看到我家公子在天下人面前風光，就算位置再偏，我阿福也是開心得很！」

阿福說到這裡，笑呵呵地搓著手，一臉神往，他這時已走到孫樂面前。

他見孫樂的表情還是這樣淡淡的，不由得有點鬱悶地說道：「真不知道妳在想些什麼？小小年紀，就無悲無喜的，幸好是五公子這樣的好人，要是換了別的男人，妳只怕被趕到角落裡掃地去了。」

孫樂抬眸看著阿福，眼神清亮。

阿福說著說著，被她這麼一看，忽然心中咯噔了一下，不由得想起她的種種過人之處。這一想，他又為自己剛才說的話不好意思起來。

孫樂見此，微微一笑，她看了看天邊剛剛昇起的朝陽，輕笑道：「福大哥怎地來得這麼早？觀禮不是看了時辰，得到午時初嗎？」

阿福哎喲一聲，拍了一下自己的腦袋，叫道：「光記得跟妳說話，忘了告訴妳了，有人找妳呢！」

「誰呀？」

阿福神秘地左右看了一眼，朝孫樂擠了擠眼，興奮地壓低聲音說道：「人家是偷偷來的，她的馬車就停在拱門外呢，她要我來跟妳說一聲再進來。唉呀，我說她那是什麼身分，妳孫樂又是什麼身分呀？她要見妳，犯得著這麼認真、這麼小心嗎？派個侍婢來叫妳一聲，妳還不就去參見了？真是的。」

阿福一邊說，一邊無比榮幸地盯著孫樂，朝著她上下打量，似乎她占了一個多大的便宜一樣。

孫樂明白過來了。

她垂下眼瞼，淡淡地說道：「是不是雉才女？」

「咦？妳居然猜中了？」阿福又搓了搓手，迫不及待地說道：「她可是大貴人呢！現在就在拱門外候著。要不，妳親自去迎進來？」

孫樂淡淡地扯了扯嘴角，垂下眼瞼，說道：「不用了，煩勞福大哥去說一聲，孫樂不敢見她。」

啊？

阿福怔住了。他瞪大眼，不敢置信地盯著孫樂。

孫樂瞟了阿福一眼，說道：「她如果要多說什麼，福大哥你不妨告訴她，孫樂生性冷淡，不喜麻煩，請她好自為之。」

說到這裡，孫樂衝著阿福微微一福，提步向房間走去。

直到她進了房，房門輕輕地被掩上，阿福才眨了眨眼，又眨了眨眼。

他傻乎乎地看著孫樂的房間，又看向拱門處，不解地嘟囔道：「發生了什麼事？孫樂這丫頭我都弄不懂她了。」他畢竟是個聰明人，雖然敬慕雉才女，可也感覺到孫樂語氣中的不善，便搖了搖頭，一臉不解地向回走去。

孫樂也不管阿福是怎麼跟雉才女說的，她待在房間中繼續練習起太極拳來。

孫樂前世的長相是清麗型的，雖然說不上是多麼美貌，可稍一打扮還是回頭率不低的。她從來便認為，一個女人，年輕時如果能青春動人，那可是值得慶幸的，那樣年老的時候，也有一段關於青春的綺麗回憶。

可她這一世的相貌實在太過粗陋，粗陋得每當有年輕男子向她看來時，她都覺得肯定是因為自己長得太醜而被對方關注。前世美妙的記憶猶在，這一世的體會卻如此讓人難堪，這種對比實在太強烈，所以她堅持著，一天又一天，一年又一年地練習著太極拳，夢想著有一天自己能恢復前世的清麗。更何況，練習太極拳還有不少別的好處。

練了一個時辰後，孫樂清洗了一下，穿好五公子派人送來的蜀綢，轉身朝外面走去。

當她來到院落裡時，阿福已叫人準備了馬車，正整裝待發。

他看到孫樂走來，連忙上前一步，湊到她面前低聲說道：「剛才雉大家什麼也沒有說就走了呢，我聽她的語氣有點不安。孫樂，不要緊吧？」

他是個聰明人，也不多問原由，只是關切地問孫樂要不要緊。

孫樂搖了搖頭，輕聲回道：「不要緊的。」

阿福呵呵一笑。

街道上給馬車擠得水洩不通，一眼望去，都是朝稷下宮方向去的。姬城主等人，一大早便被齊王特使接走了，現在姬府去的人，都是如阿福、孫樂這樣身分的。

擁擠的街道上，馬車行進得極為緩慢，阿福不時伸出腦袋瞅著前方，擔憂地嘟囔不休。「這麼慢的速度，肯定趕不到觀禮，孫樂，這可怎麼辦？早知道，昨晚便應該想法子跟著公子前去了，哎……」

孫樂嘴角含笑地傾聽著。

她的腦袋也伸出車窗外看向前方。

看著看著，突然間，一個人影出現在她的視野中。

這人是個一身麻布衣服的漢子，這漢子二十六、七歲年紀，生得高大英武，濃眉中有股威嚴，卻是義解！

義解的背上負著長劍，頭上卻戴著一頂半笠。

奇了，以他的身分地位，為何這麼低調地出現在這裡？

孫樂暗暗忖道，她猜義解是不想暴露身分，便移開目光。

她的目光剛剛準備移開，驀地，義解唰地回過頭來，與她四目相對！

這一下兩兩相望，兩人都是一怔。忽然間，義解衝著孫樂眨了眨右眼。

孫樂抿唇一笑，也衝著他眨了眨右眼。

她這個動作一做，義解便把斗笠微微一抬，露容衝著她大大地一笑。遙遙地衝著她一叉手後，他身子一閃便消失在人群中，孫樂再也找不著了。

孫樂微笑著收回目光，她剛準備把腦袋縮回車內，突然間，一個動聽至極的女聲從身後悠悠傳來——

「孫樂？」

這個聲音一傳來，幾乎是一瞬間，所有聽到的人都給呆住了。一時之間，無數人轉過頭，順著那聲音傳來處看去。

這一看，眾人皆是如癡如醉！

緊跟在孫樂的馬車後面的，是一輛漆成全白色的馬車，馬車中，一個戴著紗帽的少女正伸出頭，向孫樂瞅來。

這少女雖然戴著紗帽，可光是她那若隱若現的容顏，便能讓人感覺到她驚人的美貌，她正是雉才女！

雉才女笑盈盈地看著孫樂，似乎根本沒有察覺到，自己已經成了萬眾矚目的中心。

孫樂向來不喜歡出鋒頭，見她這麼一喊，無數道目光也聚集到了自己身上，當下眉頭微皺。

她這一下眉頭皺得極不起眼，可是不知怎麼地，雉才女卻似乎感覺到了。當下，她朝孫樂抱歉地吐了吐舌頭，眨了眨眼，然後迅速地縮回頭去。

雉才女這一露臉，一陣驚叫聲此起彼伏地響起——

「那是雉才女！」

「聽說她是天下第一美人？」

「第一美人應該不是，不過當世罕有能與她的美貌相比者。」

議論聲中，一個大吼聲突然傳來——

「兄弟們上啊！把雉才女扯下來，大夥兒看個明白！」

這吼聲一出，人群便如煮沸了一般，轉眼間人流如潮一樣地向雉才女的馬車湧去。

見此情形，雉才女的馬車伕一聲急喝，連連揮動長鞭驅馬加速，恰在這時，前面二十公尺處出現了一個岔道，當下那馬車便掉轉馬頭駛入岔道中，絕塵而去。

孫樂望著雉才女消失的方向，擰眉沈思。好端端的，她為什麼要叫我一聲？

在孫樂沈思之際，阿福呆呆地望著雉才女離開的方向，嘆道：「孫樂，雉大家對妳十分看重呀！」

孫樂聞言，有點厭煩地嘆道：「就是太看重了。」

孫樂的馬車在雉才女那一聲叫喚後，便時不時地有人向她的方向看來。這些人，有的對上她平凡不起眼的長相後便移開了目光，也有的是仔細端詳，孫樂甚至不時聽到有人在詢問自己的底細。

就這樣，馬車在不疾不徐中慢慢向前駛去。

孫樂的馬車旁，一個騎驢的麻衣青年與馬車不即不離地同行著。這是一個削瘦的、一臉菜色的青年，可是這樣一個極不起眼的青年，孫樂卻隱隱地感覺到他的與眾不同，也許是他那渾濁的眼在閉合之際偶然露出的精光，也許是他一邊東張西望，卻兀自穩如泰山地坐在驢背上的身姿。總之，孫樂只是一眼，便對這人不敢輕視。

這青年自從看到雉才女後，便一直有點失魂落魄，也不知他出於什麼想法，居然費盡周折地擠到了孫樂的馬車旁邊。

這青年不時地掉轉頭，看向雉才女消失的街道，他瞅了幾眼後，一聲長嘆，轉向馬車中的孫樂說道：「姑娘，被如此絕代佳人叫喚名字的感覺是否妙不可言？」

孫樂瞟了他一眼，收回目光淡淡地回道：「我是女子。」

青年朝孫樂看去，他上下打量了一眼後，很認真地點頭道：「我當然知道妳是女子。」

一旁的阿福把頭一伸，衝著那青年說道：「她的意思是說，她只是一個女子，自不會對別的女子感覺到心動。」

菜色青年一呆，他很是認真地想了想後，大點其頭。「然也，甚有道理！」

大力地點了幾下頭後，他再次向孫樂說道：「姑娘，身為絕色美人，享受天下男人的傾慕，雉大家一定很沈醉其中吧？」

孫樂再次瞟了他一眼，淡淡地回道：「我不是她，不知道她的想法。」

菜色青年又是一呆，他側過頭，認真地想了想。半天後，他再次大力點頭道：「然也，甚有道理！」

說完後，他又向孫樂問道：「姑娘，卻不知何等男子，才能得到雉大家那樣美人的傾心相慕？」

何等男子？

孫樂的心一跳，腦海中不由自主地浮現了弱兒的模樣。

她一清醒，便對上那菜色青年專注的盯視，當下她再次淡淡地回道：「這事只有雉大家才能回答於你。」

菜色青年又想了想，然後再次點了點頭。

想過後，他又轉向孫樂，問道：「姑娘——」

「停！」

孫樂突然喝止他，衝著他叉手說道：「兄台，你的問題太過深奧，小女子愚昧，全都無法回答。」說罷，她伸手扯向車簾。

就在她伸出右手要拉下車簾的時候，那菜色青年盯著她的右手，以一種低低的、喃喃的聲音嘟囔道：「這樣一隻手，也有人出三十金欲取之？」

什麼?!

孫樂大驚！

同時，她的動作也是一僵。

就在孫樂錯愕地睜大眼盯向那菜色青年時，那菜色青年的驢子朝旁邊一鑽，混入了前方的人群中，轉眼便從滔滔人流中失去了蹤影。

阿福看到孫樂呆呆的，一動也不動，不由得伸過頭詫異地問道：「孫樂，妳在看什麼？孫樂？」

孫樂一怔，她慢慢地鬆下手，輕聲回道：「沒什麼。」

阿福看了一眼她有點發白的臉色，奇道：「妳臉色不好，出了何事？」

孫樂垂下眼瞼，冷冷一笑。「有人出了三十金，想要廢了我的手！」

啊?!

阿福大驚，他急急地看向孫樂，緊張地問道：「何人？」頓了頓，他又問道：「妳因何而得知？」

孫樂淡淡地浮起一抹笑，只是這笑容有點蒼白。「我自然知道。」她暗暗想道：好一個雉才女！妳喜歡弱兒也好，對他有圖謀也好，這些與我何干？居然一而再地欺凌於我！

剛才那菜色青年連說了幾句與雉才女相關的話，然後就提到有人出三十金廢掉她的手，這麼明顯的暗示，孫樂怎麼可能聽不明白？

她垂下眼瞼，心如電閃，不停地思索起對策來。

她這時已經明白了，雉才女為什麼突然叫了自己一聲，她這樣做也許便是為了把自己指給那個要動手的人看。當然，如果她不想在弱兒面前曝露自己，那麼她這番狀似示好的行為，一定還有深意。

那個人，應該不會馬上動手。而且他們就算要動手，也會把事情弄得像個意外，只有這樣，雉才女才不會被弱兒責備。可他們也不會拖得太久，平素自己與五公子同進同出時，身邊有陳立保護著，因此那些人要下手，必會趁陳立不在自己身邊的時候。

唉，當真是色能害人啊！弱兒的男色也不見得如此傾倒世間女人呀，怎地他帶來的麻煩就如此之大？那個惡毒的女人，因何要廢了自己的右手，而不是如前番她的婢女所做的那樣，乾脆取了自己的性命去？

還有，那菜色青年是誰？

會不會是弱兒派來的人？不對，應該不是。如果是弱兒派來的人，以他的個性，只怕這些事他都不會告訴她便自行處理了。對，他是義解大哥的人！

孫樂不停地思索時，阿福已是一臉灰敗又擔憂地盯著她，他想看向外面，看看誰對孫樂不利，會不會連累到自己？可是，他又不敢看，生怕自己一不小心便惹火上身。因此，他縮在角落裡，身子縮成一團，不可控制地顫抖著。
喀喀喀……一陣牙齒相擊的聲音傳來，孫樂回頭一看，見到阿福已懼怕到了極點。
孫樂搖了搖頭，這時，她眼睛一轉，突然發現那騎驢的菜色青年又出現在視野中了。
孫樂眼睛一轉，突然伸頭衝著馭者叫道：「駛快些！」
馭者應了一聲，馬車加速。
不一會兒，馬車便衝到了那菜色青年的身後。菜色青年彷彿感覺到他們的靠近，連連踢著驢腹加速，想要拉開距離。
孫樂眼珠子一轉，從馬車中伸出頭來，對著那菜色青年騎坐在驢背上的瘦弱背影提聲叫道：「那位騎驢的大哥，我知道有什麼法子可以得到雉大家的芳心了！」
菜色青年的背影頓時一僵。
而在一驢一車的旁邊，眾男人都側耳傾聽起來。一時之間，無數雙眼睛飽含著火熱和激情地盯著孫樂，等著她的下一句。
孫樂也不負眾望，她衝著依舊沒有回頭的菜色青年叫道：「這位大哥，我孫樂呀，與雉才女可是有仇呢！她十分厭惡我，前不久還派她的親信侍婢想取下我的人頭，就是今日早晨，她都還到我的住處警告我，說總有一天要廢了我，不是廢了我的手就是廢了我的腳，要的就是讓我下不了床啊！」
孫樂的聲音可不低，她這番話一出，頓時一陣喧譁聲響起。她的側後方，一個少年大叫

道──

「兀那叫孫樂的女子，妳憑什麼說雉大家要殺妳？」他斜睨著孫樂，冷笑道：「就憑妳，何德何能值得雉才女記掛？」

孫樂苦笑了一下，她衝著前方那個堅決不回過頭來的菜色青年背影一指，朗聲說道：「這個問題，前面的大哥一清二楚！大家可以去問問他實情如何！」

孫樂說到這裡，長長地嘆息一聲，突然頭一縮，躲進了馬車中，還順手扯下了車簾。

而馬車外，是擠擠一地疑惑不解的人，還有好幾道盯向那菜色青年的目光。

那菜色青年早在孫樂最後一句話說出之際，便呆若木雞。他愣愣地回過頭來，卻對上那車簾布擋得緊緊的馬車廂。菜色青年眼睛左轉一下，右轉一下，再轉一下，對上眾人好奇疑問的目光，忽然苦笑起來。這個小丫頭！腦筋還真是轉得快！她這一招打草驚蛇兼禍水東引，還真是讓人無法招架呀！

馬車中，阿福錯愕地看著孫樂，奇道：「孫樂，妳說的話我怎麼聽不懂？」

孫樂淡淡一笑，徐徐地說道：「雉才女要動我，可她只敢偷偷摸摸地來，因為她知道，如果被某個人知道了，她將死無葬身之地。可她要暗著殺我，我偏要弄得人盡皆知！我要讓她知道，我有個什麼三長兩短，必被那人懷疑是她使了壞。」

說到這裡，孫樂不由得想起了那菜色青年。想必此刻，他是無奈到了極點。嘿嘿，我就是要狐假虎威。我就是要雉才女知道，我孫樂看似平常，可也是有背景、有人保護的人。只有這樣，她才不敢再次下毒手。

孫樂想到這裡，不由得一樂。特別是想到菜色青年此刻那愁眉苦臉的樣子，更是樂不可支。

可是樂著樂著，她卻又低低地嘆息起來。這雉才女真是可惡，如此一再相逼！孫樂，人沒有千日防賊的道理，看來得好好地想一想法子對付她了。

孫樂知道，對付雉才女並不是一件簡單的事，此女遊歷諸國多年，卻一直沒有哪個王侯敢強行脅迫她，可見她的後臺絕對不簡單。而且，此女以才智聞名，如此盛名，一定有它的理由的。

想著想著，孫樂伸手揉搓起眉頭來。

這些麻煩，都是隨著弱兒而出現的，不過孫樂明白，這可不是現在的她想避就避得了的，早在幾年前，她與弱兒有關聯開始，就決定了今日的麻煩。

既然避不開，正面接招便是！孫樂慢慢挺直腰背，再次掀開車簾看向外面。

一個戴著紗帽，絲毫不露出面容的少女站在閣樓上，一瞬也不瞬地盯著馬車。

少女身後走出一個中年男子，他走到少女身後，低聲說道：「大小姐，胡客派人來詢問了，還要不要對這孫樂動手？」

少女的嘴唇本來便抿成了一線，聞言抿得更緊了，她有點惱怒地喝道：「動手？怎麼動手？先令他回來吧！你去告訴他，這幾天不但不能動手，這孫樂遇到什麼危險還要出手助一助。哼，她要有個什麼三長兩短，楚王是絕對不會再放過我的了！」

她說到這裡，不由得疲憊地吐了一口長氣，閉上雙眼久久不動。

直過了好一會兒，少女才低嘆道：「再想法子吧。」她盯視著那越駛越遠的馬車，冷冷一笑。「果然聰明！輕而易舉便令得我動彈不得，果然不凡！」

孫樂靜靜地坐在馬車中，稷下宮所建的地方有點偏，隨著越來越靠近，道路也開闊多了。

阿福坐在一旁，不時地盯著孫樂，過了一會兒，他低聲問道：「孫樂，妳怎麼會有機會得罪別人？」

他沒有說出雉大家的名號，可能是因為心中還是不那麼相信吧。

孫樂苦笑道：「禍福不是想避就可以完全避開的。」

阿福顯然有點聽不明白，他嘟囔道：「如我這樣的小人物，是絕對不會有刺客盯上的，孫樂妳比福大哥聰明些，果然麻煩也多些。」他說到這裡，搖頭晃腦地嘿嘿一笑。「所以呀，人笨一點還是有好處的。」

孫樂聞言也是揚唇一笑。

這時，前方十里處，一片平原中出現了一座座巨大又精美的建築群。那建築群的外圍全部由高大的巨石壘成，孫樂隔個十里遠，都可以看到那足有四丈高、兩丈寬的巨大石碑豎立在最當眼處，石碑上從上到下書著三個大字：「稷下宮」。每一個大字，都有一丈大小，字是隸書，墨跡猶新，蒼涼古樸中透著一種俊秀。

不論石碑後面的建築群，也不管石碑過去那一色的青石地板，光是這聳入雲霄的高大石碑，便讓所有人都感覺到一種宏偉，一種讓人不得不仰視的大器。

石碑的周圍，擠滿了前來觀禮的人群。遠遠看去，孫樂只見那些豎立在眾賢士頭頂上的竹冠，這麼望過去，特像書房中的竹簡，還擺得參差不齊地晃啊晃……

這時，孫樂前後的馬車中已有人跳下了車，大步向那石碑處走去。

孫樂看著看著，突然不想打著五公子的名號，正經八百地坐在尊位上觀看了。想到這裡，她轉頭對著阿福笑道：「我且下去一觀。」

阿福點了點頭，轉又叫住她說道：「下去？下去妳看不到的。」

「無妨。」

孫樂笑了笑，跳下了馬車。

孫樂身手敏捷，在人群中三閃兩避的，一會兒便消失在阿福的眼前。

阿福盯著孫樂的背影，喃喃說道：「我還真是越來越看不懂她了。」

孫樂的四周，大多是一些沒有受到邀請而來的普通人。就在前方靠近石碑一里處，十幾個全副武裝的衛士持槍守衛著，凡是戴了冠的人他們是看也不看便放人入內，而沒有戴冠的，那可就長槍一攔，擋在外面了。

孫樂沒有想到會遇到這樣的事。她眼珠子一轉，忽然玩心大起，當下身子一閃，便鑽入了人群中。

夫和是個僅二十歲的衛士，年輕而劍術不凡，深得齊王看重，因此才能出現在如此重要的稷下宮擴建觀禮的場合。

可此時夫和很無奈，他瞪大一雙牛眼，傻乎乎地打量著眼前這個小小的少年。眼前這少年十四、五歲，身材修長而瘦弱，他也正瞪著一雙牛眼與夫和相對。

夫和瞪著瞪著，伸手指向少年頭頂上麻布做成、樹枝撐起的冠，皺眉說道：「小公子，你這冠……你這種冠不能入內！」

「因何不能入內？」少年的聲音有點脆，平凡的臉上仔細看時，還是能看出兩分清秀，他此時雙眼睜得老大，小手朝自己頭上一指，侃侃言道：「我頭頂所戴者，是冠，然否？」

「然，可是……」

夫和「可是」了半天都沒有後文。他忍不住搔了搔頭，想道：這天下間竹冠、木冠都多的是，可就從來沒有麻布樹枝做成的冠啊！這……這也叫冠？

少年不等他把後文想明白，便又問道：「齊王有令，凡冠者可入內，然否？」

「然也，可是……」

少年嘿嘿一笑，伸手拔開夫和手中的長槍，自顧自地朝內走去，他一邊走一邊笑咪咪地說道：「大哥，說了『然』就可以了，那『可是』就不必說了。」他越過夫和，朝著他雙手一叉，笑道：「多謝。」

說罷，他在夫和的目瞪口呆中，長袍一拂，大搖大擺地擠入了前面的賢士群中。

少年一進入賢士群中，便如落入鶴群的小雞，煞是亮眼。

當然，亮眼歸亮眼，少年的五官實在太不起眼，眾人目光一移開，便無法記起他的面容來。

少年對上眾人不時投來的目光，這些目光中有輕視、有好笑，在種種目光中，他旁若無人地大步向前走去，一邊走，他一邊不時地伸出手撫上自己倉促之間做成的麻布冠，喃喃說道：「冠好似要掉了，這冠一掉下，只怕這些人便會立馬把我轟出去。嘿嘿，這種眾人矚目，又無人能認得出我的感覺實在太好了。」

這少年，卻是孫樂了。

孫樂還真沒有這麼玩心大起的時候，她剛才溜入人群中，在一個少年那裡誑了一身男裝。以她的才智，做這種事是輕而易舉。她一換上男裝，便發現就算雉才女站在自己的面前，怕一時半會兒也識不出自己便是那個孫樂，這種變化令得孫樂大樂。

孫樂大搖大擺地混在眾賢士當中，向著稷下宮走去。

稷下宮擴建後，以孫樂看來，它有點像是一個最原始的學院了。整個稷下宮的建築群中，除了論道、論才的才殿外，還有可容數百人住下的木屋群。孫樂知道，這木屋群中，有齊王給五公子的一幢小樓。

天下賢士說多其實也不多，孫樂估算了一下，此時出現在稷下宮的賢士，只有一千個不到。當然，以這個時代來說，這一千名賢士已相當驚人了。

越過石碑後的廣場，那座最大石殿的階梯上，此時已坐了數十個人，這數十個人中，一身白袍、俊美如玉、面容清冷的五公子，如一顆最為燦爛的珍珠一般，吸引了所有人的注目。

孫樂好久沒有這樣站在人群中欣賞五公子了。

她靜靜地看著他，看著看著，她低低地嘆息一聲。可能是她的目光太過專注，也可能是她的布冠也很顯眼，就在她瞅得十分專注的時候，五公子頭一轉，也向她的方向看來。四目相對，孫樂看到五公子眉頭微皺。

也不知他是不是認出自己來了？

孫樂玩心大起，忽然衝著五公子做了一個大大的鬼臉！

五公子一怔，更認真地瞅向孫樂了。

可不能叫他認出來了！孫樂知道，五公子對自己實在太熟悉了，自己的裝扮瞞得過別人，可瞞他是大不容易。

想到這裡，她腦袋一縮，退後幾步，讓幾個身材高大的賢士擋在了眼前。

正在這時，一隻手掌落在她的肩膀上。

孫樂一驚！

那手掌在她的肩膀上拍了拍，同時，一個青年的聲音從她身後傳來——

「小兄弟可真是一個趣人！可你這冠都歪了呢！」

孫樂嘴一彎，回頭對上這面白而眉清目秀的青年賢士。「歪就歪了。」她彈了彈自己頭頂上的布冠，笑咪咪地說道：「這可是小弟我這草木賢士，為了區別於天下的竹玉賢士而特意弄歪的呢！」

「哈哈哈……」青年賢士聞言哈哈笑了起來。「草木賢士？竹玉賢士？果然有趣！」

果然？為什麼用上「果然」二字？

孫樂一怔。正在這時，她的另一邊肩膀也搭上了一隻手，就在這隻手搭上時，那白淨青年連忙嘿嘿傻笑著，忙不迭地放下了自己搭在孫樂肩膀上的手。

放在孫樂肩膀上的另一隻手借勢手臂一環，已把孫樂半抱在懷中，像摟著一個調皮的小弟一樣，並把她的麻布冠扶了扶，低笑道：「還是我的姊姊聰明，居然用這種法子來誘我相見。」

孫樂因為弱兒如此靠近而有點紅撲撲的小臉，在陽光下看來，倒添了一分秀色。她頭也不抬，嘴角略彎。「我想弱兒你膽大包天，自然不會錯過今天這場觀禮了。」

弱兒哈哈一笑。

他昂起頭，烏黑的雙眸銳利地盯著臺上諸位高賢，打量了一番後，他低聲嘆道：「齊王還是財大氣粗，如此招賢納士之法確是不錯。」

說到這裡，他笑了笑，傲然地說道：「不過他本人卻只是平庸之輩，雖重才卻不會用才，不足懼矣！」

孫樂注意到，就在弱兒的手按上自己的肩膀之時，四周先後擠了十幾個人進來。這十幾個正好把他們兩人團團保護在中間，被這十幾人一圍，弱兒說什麼都不懼被人聽見。

弱兒笑到這裡，下巴朝孫樂頭頂上一擱，悶悶地說道：「姊姊，妳還不準備跟我回楚國嗎？姊姊，弱兒不歡喜妳在他的身邊呢！」

孫樂苦笑起來，弱兒長得如此威嚴高貴，卻說出這麼孩子氣的話，可真是讓她哭笑不得呢！

孫樂伸出右手握著他的大掌，低聲說道：「弱兒，雉才女可是你的人？」

弱兒微怔，淡淡地回道：「我與她，有些交易。」

孫樂低斂著眉眼。

這時，弱兒沈聲問道：「妳在路上說的話，可是真的？她想傷害於妳？」

孫樂點頭。

弱兒冷笑起來，冷笑過後，他低低地說道：「不過現在還不能動了她，姊姊，我會派人保護妳的。」

說到這裡，他盯著孫樂，輕輕地問道：「姊姊，妳會生氣嗎？」

孫樂搖了搖頭，抬頭對上弱兒的俊臉。她剛一抬頭，便被眼前這張因皺起了眉而威煞十足的臉給弄得心緒又亂，她連忙垂下眼瞼，目光看著弱兒的領襟處說道：「弱兒志在天下，本來便會遇到很多身不由己的事，姊姊怎麼見怪？」

弱兒哈哈一笑，他伸手撫上孫樂的臉頰，說道：「只有姊姊最是知我了。」

弱兒的手掌，粗硬溫厚，帶著一股濃烈的男性氣息。

被他的手這樣一撫，孫樂忽然不自在起來。

她伸手把他的大掌一拉，輕聲說道：「大家都在看著呢！」話剛說完，她便瞟到剛才那白臉青年迅速地向後退出半步，他不但退出半步，還頻頻抬頭遠眺，一副「我可沒閒注意你們」的模樣。

弱兒聽到孫樂如此說來，不由得一笑。「那又如何？」他說到這裡，低頭看到孫樂似是很不自在，呵呵一笑，鬆開摟著她腰身的手，撫在她臉上的大掌也放下了。

弱兒一放開孫樂，孫樂便吁了一口氣。她這口氣剛剛吁出，便看到弱兒似笑非笑地盯著自己，當下，孫樂的臉又是一紅。

孫樂連忙垂下眼瞼，避開弱兒的打量，問道：「弱兒，昨天不是說有人注意到你們了嗎？情況如何？」

弱兒一聽到孫樂提起這些事，果然注意力被轉移了，他嘴角向上一掠，淡淡說道：「似是齊王的人發現了一些跡象。」他輕描淡寫地說到這裡，低頭見孫樂一臉的擔憂和關切，不由得伸手握著她的小手，說道：「姊姊無須為我擔憂，這一切都在我的預料當中。」

「如此就好。」孫樂低聲回道。

兩人正說話之際，一陣喧囂聲從前面傳來，喧囂聲中，弱兒的聲音從孫樂的頭頂傳來——

「稷下宮觀禮時辰到了。」

孫樂連忙抬頭眺去，可她前面站著幾排高大的賢士，孫樂這一抬頭，除了一大片的沖天竹簡外，啥也沒有看到。

弱兒看到她這樣子，笑道：「姊姊，妳如此矮小怎可看到，不如我抱著妳一觀如何？」

孫樂臉一紅，輕哼了一聲，薄怒道：「你鬆手我便可以看到了。」

弱兒緊緊地抓著她的手，她甩也甩不脫，想擠到前面去看個明白是根本就走不動，偏生弱兒還在那裡說著風涼話。

弱兒低著頭，快樂地看著孫樂暈紅的臉，暗暗想道：我以前怎麼沒有發現，姊姊臉紅時居然會好看至斯？

孫樂感覺到弱兒緊緊盯迫的目光，臉更紅了，她連忙別過頭去，避開了他的注目。

這時，弱兒頭一抬，眺著臺上喃喃說道：「姬五居然如此被看重……祭酒？姊姊，他能有今天，是不是因妳之故？」

孫樂聽到弱兒提起五公子，不由得更感興趣了，她連忙抬頭踮腳看去，可小雞就算踩了高蹺，依然是隻雞，還變不了仙鶴去。孫樂這一踮起來是高了些，可看到的依然是片晃晃悠悠的竹簡林。

看不到前面，孫樂也就不再東蹦西蹦的，她站平了腳，搖頭說道：「不，我沒有那麼了不起。」

弱兒盯著她，淺笑道：「我的姊姊向來了不起。」他說到這裡，眼中光芒閃了閃，忽然低下頭湊到孫樂的耳邊，低聲說道：「三年了，姊姊還是為姬五的男色所傾，不能自已嗎？姊姊，弱兒也長得不差的，妳要不要再仔細觀賞觀賞，與姬五比較比較？」

他說這話時，聲音中帶著濃濃的笑意，用詞也頗為戲謔，孫樂的臉唰地一下更紅了。她的手肘朝身後輕輕一捅，在捅得弱兒裝模作樣地呼痛後，孫樂低聲喝罵道：「盡是胡說！」

她雖然如此說著，可一顆心還是有點亂了，她聽得出，弱兒這話表面上說得戲謔，實際上卻非常認真，他是很認真地在跟她說呢！

弱兒歪著頭，欣賞著孫樂暈紅的雙頰，等孫樂的表情剛一恢復冷靜，他又撫著下巴喃喃說道：「姊姊，妳說若我重金厚禮把姬五弄到楚地去，再給他下點藥什麼的，弄兩個美人來破了他的童子身，妳說妳會不會捨得一腳蹦開這個小白臉兒呢？」

騰地一聲，孫樂臉紅至頸！

她抬起頭，大大地甩了兩個白眼過去，恨得牙癢癢地說道：「弱兒，你都是從哪裡學會了這些亂七八糟的玩意兒的？」

弱兒不答，他長嘆一聲，伸手撫著自己的額頭，連連怪叫。「慘了、慘了！姬五那小白臉當真把我姊姊的魂給勾跑了！奶奶的，這小子可輕易饒他不得！改天一定要弄上五、六個大美人給他嚐嚐，省得這小子不知天高地厚地想搶我的姊姊！」

弱兒的怪叫聲中，孫樂的手肘連連朝後直捅，她這一通亂捅，弱兒的慘叫聲便混在怪叫聲中，煞是熱鬧。

站在弱兒身周的那十幾個人，此時都面無表情地盯著前方，似乎正聚精會神地欣賞著觀禮儀式，可如果仔細看的話，便會發現他們個個雙眼發直，嘴角抽動。

兩人打鬧了一會兒，弱兒朝左側數十公尺處瞟了一眼，忽然叫聲一止，伸手扶著孫樂的肩膀，輕聲說道：「姊姊，我等暫退了。妳也換掉這身裝扮吧。」

孫樂看著他，連連點頭，低聲道：「小心為上。」

「嗯。」

孫樂目送著弱兒等人不動聲色地在人群的擁擠中一一退去，漸漸消失在她的視野中，不由得有點悵然若失。

看著那越走越遠的身影，孫樂真的有一種衝動，想衝到弱兒的面前，想跟他一道離去。可是，她一想到隨之而來的無數麻煩，一想到臺上的五公子，便又有點猶豫了。

遲疑了一會兒後，孫樂甩了甩頭，拋開這難以取捨的選擇，也擠入人群中，準備換回她本來的面目。

一刻鐘後，孫樂再出現時，已恢復了她那平庸至極的女子面容。剛才孫樂在井水中照了照，發現自己如今的面容，換上男裝還可以看到兩分清秀，這一換回女裝，便又十分的貌不驚人了。

當她重新擠入人群中時，人群中又傳來一陣笑聲和喧囂聲。孫樂連忙腳下加速，擠向眾人之前。

就在她終於擠到了眾人之前，可以清楚地看到臺上的眾人時，一陣鼓樂聲大作，鼓樂聲中，齊王朗聲喝道——

「天地玄黃，達者為尊，禮畢——」

居然禮畢了。孫樂大為失望，她看著高臺上戴著齊王親賜，代表著祭酒身分的金玉交錯冠的五公子，望著他在眾賢士中卓然而立的身影，久久頭腦一片空白。

齊王這聲禮畢一喝出，孫樂的身前身後便傳來一陣低語聲。

第十八章　她是縱橫權謀客

孫樂把視線從五公子身上移開，轉向四周。她剛轉過左側，便看到阿福正在那裡探頭探腦地看來。

阿福探頭探腦地看著看著，忽然一眼瞟到了孫樂，他連忙睜大那雙青蛙眼，伸手朝孫樂招了招。

孫樂揚唇淺笑，向他的方向大步走去。

不一會兒，孫樂走到了阿福的面前，阿福低聲說道：「妳剛才到哪裡去了？我一直在尋找妳呢！」

孫樂笑道：「可是五公子令你找我？」

「然也。」阿福笑道；「孫樂就是聰明。」

阿福誇獎了一句孫樂後，得意地笑道：「孫樂，五公子以後便可以住到這稷下宮來了。嘿嘿，天下賢士如此之多，我家公子居然是個祭酒，這可真是榮耀呀！」

孫樂笑了笑。

阿福和孫樂兩人順著側門，向稷下宮分配給五公子的小木樓走去。這一路所見的木樓，顯然都是經過名工設計，不管是整體還是局部看來，都顯得十分精美。特別是這些小木樓，它們外面的樹皮還沒有去掉，甚至可以看到青樹枝青藤纏繞，古樸中頗見自然。

五公子如果想住在這裡，那孫樂和阿福自然也會住在這裡了。不過據孫樂想來，以五公子喜歡清冷的性格，不一定喜歡住在這裡。畢竟他現在可是天下賢士注目的中心，他待在稷下宮的話，可是想清靜也清靜不了。

這裡還真是建得幽雅別致，孫樂滿意地四下顧盼著。

順著一條沙石小路，經過一條長長的林蔭道後，阿福朝著前方一幢掩映在樹叢中的小木樓一指。「到了。」

孫樂加快腳步向前走去。

孫樂兩人剛剛跨入拱門處，便聽得裡面傳來了一陣女子的歡笑聲。那個格格笑得最歡的，聲音極為熟悉，卻是姬洛。

奇了，她不是走了嗎？怎麼又過來了？

笑聲中，姬洛和四個清麗的侍婢走了出來，她們一眼便看到了阿福和孫樂兩人，幾個侍婢只是瞟了一眼他們，便不再在意。

倒是姬洛腳步一停，盯著孫樂叫道：「孫樂，你們才來呀？」她笑道。「我可是早就住進來了。這小樓太簡樸了，才叫人剛把它弄好呢！」

「見過姬洛小姐。」

阿福和孫樂同時行了一禮。

姬洛似乎沒有看到阿福向自己行了禮，她蹦跳到孫樂面前，笑咪咪地說道：「別這麼多禮啦！」

她說到這裡，歪著頭笑道：「孫樂，聽說連雉大家都誇獎妳呢，可是真的？」她說這話時，雖然笑著，那笑容卻有點勉強，而且語氣中也有點緊張。

孫樂馬上明白過來，她現在是把雉大家當成情敵了。怪不得她剛才看到自己時，並沒有如上次那樣有著防備，原來她已經把注意力放到了雉大家身上了。

孫樂低眉斂目，輕聲回道：「雉大家可非尋常人，她就算詢問於我，注意力也不在孫樂身上。」

姬洛掛在臉上的笑容一僵。

她嘴唇顫動了幾下，低低地說道：「孫樂妳覺得她喜歡五哥嗎？」

孫樂依舊垂眉斂目，淡淡回道：「孫樂不知。」

姬洛「嗯」了一聲，擰著眉頭，一副煩惱至極的模樣。

孫樂低眉斂目地看著地面，暗暗好笑。姬大小姐怕是今晚上要睡不著了。

姬洛咬著下唇，在那裡尋思來尋思去。

阿福和孫樂兩人再次向她行了一禮，便越過她向小樓中走去。

小樓中，除了五公子的房間和一些招待客人的房間外，其餘的好房間，特別是靠近五公子寢房的房間，幾乎都被姬洛和她的侍婢們占了。阿福還好，有些靠外面的房間只有男人可住，而孫樂便只能在最角落處挑了一間小小的廂房了。

五公子直到傍晚時才回來，他一回來，孫樂便聽到院子裡歡笑聲不斷。這些歡笑聲中，姬洛那溫柔如水的笑聲最為動聽和入耳。

聽著那陣陣笑語聲，孫樂暗暗想道：阿福老說我這樣無悲無喜的不好，現在看來，我還真的與一般正常的少女太不相同了。

她想到這裡，自己苦笑了一會兒。

在房中練了一會兒太極拳後，孫樂向外走去。她現在練太極拳時，很少會出現汗如雨下的情況，經常練習過一、兩個時辰，身上還只是微有汗出。經過這幾次的危險後，孫樂已感覺到自己這樣閉門練拳的不足，看來得向陳立詢問一下怎麼加強自己的實戰和反應能力了。

孫樂信步來到五公子的房門外尋找陳立，剛才還熱鬧至極的房中，現在卻安靜至極，看來五公子已經不在房中了。

她轉身順著院落旁側的林蔭道走去。

林蔭道裡，樹木森森，傍晚時刻的風，本來便帶著一抹涼意，走在這林蔭道裡，那風呼呼地一吹，直讓孫樂打了一個寒顫。

搓著手臂，孫樂轉身準備回轉，她剛提步，只聽得一個熟悉的女聲順著風飄入了她的耳中，同時，在她左側的樹林中，傳來一陣羞怯的聲音——

「五哥哥，你、你這陣子……」

是姬洛的聲音，她吞吞吐吐地說到這裡，語調好不羞澀。

孫樂大奇，她停下腳步傾聽起來。

五公子輕聲問道：「怎麼不說了？」

姬洛直過了一會兒，才再次吞吞吐吐地說道：「五哥哥，前陣子我父親實是有事，才令我暫且離開的。」

孫樂忍不住揚唇淺笑起來，她不用看，也知道現在的五公子是微皺俊眉，傻乎乎地等著姬洛快把這句話說完。以他那遲鈍的神經，怎麼可能聽得出姬洛這句話中的情意和試探性的解釋呢？

果然——

好半晌後，五公子低聲說道：「妳還想說什麼嗎？如果無事，我們何不出去？」

這話一出，孫樂差點笑出聲來。

姬洛一噎，她頓了頓，似是終於鼓足了勇氣，提高聲音，頗有點羞惱地說道：「五哥哥，我是說……我是說……這一次分別，你有沒有……有沒有……想我……」

她說到「想我」兩字時，聲音突然一低，幾不可聞。

五公子啞住了。

孫樂透過層層疊疊的樹葉，看著暗淡的天空，含笑想著五公子此時的模樣。他定是給怔住了，多半他的後頸又開始冒汗了。

一陣安靜，只有風吹樹葉的嘩嘩響聲不斷傳來。

就在孫樂以為五公子會隨便找一個藉口逃走的時候，他開口了。

「洛妹，妳、妳很好，可是我不同，唉……我沒有想妳。」

那句「我沒有想妳」一吐出，孫樂呆了，顯然姬洛也呆了。

孫樂瞪大眼，不敢置信地甩了甩頭。這個五公子，他怎麼能把拒絕的話說得這麼直白、這麼沒有技巧啊？

姬洛呆了半晌後，遲疑地、膽怯地、驚亂地問道：「五、五哥哥，你剛才說什麼？」

五公子顯然在這片刻間已整理了一些語言，孫樂聽得他輕輕地說道——

「洛妹，姬五性格清冷，厭煩喧囂，也厭煩猜測女人的心事，甚至厭煩與女人打交道。我這樣的性格，絕非洛妹的良配，洛妹，妳忘了我吧。」

「不！我偏不——」

姬洛聲音一提，尖厲地喝叫出聲。安靜中，她突然這麼尖厲地一喝，頓時驚起飛鳥無數。簌簌的樹葉響聲中，姬洛喘著氣，尖銳地、氣苦地說道：「五哥哥，我不會忘記你！五哥哥，從十歲那年起，我就喜歡上你了。每一次見到你，我都好開心好開心。為了你，我在各位長老的面前說了無數的好話，要不是我老是說、老是說，五哥哥你怎麼會受到他們的注意？怎麼會受到邀請，前去參加邯鄲城的五國智者之會，進而一舉成名？」

她急急地說到這裡，可能是看到五公子臉色不對了，也可能是她終於發現把五公子成名的功勞歸在自己的身上實在說不過去，姬洛的聲音一低，轉為無助的苦求。「五哥哥，你說你厭煩喧囂，厭煩猜測女人的心事，厭煩與女人打交道。可是，我從來就沒有讓你猜測過我的心事，從來就沒有讓你為難過呀！五哥哥，我從小就知道你喜歡安靜的人，因為這樣，我這些年來都努力地改變自己，努力地把自己變得溫柔大方，我做這所有的一切，都是為了五哥哥你啊！五哥哥，你不能隨隨便便找一個藉口便把我打發了，你不能這樣欺負我啊——」

姬洛說到最後，已是泣不成聲。

姬洛的飲泣中，五公子沒有聲音傳出。他此時此刻，肯定是抿緊雙唇，一言不發地低著頭。

孫樂想到這裡，搖了搖頭。這姬洛口口聲聲說她為了五公子做了什麼什麼，可她卻不知道，對於如五公子這樣的男人來說，他最怕的就是這一點了！他從來都不願意自己什麼也沒有做，便欠了別人一大把的情債！

姬洛的抽泣聲斷斷續續，不絕於耳。這飲泣聲，混在風吹樹葉的嗚咽聲中，真是別有一番淒涼。

也不知過了多久，一陣窸窸窣窣的腳步移動聲傳來，腳步聲中，五公子低沈、毫不動容的聲音響起——

「洛妹，我們還是出去吧。」

「不——」

姬洛尖叫出聲！

她這一叫十分突然，而且尖利至極，嚇了孫樂一跳。

尖叫後，姬洛喘息著嘶叫道：「姬五，你是不是中意了哪個女人，所以說這樣的話來騙我？說，她是誰？是不是雉大家？」

在姬洛緊迫的盯視中，五公子搖了搖頭，輕聲卻果斷地說道：「不是她。」

「你、你居然回答我了？那她是誰？是誰？你告訴我，你告訴我了我才會死心！」姬洛的聲音中又是吃驚、又是痛苦、又是尖利。

風吹樹葉的聲音中，姬洛氣急的喘息聲中，五公子沈默了一會兒後，徐徐地回道：「我中意的女人是孫樂。」

我中意的女人是孫樂……

我中意的女人是孫樂……

風吹著樹葉嘩嘩地響，孫樂雙眼發直地看著頭頂的樹葉，頭腦中一片眩暈，雙耳嗡嗡地響成一片。

她只覺得雙腳有點虛軟，連忙伸手扶著旁邊的一棵白樺樹才穩下身形。

雖然在齊地姬府時，五公子向她求婚時表達過類似的意思。可是、可是，那時他說的所有的話，都沒有現在的這一句有分量。也許是因為現在的他說得很直接果斷，也許是因為他是在姬洛對其表白時說出的，反正，孫樂現在心跳如鼓，無法自已！

「孫樂？」

氣急敗壞的姬洛先是一怔，接著是一笑。五公子的這個回答，令得本來傷心欲絕、酸苦不堪的姬洛心情好了大半，好笑地說道：「五哥哥，你說你中意孫樂？那個醜丫頭？嘻嘻，五哥哥，她那樣子還不能稱之為女人吧？她連胸都沒有，臉黃得像鬼！而且她本來便是五哥哥你的姬侍，她——」

姬洛正說得滔滔不絕之際，五公子突然臉一沈，急喝道：「住嘴！」

他這一聲急喝既厲且冷，五公子平素總是溫溫和和的，哪裡如此發過火？姬洛的笑聲不禁戛然而止，脹紅著臉，半天說不出話來。

五公子盯著姬洛，冷冷地說道：「姬洛，孫樂是長得普通，遠遠沒有妳長得動人，可那又如何？」

可那又如何？

這五個字一出，姬洛怔住了，孫樂也怔住了。

樹葉嘩嘩的響聲中，五公子的聲音傳來——

「比洛妹妳漂亮的女人多得是，至少我姬五就見過無數。可是，洛妹，妳和她們都是一樣的，一樣的美麗，一樣的嬌柔，一樣的心思百出。」

五公子說到這裡時，聲音變得溫和了許多，他放緩語氣，徐徐地說道：「可不知為什麼，不管多麼美麗的女人，在我的眼中看來，妳們都是一模一樣的，真的一模一樣，不管是性格，還是長相。就像……就像是那樹上的花骨兒，瞅著是香，可我一想到靠近後的麻煩，心裡就很不樂意靠近。」

五公子說到這裡，似是組織了一下怎麼用詞，過了好半晌才繼續說道：「可孫樂就不一樣。我知道她長得不好看，可不管她站在哪裡，我一眼便可以認出她來。她不是妳們這些一模一樣的花骨兒，她就是孫樂。我一看到她，就感覺到心安，就、就很踏實，很平和。洛妹，這種感覺妳能明白嗎？」

五公子並不是一個情場高手，他甚至連怎麼與女人說話也所知不多。

不過他這席話一出，不管是孫樂，還是姬洛，都明白了他要表達的意思。

一時之間，幾人都沈默了。樹葉嘩嘩的輕響中，姬洛久久沒有聲音傳出。

孫樂也沒有聲音傳出，她的腳依然有點發軟，她的心口依然在怦怦地飛快跳動著。在她的內心深處，一種似是甜蜜，似是幸福，也似是惶恐不安的滋味湧出心頭。這種種滋味混雜在一起，真是難言難說。

也不知過了多久，姬洛幽幽地說道：「五哥哥，我們認識五年了。這五年中，我對你朝思暮想，我為你完全改變了我自己。原來，我所做的這些努力，對你來說都毫無意義，我……我始終只是一個與你在路邊見到的侍婢、歌姬一般毫無區別的尋常人？」

五公子沒有回答。

事實上，他也不知要如何回答了。

姬洛幽幽地說到這裡，低低地續道：「五哥哥，你的意思我明白了。五哥哥，你有沒有想過，也許再過個兩年，當你懂了女人之後，你的想法便會不一樣了？五哥哥，我父親已經出發到你家裡去了，他是替我們提親去的。五哥哥，不管你是不是把我當成了尋常人，我都不會就此放手的。」

她的聲音很慢、很輕幽。說到這裡，一陣腳步聲響起，一直處於恍惚狀態中的孫樂一驚，知道姬洛要走出來了。她連忙身子一閃，躲入了右側的一棵大榕樹下。

她剛剛一頭躥過去，便唰地一下睜大了雙眼。

這棵榕樹後早就站了一個人！

站了一個雙手抱胸，背上負劍，冷若冰霜的人。

陳立！

這傢伙居然一直躲在這裡聽壁腳?!孫樂想到這裡，心中無名火起。她抿緊唇，強忍住向他狠狠拋白眼的想法。這個時候的孫樂，渾然忘記了自己也是一個聽壁腳的人呢……

窸窸窣窣中，姬洛走出了樹林，出現在林蔭道下。她臉色煞白，雙眼無神，腳步虛軟，可她的嘴唇一直是緊緊地抿成一線的，顯得十分堅定。

就在孫樂和陳立大眼瞪小眼的時候，五公子也走了出來。他微皺眉頭，顯然最後姬洛的宣言讓他甚是煩躁。

看著五公子向院落方向走回，陳立忽然開口了。「妳不是一直對他鍾情嗎？現在聽到他這麼說了，為什麼不衝出去跟他表白？」

孫樂一怔。

她萬萬沒有想到陳立會對自己說出這樣的話來。在她的印象中，這個冷面男一直是不屑於理會世事的。

孫樂瞟了陳立一眼，怔怔地看向五公子遠去的身影，一時百感交集。她看著看著，低低地說道：「我不會開口的。」

「為什麼？」

陳立很是好奇地問道。

孫樂再也忍不住地瞪了他一眼，甕聲甕氣地說道：「陳大俠，這等事從來不會引起你的興趣，今天因何反常？」

陳立的嘴角向上一掠，冷漠的臉上綻開一朵笑來。他奇道：「陳大俠？此是何意？」

孫樂此時哪有心情向他解釋這個？當下悶悶地回道：「無意！信口而已。」

陳立聞言也不再追問，他順著孫樂的目光看向五公子的背影，說道：「這世間，如五公子這樣的男子是絕無僅有。」

陳立突然表揚起五公子來，孫樂不由得大為奇怪，她轉頭看向他，等著他的下文。

陳立嘆息著繼續說道：「也只有他這個怪胎，才會無視於天下美人，反而看上如妳這樣一個竹竿樣、毫不動人的黃毛丫頭。」

孫樂聽到這裡，不由得小臉一黑。

陳立似乎沒有看到她黑著臉，繼續說道：「這樣的男人，真是聞所未聞！我陳立一向不在意這些事，剛才卻也給驚住了。」他這句是回答孫樂剛才所問的，他為什麼對閒事感興趣的原因了。

陳立說到這裡，長袖一拂，無視黑著臉的孫樂，施施然地向五公子的方向跟去。

陳立走後，孫樂沒有跟著離開。她怔怔地看著他們離開的方向，久久一動也不動。五公子的話還在她的耳邊迴響，孫樂想著想著，一時笑意盈盈，一時又是眉頭微鎖。直過了大半個時辰，她才慢步向小樓中走去。

孫樂神不守舍，便低著頭，深一腳淺一腳地來到樓前。此時院落中又變得安靜下來，孫樂一看，便知道五公子又出門了。

她怔怔地望著五公子的房門半晌後，提步走回自己的房中。

回到房中的孫樂，並沒有馬上練習太極拳，她摸到床沿坐下，又呆呆地出神。

發呆的時候，孫樂時而眉開眼笑，時而皺眉沈思。

今天的孫樂，並不想通過練習太極拳來讓自己平靜下來，她寧願這樣出神著。在理智的思量中，對現實的憂慮中，那無法掩藏的欣喜如潮水一樣，一波一波地湧來，甜蜜而美好。這種感覺，她從來沒有體會過，她想再多感覺一些。

這時天色已黑，外面火把的光亮照得大地明晃晃的，隱隱地，笙樂聲不絕。孫樂直聽了一會兒，才突然記起來，是了，今天是稷下宮觀禮的日子，齊王此時在稷下宮中設宴招待賢士們呢，五公子定是去參加宴會了。

孫樂呆呆地出了一會兒神，嘴角的笑容還在，忽然，她頭一轉，看向窗口處。

窗口外，燈火通明，一個人影出現在其中！

孫樂一凜，迅速地站起身來。

她剛站起身，一個幽幽的女聲便傳來——

「孫樂，妳在嗎？請出來說說話吧。」

是姬洛。

看來是算帳來了。

孫樂提聲應道：「就出來了。」一邊應，她一邊緩步走了出去。

姬洛就站在院落中，面對著她的房間方向，不過她的目光中透著一股倔強，又有點失神，正透過孫樂的房間，投向天邊。

她看到孫樂走出後，便提步朝自己的房中走去，一邊走，她一邊頭也不回地對孫樂說道：「且到我房中一訴如何？」

孫樂卻停了步。

孫樂停步看向背對著自己、越走越遠的姬洛，說道：「小姐有話，何不就在這裡說來？」

姬洛腳步一頓，她慢慢轉頭看向孫樂，表情冰冷地說道：「孫樂，妳僅是我五哥哥的姬妾，僅是齊地姬府的一個家養侍婢。我乃姬府本姓的嫡脈主子，對妳有生殺予奪的權利，妳可知曉？」

她說到這裡，惡狠狠地瞪著孫樂。「妳不要以為我五哥哥看得起妳，就認為自己不再是卑賤之人！」她說這話時有幾分狠厲。

彷彿是被她的聲音給驚了，小樓中走出了四個女子，她們都是姬洛的貼身侍婢。這些侍婢迅速地走到姬洛身邊，同時冷眼對著孫樂。

這也來得太快了些。

孫樂苦笑起來。

她抬起眼眸，對上一臉狠厲的姬洛，清聲說道：「姬小姐，孫樂一直都是自由之人，而且早在幾年前，便是五公子親自提點的士了。」

她寸步不讓地迎上姬洛陰沈的臉，繼續說道：「在五公子離開齊地姬府的這兩年中，五公子的父兄從來都不敢對孫樂不敬，何也？蓋因義解之故也！」

姬洛一凜！

她明白孫樂第二句話的意思，她是在提醒自己，她與義解的關係不同一般，義解甚至當眾宣佈過欠她的人情。

被孫樂這一提醒，姬洛那冷厲的殺意瞬間消去了。此時夜風一吹，她不由得機伶伶地打了一個寒顫。我怎地忘記了義解與這賤婢關係非同一般？他可是連父親都敬畏三分的人啊！

姬洛咬著下唇尋思間，轉眼對上孫樂那平靜而從容的面容，不由得想起五公子對自己說過的話，心中恨意又生。

她硬生生地壓下恨意，冷冷笑道：「義解？妳自己也說過，他所欠妳的不過是一句話、一頓飯的恩情，妳以為，事隔了兩、三年，他還會記得妳這個賤婢？」

孫樂沒有反駁，只是靜靜地看著姬洛。

對上她平靜如水的目光，姬洛的寒意又生，她怒瞪著孫樂，用眼光狠狠地砍上她一千刀、一萬刀，卻終是有了懼意。

重重地咬了咬牙，姬洛的身子唰地一轉，衝向房中。

姬洛一衝，她的四個侍婢同時殺氣騰騰地瞪了孫樂一眼，跟著轉身回房。

孫樂望著姬洛的背影，聲音一提，忽然說道：「姬小姐，妳可得管好身邊的侍婢，千萬別讓她們自作主張，免得累了妳大小姐和妳父兄的身家性命。」

姬洛衝回房中的身子一僵。

孫樂對著那四雙恨恨盯來、殺氣騰騰的目光露齒一笑，拂了拂衣袖，施施然地走開。

孫樂沒有回房，而是信步走出院落，踩著月光而行。

她說完這通話後，便不再把姬洛的怨恨放在心中。與姬洛相處過幾次後，孫樂知道，這位大小姐並不是一個十分心狠的人，而且她的性格頗為優柔寡斷，想來她聽了自己的話後，就算有那麼點報復的想法，此時也消了大半了。

月光如水，繁星滿天，孫樂的影子拖得瘦長瘦長的。

風的吹拂下，樹葉嘩嘩地響個不停。孫樂走著走著，心思又回到了傍晚時聽到的那些話。她想著想著，嘴角的笑容越來越大、越來越大，就在她露齒而笑時，一聲嘆息不知為什麼亦從她的口中傳出。

忽然，一個有點冷的笑聲從她的身後傳來——

「良辰美景，明月相伴，如孫樂這樣冷的女子居然也開始傷情了。」

這人真是來得無聲無息。

孫樂腳步一頓，她慢慢回過頭對上陳立那冷漠中隱有戲謔的表情，淡淡地說道：「孫樂竟是不知，你居然變得這麼閒了。」

陳立大步走到她面前，他盯著孫樂的雙眼，說道：「五公子正在參加賜宴，十分安全，他突然記起自己可能給妳帶來了一些麻煩，便令我過來看看可有人欺負於妳。」

說到這裡，陳立閒閒地說道：「陳某一到，剛好聽到某人以義解之名威嚇他人呢！」

原來這傢伙早在旁邊。

孫樂懶得理他，便避過頭去。可她的頭剛一轉開，便又好奇地回頭問道：「陳立，你怎麼知道我……我鍾情於五公子？」

孫樂說到這裡，有點不好啟齒，她垂下眼瞼，低低地問道：「我……我表現得那麼明顯嗎？」

陳立認真地凝視著孫樂。

他一直盯到孫樂有點鬱悶地抬頭與他對視時，才啞然笑道：「妳的表現？妳孫樂無論何時都沒有半點表情，我陳立不是心細之人，自然無法看出妳刻意隱藏的心思。」

這下孫樂可不解了，那他怎麼知道自己對五公子的情意？

陳立說道：「不過陳某的耳力過人，不久前聽到阿福曾自言自語過。」他慨嘆道：「當時陳某人是大吃一驚，再後來聽到五公子要求娶妳的話時，就更是一切都明白了。」

原來如此。

孫樂對上陳立似笑非笑的表情，有點不自在。她輕咳一聲，忽然正色問道：「陳立，你們練功夫時，可有感覺到內氣的流動？」

陳立給她問得一怔。

在孫樂專注的目光中，陳立點了點頭，說道：「勁氣發於內，才能使於外。這是每一個到達劍師階段的人都可以體會到的。」

原來如此！

陳立繼續說道：「孫樂年紀輕輕，卻能勁發於外，而且妳那日常所練的武功圓通如意，別有奧妙，光從武技一道來說，孫樂妳也可以說是極有天賦的，如此再過個兩、三年，怕就可以晉立劍師階了。」

他說到這裡，見孫樂雙眼亮晃晃地望著自己，那眼巴巴中有點得意的模樣，還別說，顯得特別稚氣，一改她平素的冷靜。陳立不由得一樂。「不過話雖如此，妳孫樂有武者之技卻無武者之心，一旦遇到對手，怕也勝算不大。」

孫樂本來亮晃晃的雙眼一暗，她狐疑地盯著陳立，忖道：不會是這傢伙看到我這麼開心，故意說反話來打擊我的吧？

陳立瞟了她一眼，便明白了她在想些什麼，輕哼一聲。「妳性格冷而懶，無好強爭勝之意，就算武技練得再高又能如何？遇到真正從生死中歷練出來的高手，還沒出招妳已氣餒。這一點不改，妳孫樂永遠談不上是個劍者。」

他剛說到這裡，忽然聲音一停，轉頭看向宴會之處，只見他側耳傾聽了一會兒，長袖一甩，幾個縱躍便消失在孫樂面前，竟是一句招呼也沒有打便離開了。

孫樂轉身向回走去，一邊走一邊暗暗想道：武者之心？

陳立說的話每一句都很有道理，孫樂細細尋思著，還真是越想越是無話可說。

宴會一直持續到半夜才結束。

第二天孫樂照常起了個大早，照常練習起太極拳來。雖然陳立所說的話令得她那種飄飄然的高手感覺大減，可這練習太極拳，更多的是一種習慣，是一天不練足那麼多時辰，她便會良心不安的習慣。

今天是個南風悠悠的好天氣，天空中白雲縷縷飄浮，藍天如洗，澄澈無比。孫樂在樹下一邊練習著太極拳，一邊感受著這種舒服。

也不知練了多久，一陣腳步聲傳來。

那腳步聲輕緩而平和，孫樂一聽，便知道是五公子的腳步聲。她的心突地一跳，腦中不由自主地轉到了昨天傍晚所聽到的那些話。頓時，她的心一亂，胸口的氣一岔。

這氣一岔，一種堵悶感便襲遍全身，孫樂連忙收勢停步，站在原地放鬆呼吸，平緩心情。

連續十來個深呼吸後，胸口的堵悶感才慢慢減緩。而這時，腳步聲已到了她的身後。

五公子過來了。

不知為什麼，孫樂忽然有點羞怯了，她低著頭依然背對著，試圖裝出一副不知道五公子已走近的模樣。

「孫樂。」五公子走到她身後，聲音清雅地說道：「昨日觀禮時，妳可是歪戴著布冠，穿著男子衣衫出現過？」

孫樂睜大眼。天啊，那麼遠的距離，他只是看那麼一眼，當真還認出自己來了？

孫樂轉過頭對著他，低頭應道：「然。」

如果有人仔細看她的話，會發現孫樂的雙手手指絞動著，足尖在地上畫著圈，她可緊張著呢！

五公子向來不注意這些，哪裡能發現孫樂這種小女兒動作？

他輕聲說道：「果然是妳。」

說到這裡，他淺笑起來。「沒有想到孫樂妳也這麼調皮，那時妳可是全場注目呢！」

孫樂低著頭笑了笑，沒有應聲。

五公子盯著她，直過了半晌，他才低聲問道：「姬洛有沒有找過妳？」

怦怦怦怦……

孫樂的心跳到嗓子口了。

她慢慢抬頭看向五公子。

五公子見她這麼久都沒有回答，說道：「看來是沒有了。孫樂，如果她有找妳，妳且告訴於我。」

孫樂這時剛抬起頭來，她聽到五公子這麼一說，當下斂眉應道：「喏。」

五公子盯著比平素更安靜的孫樂，薄唇動了動。他有心想問孫樂，如果自己的父親同意了姬洛父親的提親，可如何是好？不過這個念頭剛是一起，他便又想到，這種事，自己不同意便是了。就算問了孫樂，她又能想出什麼法子來？再說，孫樂對自己的態度頗為奇怪，加上她性格懶散不喜事，說不定自己這麼一說，她為了怕麻煩而離自己更遠了。

當下，兩人各懷心事，站在樹下久久都沒有說話。

風拂起一片落葉，悠悠地飄起，捲起，再飄落到兩人的中間，它在地上翻了兩翻後，才緩緩地落定。

好半晌後，五公子輕咳了一聲，說道：「那我去了。」說罷，他轉身離開。

孫樂抬頭，怔怔地望著他的背影。

漸漸地，她的嘴角慢慢地勾起，慢慢地，一抹笑意在她的臉上流轉。孫樂眨了眨眼，暗暗想道：是不是終有一天，他會真心地愛上我？

她想到這裡，笑容更加燦爛了，只是這燦爛中，多少有了種羞澀。

可是不知為什麼，在這種笑容中、羞澀中，孫樂卻不由自主地想到了弱兒，想到了他的宣言，想到了他看向自己那灼灼的目光……

轉眼又是十來天過去了。

稷下宮觀禮之後，一切的暗潮湧動好似都消失了，整個城中現出一派安靜平和。只有五公子這陣子大大小小的宴會不斷，不過他所參加的這些宴會，都是與來自各地的賢者相聚，這類的聚會對於五公子來說，倒不是特別令他痛苦。

弱兒也似是消失了。

一連數日，他沒有半點聲息傳來。這讓孫樂的心中有點不安，也有點想念。她相信弱兒如果離開了齊地，必然會來告知自己一聲，可他這樣無聲無息的，彷彿消失了一樣，還真是讓人掛念啊！
至於弱兒所說的，派在她身邊的高手，孫樂是一直沒有看到過，她曾經想過用什麼法子騙人家出來，可是想了想還是作罷。
正在孫樂如此想來的時候，一陣輕風傳來，只是一轉眼，她的房中多了一個人。
這人一身黑衣，約莫四十多歲，面容古樸，眉頭高聳，鼻子也很高。
他突然出現，孫樂不由得一驚。
就在孫樂咻地站起，緊緊地盯向來人的時候，黑衣人朝她叉手說道——
「孫樂姑娘，某乃楚弱王派在姑娘身邊守護的。」
孫樂睜大眼，她剛才還在想著這人呢！
孫樂想著想著，眉頭微皺，低聲說道：「可是有要事？」
「然。」黑衣人沈聲說道：「大王出事了！」
「什麼?!」孫樂大驚！她向前跨出兩步，衝到黑衣人面前急急地問道：「出了何事？快快說來！」
「喏。」黑衣人回道：「剛才得到訊息，大王被刺客所傷，於今臥床不起。」
孫樂聽到這裡，臉色唰地雪白。
黑衣人繼續說道：「大王說了，請孫樂姑娘前去主持大局。」
孫樂抬頭靜靜地盯著來人。「你大王傷勢如何？」

黑衣人沈聲道：「傷重不起，不過並無生命之礙。」

吁！

孫樂長長地吐了一口氣。

她閉了閉眼，剛才這黑衣人說到弱兒被刺客所傷時，她的心突然停止了跳動，眼前直是一黑！

直到那黑衣人把話說完，她才找到了自己的聲音。

孫樂點了點頭，聲音沈穩地說道：「你家大王叫你來找我時，可有說過什麼話？」

黑衣人道：「大王說了，如果姑娘說起這句話，那我的回覆便是：姊姊，可記得弱兒的承諾否？」

暗號對上了，看來沒錯了。

孫樂低聲說道：「稍候片刻。」

「喏。」

黑衣人身形一閃，便消失在房中。

孫樂拿出一片竹簡，在上面寫了一句：五公子，弱兒急找，孫樂離開一段時日便會回來，勿念。

她把竹簡擺在寢房的几上。彎腰把衣服行李收成一個包袱後，轉身走出了房門。

她一走出，黑衣人便咻地一聲落在她的身邊，伸出手托著孫樂的手肘，沈聲道：「孫樂姑娘，見諒了！」說罷，他扯著孫樂縱身疾馳。

此時正是夜晚，這黑衣人又身法過人，他帶著孫樂這一番疾馳，沒有引起半個人的注意。

一個時辰後，黑衣人帶著孫樂拐入了一座庭院中。這庭院是由三幢木製小樓組成，外面石牆森森，樹木掩映中雜草叢生，落葉滿地，顯得十分冷清。

黑衣人幾個縱躍，便跳到了一座小樓中。隨著那黑衣人入內，不時伸出一個人頭向他們看來，這些人在看到黑衣人和他身邊的孫樂時，都是頭一縮便不再出現。

黑衣人帶著孫樂直直地跳入小樓中的二樓，兩人一落地，孫樂便甩開他的手，急急地進入房中。

房中紗幔飄飛，藥氣逼人。孫樂拂開三層紗幔，終於看到了一張大床，床上躺著一個人，床邊則站著四個漢子，這些漢子都是孫樂見過的，正是弱兒身邊的護衛。

在床尾，一個面目清秀的侍婢正小心地倒著藥水。

這些人被孫樂的腳步聲驚醒，同時轉頭向她看來。

孫樂衝到床邊。

果然是弱兒！

此時的他，本來微黑的膚色透著白，嘴唇也發白，正閉眼沈睡著。他的身上蓋著被子，孫樂看不到他的傷口處。

孫樂緊緊地盯著弱兒，盯了一會兒後，她見弱兒呼吸沈穩，面色雖然發白卻也不駭人，不由得長長地吐了一口氣。

她心中一定，撐在床沿的雙手也慢慢一鬆，直起了腰背。

看到她轉過頭來，四個漢子同時衝著她一叉手，那侍婢則是盈盈一福。

孫樂衝著他們點了點頭，問道：「大王傷勢如何？大夫有沒有說何時能痊癒？」

那個曾經跟孫樂嘻笑過的白臉清秀青年上前一步，沈聲應道：「大王被一劍刺中腹部，當時流血過多，現在傷勢已穩。大夫說，如要完全痊癒，需有兩、三月才可。」

孫樂點了點頭，垂下眼瞼，輕聲說道：「傷勢穩了便可。」她抬眸看向那清秀青年，問道：「刺客是何方所派？」

清秀青年正色答道：「墨家。」

墨家?!

孫樂一驚，她以為是哪個王侯派來的刺客呢，可怎麼會是墨家？弱兒怎麼與這些游俠刺客的大本營發生了衝突？

清秀青年一看到她的表情，便知道她在想什麼，當下苦笑道：「大王問鼎之後，天下人紛紛以誅殺大王為目標。這次墨俠之首朱求和義解，竟然以誅殺大王來分勝負。」

孫樂一驚。

她睜大眼看向弱兒，苦笑著想道：怪不得以弱兒這麼雄厚的防衛力量也被刺中了，原來墨俠的人居然把殺他當成了考題！

清秀青年看向孫樂，見她聽到這等大事還是面容沈靜，不由得暗暗想道：大王相中的人，確實是不一般。光是孫樂這份沈穩，便可以壓倒天下丈夫了。

孫樂沈吟起來。

清秀青年看到她低頭不語，徐徐說道：「姑娘但有吩咐，儘管說來。」

孫樂又轉頭看向閉目暈睡的弱兒，低低地說道：「大王何時能醒？可能見人？」

清秀青年回道：「稍過片刻便會醒來，可以見人的。」

他剛說到這裡，床頭傳來一陣移動聲。

幾人連忙回頭看去。

孫樂一回頭，便對上慢慢睜眼看向眾人的弱兒，他眨了眨眼，眼睛一轉對上了孫樂。

見到孫樂，弱兒咧嘴一笑，他本來頗為威嚴，此時臉色蒼白，映得這一笑特別孩子氣。

孫樂自重逢以來，第一次在他身上看到了兩、三年前的弱兒的影子。她心中一疼，連忙向前走出半步，伸手輕輕地撫上他的面容，低聲問道：「疼否？」

弱兒微笑地對上她擔憂的臉，輕聲說道：「無妨的。」

他伸出手，輕輕地按在孫樂的手背上。他的大掌帶著她的小手，在自己的臉上輕輕地摩挲著，弱兒低低地說道：「姊姊，讓妳擔心了。」

孫樂說道：「知道弱兒沒事，姊姊已經不擔心了。」

兩人四目相對，都是溫柔一片。

弱兒似是很沈醉於此時此刻的感覺，他只是帶著孫樂的小手，在自己的臉上不停地摩挲著，表情中帶著一抹眷戀和安寧。

這樣的大王，幾個手下何時見過？

他們不由得相互看了一眼，最後那清秀青年略一示意，率先帶頭離開。

幾人不聲不響中都消失了，可孫樂和弱兒卻一點也沒有察覺到。

弱兒半閉著雙眼，享受著孫樂掌心傳來的溫熱。他低低地說道：「姊姊，弱兒一直都想讓姊姊依靠的，可是弱兒算計不精，居然被墨家的人得了手。」

孫樂疼愛地撫上他的眉心，此時的弱兒臉色蒼白，眉宇中隱有無助，還真是一個十五、六歲的少年呢。孫樂看著他，暗暗想道：也只有在這個時候，弱兒才顯出與他年齡相當的稚氣來。

她伸手揉搓著他的眉心，低低說道：「那又如何？只要弱兒這次死不了，天下間誰還敢再在太歲頭上動土？」

弱兒聞言哈哈一笑。

他這一笑抽動了傷口，才笑了五、六聲就急忙住了嘴。

看來傷口是真的疼了，弱兒皺起了眉頭。

孫樂連忙掀開被子，看向他被白布緊緊包住的腹部。

厚厚的白布中看不到血色，看來傷口沒有裂開，孫樂不由得鬆了一口氣。

弱兒雖然皺著眉頭，卻顯得很開心，他眉宇間一掃陰霾，神采飛揚。「呵呵，還是姊姊知我。哼，這一次他們沒有取了我楚弱的性命去，日後定教他們十倍歸還！」

他豪氣萬千地說到這裡，抬頭看向孫樂的目光中亮晃晃的，笑咪咪地說道：「姊姊，有妳在真好！弱兒一聽到妳的聲音，連傷也好了大半了。」

孫樂笑著在他的鼻子上捏了一把。「看你，這麼一會兒又開始嘴花花的了。」

弱兒嘿嘿一笑，衝著孫樂做了一個鬼臉，眨著左眼說道：「姊姊，這可是專屬於妳的榮幸喔！弱兒才不會對別的女人口花花呢！」頓了頓，他又笑咪咪地補上一句。「男人也不會。」

孫樂笑著搖了搖頭，她見到這片刻間，弱兒精神顯得大好，心頭也是開心了不少。

弱兒這一開懷，不由得嘟囔道：「姊姊，弱兒肚子餓了。」

「好，我去叫人送飯來。」

「才不！」弱兒嘴一癟，悶悶地說道：「我要吃姊姊自己弄的。」

孫樂含笑道：「好，姊姊馬上去弄給你吃。」

弱兒笑咪咪地看著孫樂，忽然間，他嘴一湊，衝著在自己臉上摩挲的小手重重地叭唧了一口。

他這個動作十分突然，孫樂給嚇了一跳。

弱兒斜眼瞟到她吃驚的表情，玩心大起，當下嘴一張，輕輕咬住了她的小指，同時，他的舌頭輕輕地在指頭上舔了舔。

騰——

孫樂小臉唰地脹得通紅！

這一下，她的小臉幾乎是紅得要滴出血來。孫樂低著頭，心口怦怦地跳著，她的小指還被弱兒含著，一股麻癢混合著酸軟從指尖襲遍她的全身。可憐的孫樂，兩世為人還是第一次被男人占了個這麼大的便宜，當下是又驚又亂，又羞又惱，百味交雜，雙腳發軟，整張臉都羞得埋到了胸口，抬也抬不起來了。

這個時候，她都慌亂得忘記了掙扎，忘記了抽回自己的小手。

弱兒舔著舔著，心口越來越熱，身上也越來越熱，忽然間，他手一伸便摟向孫樂的腰。

這個時候，他渾然忘記了自己是個重傷者，這一動便扯到了傷口，疼得他齜牙咧嘴地呼痛不休。

弱兒這一叫痛，孫樂的小手終於得到了自由。

孫樂聽到他的叫痛聲，急急地抬頭看去，連聲問道：「弱兒，怎麼啦？」

她一邊問，一邊再次掀開被子看向他的腹部。

這一看倒好，傷口依然無事，可傷口下面鼓得老高的帳篷，卻一不小心落入了孫樂的眼！

孫樂本來轉為正常的臉色，再次唰地血紅。她慌忙把被子捂上，急急地說道：「我去弄點吃的給你！」

說罷，她也不等弱兒回答，轉身便急急地衝了出去。

幾個大漢一直站在外面候著，突然看到孫樂慌裡慌張地把門打開，再慌裡慌張地向前一陣猛衝，不由得面面相覷。

那清秀青年詫異地盯著孫樂狼狽的背影，撫著下巴喃喃自語道：「大王做了何事，居然令得這個沈穩冷漠的孫樂慌亂至此？」

站在清秀青年旁邊的一個麻衣大漢笑道：「何事？還能有何事？」

幾個男人頓時都明白過來，當下嘿嘿直笑。

弱兒目送著孫樂逃之夭夭，直過了好半天，他才齜著牙，小心地躺回，一邊躺下，他一邊笑咪咪地自言自語道：「姊姊可真是容易害羞呢！哼哼，看樣子姬五很老實，很守本分。奶奶的，虧得那小白臉兒曉事，他要敢碰了我姊姊，我絕饒不了他！」

孫樂直衝出老遠，才記起自己連廚房在哪裡也不知道呢，當下便向一個侍女問了廚房所在。

廚房中一應物事俱全，就是沒有人。看來在她來之前，已有人先行清過場了。

孫樂此時小臉還火燙火燙的，用手掌捂都捂不冷。她的腦中亂哄哄的，在廚房中轉悠了兩、三個圈後，才瞅到青菜和肉食放在哪裡。

這種青菜長著大片的刀狀葉子，看起來水靈靈的，孫樂卻從來都沒有見過。

米飯早就煮好，一直在鍋裡熱著，孫樂只需要把青菜和肉食弄熟便可以了。

在洗菜切菜的時候，孫樂的手還有點顫抖，直到把菜切了一半，這才平靜下來。

她這一平靜下來，不由得對自己又厭又惱，恨恨地想道：我這是怎麼啦？怎麼剛才一下子像沖昏了頭腦一樣，毫無理智了？弱兒也真是頑皮，這、這小子實在太過分了！

她想到這裡，狠狠地把鐵刀朝菜剁剁地砍去。三兩下，出現在她眼前的是一大堆亂七八糟的菜渣子。

孫樂看著這些菜渣子，頓時清醒了過來，她自失地一笑，喃喃說道：「誰教你欺負姊姊的？哼，就讓你吃這些豬食！」

孫樂把鍋清洗了一下後，便點燃柴火，放油，清炒。

騰騰的火焰和煙霧中，孫樂的動作漸漸轉為輕快。

不到半個小時，她就弄好了一份炒牛肉，一份青菜，還順便煮了一碗青菜蛋花湯。

弄好這一切後，孫樂自己也被香氣給熏得深吸了一口氣，狠狠地嚥了一下口水。可憐的她，自從弱兒離開後，為了不引人注目，也沒有吃過自己弄的炒食呢！

想到這裡，孫樂在食盒中除了放上弱兒的飯碗後，還順便給自己也加了一只碗。

當孫樂再次出現在小樓中時，已是面容平靜。在四個男人的注目中，孫樂緩步走到房門前，從容地推門走了進去。

清秀青年一直在盯著孫樂打量，見她又恢復了往日的清冷，頗有點幽怨地瞅著她的背影傷神。

弱兒在孫樂還沒有進來的時候，便猛吸著鼻子，眼巴巴地等著她。當她一出現，他的雙眼即亮晃晃地看向食盒。

他朝食盒瞅了一眼，便抬頭認真地看向孫樂。

孫樂含笑著與他目光相對，眼神清澈沒有波瀾。

弱兒長嘆一聲，伸手撫上自個兒的胸口，大聲地喃喃說道：「唉，虧我一聽到姊姊的腳步聲，這心兒便怦怦地跳得老高。原來我姊姊卻是個始亂終棄的人，剛才還對著弱兒好不溫柔呢，這一下又變成了冷面人。」

孫樂唰地一下，小臉再次通紅。

她狠狠地瞪了弱兒一眼，特別是看到弱兒在見到自己又臉紅後，那得意欠扁的樣子，她便在怒目而視中加上了三分惱意。

加了三分惱意後，弱兒還是得意洋洋，孫樂不禁從鼻中發出一聲冷哼。她眼珠子一轉，提著食盒大步走到靠近窗口的几上放下。

然後，孫樂大大方方地、自顧自地在榻旁跪坐下，打開食盒，把裡面的三碗菜、湯一一擺出，再把飯也拿出，把筷子、碗布好。

弱兒看著看著，有點不明白了。他收起得意洋洋的表情，猛吸了兩下口水，錯愕地叫道：「姊姊，那樣我吃不到呢！」

孫樂聞言嘴角一彎。就是要讓你聞得到吃不到！

她不回答弱兒的問話，依舊從鼻中發出一聲冷哼，然後盛飯，舉筷，再然後，慢條斯理地吃將起來。

濃香四溢中，弱兒的肚子咕嚕地歡叫起來。

到了現在，他哪裡有不明白孫樂的意思的？當下忍著笑，暗暗想道：姊姊可真是幼稚！居然用這招來對付我。

剛想到這裡，他又狠狠地嚥下一口口水。不過，這一招對我好像挺有用的……

「唉——」弱兒長長地一聲嘆息，不勝委屈地說道：「這幾年中，我對姊姊朝思暮想，對姊姊炒的菜也朝思暮想。好不容易想到今天，我總算可以與姊姊待在一個房中，也可以聞到姊姊的菜香了。唉，我的命真是好啊！」

他不勝委屈地說著自己命好，還響亮地吸著口水，吸口水的聲音配上他肚子傳來的咕嚕聲，當真讓人哭笑不得。

孫樂驀地心中一軟。

她連忙硬起心腸，慢條斯理地說道：「弱兒，你要吃飯也可以，不過你得答應姊姊一個條件。」

「啥條件？」

「你不能再欺負姊姊了！」

說到「欺負」二字，孫樂的臉又紅了紅。

弱兒的雙眼瞬間瞪得老大，他看著孫樂，提高聲音叫道：「我怎麼可能不欺負姊姊？」弱兒十分理直氣壯地說道。「姊姊，妳是我的，妳只能讓我欺負呢！不行，妳得換個條件！」

孫樂給弱兒理直氣壯的話說得臉上又是一紅，她一時給噎住了，心中說不出是惱還是羞來。

弱兒眨巴著眼，支起頭艱難地看著她，苦巴巴地說道：「現在明明是姊姊在欺負我。」他吸了吸鼻子，可憐巴巴地說道：「姊姊欺負我受了重傷！欺負我肚子餓！」

他說得可憐的時候，他的肚子還配合地作雷鳴。

孫樂的心又軟了。

她咬著下唇想了想。弱兒受了重傷，好不容易有了食慾，我……我算了，以後再想法子來打消他的胡鬧吧！

想到這裡，她放下筷子，乾脆端起几走到了弱兒面前。

孫樂一走近，弱兒便大口大口地誇張地吸著口水。

孫樂看著他這德行，不由得哧地一聲。她小心地扶著弱兒半坐好，然後在他的胸前放下一塊毛巾，再盛了一碗飯，在碗裡添了一點菜，坐到弱兒的床頭，一邊挾起菜餵他，一邊輕笑道：「吃吧，傻弱兒。」

弱兒的傷在腹部，手其實可以動的。所以，在孫樂做著這些事的時候，他睜大眼，傻乎乎地看著她的每一個動作，看著看著，他的心一醉，想道：天下間，只有我過世的娘親和姊姊會這樣待我。

這樣一想，他便老實地配合孫樂的動作張嘴，咀嚼，吞下，然後再張嘴。

一時之間，寢房中只有弱兒的咀嚼聲細細地傳來。

孫樂含著笑靜靜地餵著，弱兒老實地吃著，他吃上幾口，便會抬頭朝孫樂傻乎乎地笑兩下。

轉眼間，一碗大米飯便吃完了，孫樂轉身給他添著飯，輕聲問道：「弱兒，那刺客刺殺了你後，可知道你是受了傷還是以為你死了？你們馬上轉移了地方沒有？這個地方安全不？」

這個問題，孫樂一直想問，可她直到現在才找到機會開口。

弱兒聞言臉容一肅，他這面容一肅，整個房中便充斥著一股寒氣，一股肅殺。這股肅殺，把剛才瀰漫了一室的溫暖和甜蜜給消了個一乾二淨。孫樂不由自主地垂下眼瞼，讓自己的眼角餘光避開了弱兒的臉。

這個時候的弱兒，她只要一瞅，就會覺得他好陌生，就會讓她不由自主地產生一種敬畏，就會讓她感覺到，面前的是一個大男人，一個十分具有壓迫性的大男人！這種感覺與剛才的感覺完全不同，孫樂有點適應不過來。

弱兒淡淡地說道：「當時那刺客一劍得手，我的人便趕到了。他急於逃命，也無法弄清我是否身亡，因此，我馬上令人放出風聲，裝出一副我已死亡的跡象來。這個地方是一處安全所在，要不是出了刺客之事，我是絕不會動用的。」

孫樂明白過來，她點了點頭。

轉過頭，小心地挾起一點肉送到弱兒嘴裡，孫樂徐徐地說道：「墨俠的勢力遍布天下，極為雄厚，弱兒志在天下，與他們明鬥是不智之舉。弱兒，你的手下可有墨家之人？令他前來把墨家內部的事跟我說一說吧。」

弱兒抬眼看向孫樂，輕聲問道：「姊姊的意思是？」

孫樂斂眉說道：「如此之時，最好的法子是化解此事。弱兒的對手不能是墨俠！」

弱兒雙眼晶亮地盯著孫樂，點頭說道：「然！我亦是如此想來。」

要化解的話……弱兒低聲說道：「姊姊欲找一說客乎？」

孫樂淺淺一笑，低眉斂目地說道：「姊姊便是說客。」

弱兒抬頭看向她。

他眉頭微皺，沈聲說道：「此事頗有風險。」

孫樂看向弱兒。「那以弱兒看來，何人比姊姊更合適？」

弱兒沈默了。

不管是孫樂還是弱兒，其實都明白，就舌辯和機變來說，孫樂在這方面實是遠勝常人。

弱兒眉頭擰得死緊，目光眺向窗外，沈吟起來。

孫樂知道，墨家其實是刻苦守己之人，就算墨俠中有不少刺客做了不少囂張之事，可比起當世權貴來說，他們的人品還要可靠些。自己去做這個說客，風險說大也不大。

孫樂繼續挾起一塊肉送到弱兒的嘴裡。

弱兒一口含下，慢慢咀嚼著。

他吃了五、六口飯菜後，突然眉頭一鬆，看向孫樂的目光中陰霾盡去。*姊姊與我本是一體，將來我成了天下共主也是與姊姊共享之，如今我有危難，由她處理也是應該。*

他想到這裡，便放開此事，認真地吃起飯來。

孫樂直餵著弱兒吃了三碗飯，才自己拿起飯菜，就著冷菜慢慢吃了起來。

雖然是冷菜，可孫樂是幾年也沒有吃過這種美味了。

孫樂吃過飯後，弱兒的一個墨家的手下也趕來了。孫樂問了一些自己想要知道的事後，便揮手令他出去。

這座庭院位於東街西側的一人胡同盡頭，此時，庭院的側門處出現了一個十五、六歲，瘦削而皮膚蠟黃的少女。

少女身穿麻衣草鞋，從從容容地向側門口的一個衛士走去。

那衛士三十來歲，同樣是麻衣草鞋，他帶著滄桑之色的面容上，時常掛著一抹笑容。

此時，他的眼睛正時不時地掃向朝自己走來的少女。面前這個少女，面容普通，衣著普通，除了一雙清亮的眼睛外，渾身上下都沒有讓人注目的地方。可這樣一個少女，居然正向著他走來！

少女徑直走到衛士面前，她在離衛士五公尺處站定，雙手一叉，含笑清聲說道：「尊下，小女子想求見義解義大哥！」

此女便是孫樂了。

就在孫樂叫出義解的名字時，衛士眉心一跳，雙眼瞬間露出一抹冷凝之氣。義解住在這裡，天下間無人知曉，眼前這個小小的少女怎會得知？

衛士緊緊地盯著她，目光冰寒而狐疑，要不是他聽到她叫出了「義大哥」三個字，他此時已動了殺機了。

衛士的目光雖然冰寒，上下打量孫樂之際更是森森刺骨，不過孫樂一直含著笑，她衝著衛士淡淡地說道：「尊下何不前去稟告一聲？就說，他欠了兩次人情的那個女子，現在上門追討了。」

衛士聞言一怔。

他再次盯著孫樂打量了幾眼，終於叉手說道：「喏。還請姑娘少候。」說罷，他轉身便向庭院中走去。

孫樂靜靜地站在原地，目送著那衛士離開。她可以感覺得到，庭院之中，各處角落之處，至少有五雙眼睛盯在自己身上。

孫樂打量著眼前這不起眼的、由兩幢石屋組成的小庭院，暗暗想道：墨家之人倒真是不愛享受，以義解大哥的身分，所居之處也如此簡樸。

她含著笑，平靜地打量了一會兒庭院後，便低下頭想著事情。那五雙眼，在她低頭一刻鐘後，終於不再灼灼緊盯。

正在這時，一陣腳步聲傳來。

孫樂抬頭，只見那衛士向她大步跨來。

他走到她面前，好奇地打量了她兩眼後，伸手朝裡面一指。「姑娘，義解大哥已許妳一見了，請！」

「多謝。」

孫樂再次一叉手後，大步向裡面走去。

那衛士目送著她的背影，暗暗想道：也不知這姑娘是誰，身為女子，居然學著我輩丈夫這麼叉手行禮，而且義解大哥還如此看重她。

庭院很小，孫樂走到兩幢石屋的中間，轉頭觀察了一會兒，提步便向第一幢石屋走去。

她這一路走來，整個庭院竟是無一人在。不過，這些自然都是假象，孫樂可以清楚地感覺到，四周投向自己身上的目光，少說也有十幾道。

石屋約由十一間房間組成，屋頂高達五公尺。孫樂大步跨入正房，正房中沒有人在。她左右看了一眼，便提步向左側走去。

當來到左側第一間廂房時，孫樂伸手推開了廂房的房門。

隨著她把房門一推，「啪啪啪」一陣清脆的鼓掌聲傳來，掌聲中，義解豪爽的笑聲傳入她的耳中——

「孫樂，妳怎知我在這個房中等妳？」

孫樂抬頭看向房中，房裡頭，義解正跪坐在正中的榻上，手裡端著酒盅，含笑看著她。在義解的身後，站著六個麻衣赤足的大漢，而其中一個，正是曾經點醒過她，說雉大家將對她不利的騎驢大漢。此時，這騎驢大漢與義解一樣，正笑嘻嘻地看著她，等著她的回答。

孫樂對上義解的目光，朗聲說道：「義解大哥英雄蓋世，第一幢左側第一間乃是貴房，正合義解大哥的身分地位！」

義解等人都是一愣。

一愣罷，義解哈哈大笑起來。

只是這一次，他的笑聲中有了些別的東西，他盯著孫樂，暗暗想道：孫樂這小姑娘好生可怕的觀察力！她才見過我幾次，便知道我不甘居於人下，無意中挑選之處亦會是最為顯目的居房。

這時以左為貴，第一幢左側第一間，乃是所有房間中最為尊貴的房間。

義解哈哈笑了幾聲後，拍著面前的几說道：「孫樂，坐吧！」

「喏。」

孫樂走近，在義解對面的榻上跪坐下，她挺直腰背，與他面對著面。

她這個架式一擺出，所有人都知道，眼前這個小姑娘乃是有備而來，有事而來。

義解笑了笑，他提壺給孫樂面前的酒杯滿上酒水，淡淡地說道：「孫樂，義某於兩年前欠了妳一言一餐之情，可數日前義某也曾出言相救於妳，兩下自要相抵，妳剛才為何還在說義某欠了妳兩次人情？」

義解的聲音淡淡的、冷冷的，彷彿與孫樂完全是陌路人。而且，這句話冷中帶厲，明顯是質問。

孫樂卻依然含笑。

她目光清亮地看向義解，伸手端起面前的酒杯飲了一口酒，笑道：「義解大哥派來守門的人都是劍師級的高手，孫樂不如此說來，義解大哥又怎肯一見？」

義解哈哈一笑。

笑著笑著，他聲音一斂，提壺給自己的酒盅倒上酒，在酒水汩汩的流動聲中，義解忽然說道：「孫樂此來，可是為了楚弱王一事？」

他聲音渾厚，說到這裡突然從鼻中發出一聲冷哼。「楚弱王這小子極其可笑，他以為他裝死就可以瞞得過我義解？」

孫樂想道：果然瞞不過去。

孫樂曉得，義解早就知道自己與弱兒的關係，且此時自己一個無權無勢的小姑娘又能找到他的隱密居處，光是從這兩點，他便已推算出自己前來的目的了，因此，他剛才才斷然明說他已不欠自己的人情。他是怕自己以人情相脅，逼他答應一些不好答應的事啊！

在義解的冷哼中，孫樂悠然一笑。

她這一笑，特別的雲淡風輕，隱帶嘲弄。

義解不由得一怔，這下他放下酒盅，抬頭認真地看向孫樂，問道：「妳笑什麼？」

孫樂笑道：「孫樂笑者，大哥也！」

義解身後幾人齊齊臉上變色。

孫樂視若無睹，她抬起頭來看向義解，清聲說道：「孫樂此來，不是為了楚弱王，而是為了相助大哥而來。」

「相助我？」

義解啞然失笑，他好笑地盯著孫樂，身子向後微微一仰，雙手抱胸。「那我倒想聽一聽了。說說吧，妳相助我何事？」

孫樂抬眼定定地看著義解，朗聲說道：「大哥可知，叔子曾在三月前，便已看到破軍星犯紫微星，天下行將大亂？」

義解點頭。「然。」

孫樂嘴唇一彎，朗聲說道：「如今天下，天子式微，諸侯力政。近百年來，萬民漸漸食不果腹，衣不蔽體。當此之時，破軍星現，何也？乃稟天命而來，先亂局再破局矣！」

孫樂盯著義解，徐徐地說道：「大哥身為天下墨俠之首，萬眾歸心之際，為何逆天行事？大哥有沒有想過，你如果就此誅殺了楚弱王，會不會正面承受楚國所有悍卒不死不休的報復？再者，楚弱王便是破軍星，他既然稟天命而來，便不會輕易殞落，以楚弱王劍客之眾，與大哥殊死一搏的話，大哥有幾成勝算？」

孫樂說到這裡，義解眉頭一皺。

這時，孫樂繼續說道：「大哥正面承受破軍星的沖天煞氣，成則受盡十萬楚人不死不休的報復，敗者死無葬身之地，卻不知所圖者何？」

義解一怔！

不只是他，他身後的六人也是面面相覷。

所圖者何？不就是圖一個名聲？一個殺了大逆不道的楚蠻的名聲？

可是，孫樂說得對呀！就算成功殺死了楚弱王，他們面臨的將是十萬楚人不死不休的報復！這一點他們毫不懷疑，因楚弱王雖然僅是少年，可他這短短數年間是收盡楚人的民心。也不知他用了什麼手段，如今他在楚國的威望之高、地位之尊簡直是駭人聽聞。

而如果他們沒有成功，沒有殺死楚弱王，那面臨的便是與楚弱王撕破臉。以楚弱王的十萬精卒，三千劍客，義解還真沒有幾分把握能在他的全力報復下全身而退了。

再說，楚弱王是破軍星之事，無人不信。孫樂說得對呀，破軍星是奉天命而來，他們犯得著逆天行事嗎？

慚愧，如此明顯的道理，他們卻得孫樂這個小姑娘點醒才明白過來。

義解沈吟之際，孫樂恢復了低眉斂目的安靜之狀，小口小口地飲著杯中的酒水。

也不知過了多久，義解開口了。「此事乃是朱求提出，義解已然應諾，定無就此退卻之理。」

他這是動搖了！

孫樂大喜！

她嘴角略彎，表情依然平靜如水，雙眸清亮地看著義解，斷然說道：「此事大哥不必擔憂，孫樂可以一見朱求，說服他改變成見。」

義解頭一抬，看向孫樂。

看著看著，他笑了笑。「朱求性格極為剛愎自用，妳剛才所說的話，可說不動他。」

孫樂淡淡一笑，一副胸有成竹的樣子。「大哥無須過慮，孫樂自有法子令他不得不答應。」

義解看著孫樂，盯了一陣後，忽然放聲大笑起來。大笑聲中，他朗聲說道：「喏！如孫樂能使朱求放棄此事，大哥自是再無二話！」

「然！」

孫樂朗朗地應道。她含笑看著義解，舉起小玉杯與他的大酒盅相碰，暗暗得意。他對我自稱大哥了！看來，只要說服了朱求，我還可以讓他繼續欠著我那一言一餐的人情。

孫樂與義解飲了幾杯酒，傾訴了一會兒兩年來彼此發生的事後便分別了。

這一次，孫樂換成了男裝，出現在一家偏遠的酒樓前。

她一換回男裝，便顯得十分的瘦弱稚氣，蠟黃的臉上還有兩分清秀，靈動的眼睛中顯出不屬於她這個年齡的沈靜。

因此，雖然依舊是麻衣草鞋，可她出現在緊閉門窗，以示關門不接客的酒樓前時，還是引得不少人頻頻注目。

酒樓大門緊閉，孫樂大步走近，「砰砰砰」地敲了起來。

砰砰砰——

不停的響聲中，不時有路人注目。這些路人個個麻衣草鞋，有悍厲之氣，哪裡會是尋常的路人？

砰砰砰——

孫樂手握成拳，不斷地敲打著，別看這聲音十分響亮，孫樂敲門的聲音聽來還隱隱地頗有節奏。

也不知她敲了多久，吱呀一聲，房門打開了，一個三十五、六歲，高大如鐵塔的漢子杵了出來。

他瞪著一雙銅鈴大的眼睛，甕聲甕氣地喝道：「小傢伙，你做什麼？」喝聲轟隆隆地直如驚雷，炸得孫樂的耳中嗡嗡響成了一片。

孫樂衝著巨漢白眼一翻，梗著脖子朗朗地喝道：「你喝什麼喝？奶奶的，我聽說這裡住著一個價值千金的腦袋，想來瞅上一瞅！」

巨漢一愣。

不只是巨漢愣住了，在他身後出現的幾個人影也是一愣。

孫樂白眼連翻，大聲說道：「喂，你這傻漢沒有聽到嗎？快快讓開來！」

孫樂的樣子也太理直氣壯了，而且她的話實在令得巨漢費解。當下他傻乎乎地杵在那裡，搔著腦袋，一時不知如何應付的好。

蹬蹬蹬——

一個腳步聲從巨漢的身後傳來，轉眼間，一個二十七、八歲，尖下巴、白臉微鬚的漢子出現在孫樂面前。

尖臉漢子衝著孫樂一叉手，問道：「這位小兄弟，你剛才說這裡住著一個價值千金的腦袋，卻不知何意？」

孫樂衝著他搖了搖手，大剌剌地說道：「意思很簡單啦，聽說楚王以千斤黃金鑄了一個巨匾，上面刻著『天下第一劍客』，楚王放出風聲，天下間，如果有哪一位劍客能殺得了墨俠朱求，他便以這金匾贈之。我聽到這事後，便巴巴地跑來看看你家大哥朱求長成啥樣，居然這麼值錢了！」

安靜。

無比的安靜。

不管是站在孫樂面前的兩個漢子，還是在她身後走來走去、裝作好奇地看著熱鬧的眾人，甚至是酒樓中隱隱出現的人影，全都給怔住了。他們目瞪口呆，臉色或青或白，卻無一人說得出話來。

安靜中，孫樂好整以暇地東張西望著，時不時地踮起腳朝裡面直瞅，似乎非要看到那個價值千金的腦袋不可。

她在東張西望中，清楚地看到一個人影飛快地向酒樓裡面跑去。

見此，孫樂嘴角微揚，一抹笑意若隱若現。

過了不到一刻鐘，一個三十來歲的麻衣漢子走了出來，他衝著孫樂一叉手，說道：「這位小哥，裡面請！」

孫樂見此，大搖大擺地跨了進去，跟著那麻衣漢子向二樓走去。

那麻衣漢子帶著孫樂直來到三樓的堂房外，伸手朝裡面一指。「小哥，請。」

子。

「多謝了。」

孫樂叉了叉手，大步跨了進去。

大堂裡面，坐著一個三十五、六歲，白淨皮膚、雙眼狹長、長鬚、面容正氣凜然的漢子。

這長鬚漢子坐在大堂正中，正緊緊地盯著孫樂。

而在這長鬚漢子的身後，則站著三個四十來歲的麻衣劍客。

看來，這便是朱求了。

孫樂衝著朱求一叉手，朗聲叫道：「田樂見過朱公。」

「田樂？」

朱求笑了笑，只是那笑意不曾到達眼底。他盯著孫樂，和藹可親地說道：「剛才田小哥說，楚王以黃金作匾之事，朱某從來不曾聽說過，卻不知小哥從何聽來？」

孫樂哈哈一笑，她大步走到朱求面前，在離他五步處的榻几上好整以暇地跪坐下。坐好後，她給自己倒了一杯酒，慢慢飲了一口，然後才慢條斯理地說道：「你當然沒有聽到過，因為此事楚王還沒有做呢！」

朱求聞言臉色一沈，冷聲喝道：「敢情田小哥是消遣朱某來著?!」

他這喝聲一出，咻咻咻咻，幾下拔劍的聲音傳來。

轉眼間，孫樂的身前身後站了四個麻衣青年，這些青年長劍森森，劍尖緊緊地指向孫樂的咽喉和頸項！

只是一瞬眼，孫樂的前後左右，便被四把劍指著，這些劍離她的皮膚不過一寸許，她只要一動，便會血濺一公尺。

怦怦怦怦……

孫樂的心跳得飛快！

她的手心，隱隱滲出汗珠來。

朱求冷若冰霜地盯著孫樂，冷笑道：「朱某人活到現在，還從來沒有被人如此威脅過，田小哥膽子不小呀！卻不知摘了你這個小腦袋，你還能不能這麼自在？」

此時的孫樂，雖然心裡緊張，表現得卻著實自在。

面對著幾柄寒森森的長劍，她依舊好整以暇地品著酒，她品酒的時候，咽喉每動一下，便離劍尖近了一分，似乎只要一個不小心，便會把脖子送到劍尖上去。可饒是這樣，孫樂卻笑意盈盈，表情從容，彷彿根本就沒有感覺到自己的小命在別人的一句話之中。

孫樂喝了兩口酒，笑了笑，十分自在地說道：「朱公這又是何必？你派人刺殺了楚弱王，楚人恨朱公入骨，你以為，我所說的這事真的不會發生？」

孫樂陰陰一笑，徐徐地說道：「天下劍客所求者，一則是名，一則是利！楚人以千金之利，以天下第一劍客之名為餌，卻不知可為朱公釣得多少敵手？」說到這裡，孫樂嘿嘿一笑，瞟了左右眾人一眼，淡淡地說道：「到那時，朱公身邊的這些人只怕也……嘿嘿嘿嘿……」

朱求臉色微變！

他不由自主地掃了周圍眾人一眼。

隨著他眼睛這麼一掃，眾人都是一凜，不由自主地，一個個只覺得冷汗涔涔而下，連拿劍指著孫樂的幾個劍客也不由自主地手腕發軟，那緊緊指著的劍鋒，不知不覺中已垂了下去。

果然有戲！

從義解和弱兒那裡，孫樂知道，這個朱求剛愎自用而又多疑，且為人陰狠，從不輕易信人。孫樂的這句威脅雖然簡單，卻是直指他的心臟。

孫樂瞟了臉色陰沈的朱求一眼，暗暗想道：這朱求是個偽君子的個性，多疑陰狠卻又好大義之名，也罷，我得給他一個臺階下了。

想到這裡，她重重嘆了一口氣，頗為慷慨激昂地說道：「朱公忝為天下墨俠的矩子，一舉手一投足便可以決定上萬墨者是生是死，當真是身負重任之人。朱公可曾聽過？楚弱王實是破軍星再生，他乃稟上天之命而來攪亂天下。如此人物，豈是一劍可以誅殺得了的？」

朱求聽到這裡，奇道：「楚弱王沒有死？」

「然！」孫樂朗聲說道：「他負有天命，凡人焉可取他性命？」

朱求沈默起來。

步。

孫樂施施然地站了起來，在她站立的時候，那些把劍對著她的劍客不由自主地退後一步。

孫樂站起後，衝著朱求深深一禮，朗聲說道：「墨家正是興旺之時，其千秋萬代的功業，還需要朱公來完成。朱公如此萬金不易之軀，又何必逆天而行，正面承受破軍星的沖天煞氣？」

她說到這裡，重重一嘆。「朱公想想，就算朱公誅去了楚王，到時十萬楚人不死不休的報復，三千楚劍層出不窮的暗殺，朱公能保得幾個墨俠的身家性命？以朱公之恩義，必不願讓墨俠一脈從此敗落無門吧？」

她這些大義凜然的話，全都是給朱求布的臺階。孫樂知道，以朱求的個性，真正打動他的只是那黃金匾的說法。

朱求聽到這裡，順了順長鬚，長嘆一聲道：「田小哥此言甚是有理。」他衝著孫樂深深一禮，十分客氣地說道：「幸得田小哥出言相告，朱求才不至於成為墨者的千古罪人。」

他正義凜然地說到這裡後，中氣一提，朗朗說道：「來人！」

「喏！」

「去通知義解，事情有變，當易其題！」

「喏！」

蹬蹬蹬的一陣腳步聲後，朱求看向孫樂，笑嘻嘻地說道：「田小哥真乃才智之士也，朱某欲設宴相待，可一飲乎？」

孫樂哈哈一笑，叉手道：「朱公相約，實是萬分榮幸之事。奈何小人早與人有約，不敢不去相見。」她深深一禮，朗聲道：「告辭！」

說罷，她大步走向樓梯處。

一直到她的身影消失在視野中，笑意盈盈的朱求的眼光中，還閃著寒意。

孫樂一出酒樓，便向人多的地方走去，一直到在人群中看見弱兒派來接應的劍師，她才大大地吁了一口氣，拭了拭額頭的冷汗。這個時候，她才發現背上早就汗濕了，而她的雙腳，更是虛軟至極，走兩步就差點坐倒在地。

剛才，朱求其實是對她動了殺機的！他只是一向在手下面前施以仁義，不好當場誅殺她。

他剛才出言留下她，便是想乘機取了她的性命，畢竟如他那樣的性格，最不喜歡被人威脅了。何況，在他看來，只要自己不再為難楚王，就算取了孫樂的性命也不是什麼了不得的事。

幸好，現在平安了。虛軟無力的孫樂，嘴角浮起一抹開心的笑容。

總算幫弱兒把危機解決了！

第十九章　回楚路上多柔情

弱兒半臥在床上，關切地盯著孫樂。「姊姊，聽說妳剛才走路都有點不穩，怎麼樣，是不是很危險？」

房中站了一房的人，他們也在盯著孫樂，與弱兒關切擔憂的表情不同的是，他們是緊張地等著結果。

孫樂避開弱兒的話題，微笑著說道：「事情很順利。」

她這句話一出，眾人齊齊地吁了一口氣。

這個時候，弱兒卻依舊緊盯著孫樂，固執地等著她的回答。

眾人相互看了一眼，一一叉手告退，不一會兒，房中只剩下孫樂和弱兒兩人。

他們一走，孫樂便走到弱兒的床邊坐下。

她的手剛伸出，弱兒便按在她的手背上，低低地說道：「姊姊，讓妳受驚了。」

他抬起頭，目光晶亮地看著孫樂，低沈地說道：「姊姊，弱兒真是慚愧。弱兒一直想著，如果見到了姊姊，弱兒一定會讓姊姊過上很好的日子，可以想吃什麼就吃什麼，可以抬著頭走路，不管誰也不敢說姊姊半句不是，而且，天下的女人都會羨慕姊姊。可是，弱兒無能，不但沒有讓姊姊享受到這些，還讓姊姊跟著擔心受累。」

弱兒說這話時，聲音低低的、沈沈的。

孫樂反手握緊他的手掌，輕笑道：「弱兒，你這是什麼話？以前我們挨餓的時候可也是一起的，現在擔驚受累自然也是共同承擔。」

孫樂剛說到這裡，弱兒霍然抬頭，這片刻間，他已容光煥發，一掃剛才的沈悶。只見他笑逐顏開地說道：「姊姊，妳的意思是說與弱兒同甘共苦對不對？嘻嘻，原來姊姊早就鍾情弱兒了，都把弱兒當成自己的夫君對待了。」

孫樂臉一黑。

在一臉黑線的同時，孫樂又是好氣、又是羞澀，因為弱兒握著她的小手，那食指正在她的掌心中畫著圈圈，一圈又一圈，癢癢的、綿綿的，直達心坎。

孫樂無奈地想道：弱兒這小傢伙，居然一有機會就來調戲我！

她剛想到「調戲」兩字，小臉唰地便是一紅。

她的臉一紅，弱兒馬上雙眼晶亮。

孫樂對上他亮晃晃的眼神，不由得大臊，連忙用力一掙，騰地站起身來衝出了房外。

眼看孫樂就要衝出去了，弱兒扯著嗓子大叫道：「姊姊，兩軍交陣，還沒有開戰便先遁逃，乃是懦夫行為！」

孫樂哪管他說什麼？在他的叫喊聲中，人已逃之夭夭。直逃出老遠，還有不少人被弱兒的叫喊聲所吸引，好奇地向孫樂看來。

就在孫樂走了一個時辰後，一個麻衣青年悄無聲息地來到了弱兒的房間，在他進來後，一直跟在弱兒身邊的幾個漢子也走了進來。

那麻衣青年衝著弱兒和眾人團團一禮，低聲敘述起來。

要是孫樂在場，便會發現，這個麻衣青年居然把她在朱求處的一言一行，一字不漏地給複述了個遍！

麻衣青年複述完後，低頭退到一側，不再言語。

房間中，一片安靜。

也不知過了多久，那騎驢的青年嘆道：「黃金匾？以名利誘之分之？大王，孫樂姑娘這個計策如果用出，那朱求還真是死無葬身之地啊！孫樂姑娘大才，當真世所罕有！」

眾人頻頻點頭，一個中年人撫著長鬚說道：「天下劍客所求者，一則是名，一則是利。大王，孫樂姑娘所說的這些話，只怕不出數月，便會傳遍天下。而孫樂姑娘此策，足以令得墨俠不再為天下王侯所懼。」

他雙眼放光，朗朗地說道：「日後天下間的王侯，會爭先用名利來把墨俠引誘收用。大王，墨者從此敗矣！他們以後只能淪為王侯的走卒，現在與王侯分庭相抗的情況當不會再有了。」

墨者在當今天下，一直擁有著威脅王侯的力量，他們也一直為王侯們所忌憚。這個時代很多知識還在整理階段，就如孫樂所說出的名利分化之策，對她來說是極簡單的、天經地義便想出來的計策，可對於在場的人來說，卻是一種巨大的衝擊。他們突然發現，原來所有的人都逃不出名利的引誘。原來看起來強橫不可一世、團結如一體的墨者，其實也不足為懼。墨者一向貧窮自制，可是凡人便有貪念，不管多麼了不得的刺客，只要拋出名和利來，就一定可以把他們收買或解決掉。

弱兒雙眼亮晶晶的，一臉笑容地傾聽著，他點了點頭，說道：「不錯，姊姊一定不知道，她隨便說出的這個計策會令得舉世皆驚。」他嘆了一口氣，揚唇說道：「幸好，她是我的姊姊，是我的女人。」

弱兒這句話一出，眾漢子同時叉手，齊齊朗聲祝道：「恭喜大王！」

弱兒微笑著接受他們的恭喜，沈吟了片刻後說道：「我的姊姊不喜被虛名所累，以後誰也不得透露出去，那少年田樂便是孫樂，違者殺無赦！」

這話沈沈而來，已帶上幾分殺氣。

眾人一凜，同時應道：「喏！」

正在這時，一個人的聲音從外面低低地傳來——

「大王，義解處的消息亦傳來了。」

「進來吧。」

「喏。」

簾幔拉開，一個中年人走了進來。

這中年人與剛才進來的麻衣青年一樣，一進來便衝著弱兒行了一個大禮，然後便敘述起來。

孫樂對義解的勸說，其實並無特異之處，眾人聽了頻頻點頭，卻沒有剛才那麼震驚了。

這個時代，人們根本沒有半點保密的觀念。這兩個人之所以把當時的情況說得這麼清楚，實是孫樂一出門，她的言行便被有心人和那些無保密觀念的在場者洩漏了出來。

孫樂在院子裡走來走去，她一點也不知道，弱兒已對她所做的事一清二楚了。她還有點奇怪，為什麼弱兒沒有向自己詢問呢。

院落裡雜草林立，落葉森森，蛛絲處處，顯得荒涼已久。孫樂走了兩圈，暗暗想道：此處不是久居之地，弱兒傷勢一好，便會離開這地方回到楚國吧？她一想到這裡，便有點依依不捨起來。

這種依依不捨之情，令得她一掃對弱兒的羞怒，心緒漸漸地轉為惆悵……

轉眼間，又是二十幾天過去了。

弱兒在孫樂的精心服侍及一天兩頓美食的餵養下，傷已好了六成，已可以與她時不時到外面走一走了。

這一天，兩人手牽著手，慢步走在臨淄街道上。

弱兒的頭上戴著一頂斗笠，孫樂的臉很沒有特色，一般人看到幾次都不會記住她，因此，她除非必要，一般是不肯戴著紗帽的。

隨著賢士們漸漸散去，臨淄城中帶著賢士冠的人也大為減少，倒是麻衣劍客增多了不少。並不是所有的麻衣劍客都是墨者，一般而言，墨者有多半喜歡赤足而行，因此，行走在街上的赤足麻衣劍客，那就極有可能是墨者了。

兩人走著走著，一陣喧囂聲從前面傳來。孫樂抬頭一看，只見前面出現了數輛馬車，馬車之前有十來個麻衣劍客開路。

馬車中，行走在最前面的那輛馬車特別扎眼，四匹雪白的高頭大馬一下子吸引了所有人的注意力。

這幾匹馬神駿至極，就算在臨淄街上也是極為罕見。

弱兒輕摟著孫樂的腰，帶她避到一旁的道上。見她緊盯著那幾匹白馬猛瞧，弱兒笑道：「姊姊妳很喜歡這種馬啊？待我迎娶妳時，便以這般駕著八匹白馬的大車相迎，好不好？」

孫樂白了他一眼，羞惱地說道：「弱兒，你怎地一開口便說到那上面去了？」

弱兒笑嘻嘻地說道：「沒法子呀，姊姊妳面皮薄又固執，老念著姬五那個小白臉兒，我不多唸唸，妳怎麼會記到心頭去？」

孫樂正要回話，那四匹白馬所拉的馬車簾忽然一掀而開，露出一張美麗的面容來。

這是一個十六、七歲的少女，她蛋形臉，眉目如畫，眼如秋水，眉如柳葉，眉目顧盼間有種楚楚風情，有一種溫婉到了極致的美感。

孫樂看著這個美少女，輕輕地「咦」了一聲。

聽到她的驚咦聲，弱兒詫異地問道：「怎麼啦？」

孫樂盯著那少女說道：「我好似在哪裡見過她，可是卻想不起來。」

在她盯著那少女打量時，那少女的目光從人群中劃過，無意中與孫樂的眼神相對。

這一對上，少女也是一怔。

她盯著孫樂，久久沒有移開視線，直到坐在她身後的一個女子說了一句什麼話，少女才低語一聲，把車簾拉上。

就在拉上車簾前，她還對孫樂細細地瞧了一眼。

馬車繼續前進，不一會兒便消失在孫樂的眼前，孫樂一直盯著那馬車看著，低聲說道：「弱兒，我真的覺得彷彿在哪裡見過這女子。」

弱兒笑了笑。「姊姊肯定沒有見過。這少女乃是燕地有名的大美人，如此美人，姊姊見過一定不會忘記。」

孫樂想了想，著實也有道理。可是，那充斥在心頭揮之不去的熟悉感卻是從何而來？

那燕女這麼一露容，街道上有不少人都如孫樂一樣癡癡目送，久久回不過神來。

站在孫樂身後的一個麻衣青年長長地嘆了一口氣，說道：「燕玉兒之美，果然天下罕有，居然連女子也看癡了去。」

他說的看癡了眼的女子，自然便是孫樂了。

孫樂本來還在目送，聽到那青年這麼一說，便不敢再看了，連忙收回了視線。

就在這時，一個清脆的少女聲音傳來——

「依我看來，燕玉兒也是尋常姿色！」

孫樂順聲望去，對上一個高眺的少女。這少女本來提高聲音說話，便已吸引眾人的注意力，此時見孫樂等人看去，她翻了一個白眼，抬起下巴瞟了一眼孫樂。

「此女定是因自己生得太過一般，羨慕人家而已，哪是什麼看癡了眼？」

豔麗少女的口氣酸酸的，顯然在與那燕玉兒較勁。

這少女身材高眺豐滿，胸脯鼓鼓的，腰肢很細，再加上紅撲撲的雙頰，神采飛揚的面容，顯得十分性感。在孫樂看來，她與那燕玉兒是兩種完全不同的美麗，也難怪她如此自傲了。

豔麗少女的身後，跟著四個麻衣劍客。

孫樂只是瞟了豔麗少女一眼，便也覺得她有點面熟。孫樂這下子有點糊塗了，她暗暗忖道：許是我今天有點累了，眼花了。

這豔麗少女起先只是瞟了孫樂一眼，可她剛轉過頭去，卻不知想到了什麼，迅速地轉過頭來又看向她。

豔麗少女目光灼灼，衝著孫樂上下打量不休。

孫樂有點不快，對弱兒低聲說道：「我們走吧。」

她與弱兒剛剛提步，那豔麗少女忽然提高聲音喝道——

「且慢！」

喝聲一出，她向孫樂衝出幾步，轉眼間，她便逼到了孫樂面前兩步處。

豔麗少女緊緊地盯著孫樂，忽然叫道：「我識得妳，妳就是孫樂！」

孫樂一怔，她周圍看熱鬧的眾人也是一怔，幾個聲音傳來——

「孫樂很有名嗎？」

「許是這美人兒識得這個丫頭吧！」

豔麗少女緊盯著孫樂，忽然咻地一聲拔出腰間的長劍，劍尖直指向孫樂！

她這個動作一做，四周一陣驚叫聲立即傳來。

所有人中，只有孫樂靜靜地看著逼到鼻尖上的劍尖。

弱兒雙手抱胸，懶洋洋地站在一旁看著這一幕。

豔麗少女劍尖指著孫樂，尖聲說道：「孫樂，妳就是孫樂！妳這女人，妳害得我姊姊做不成趙王后，妳害得她如今瘋瘋癲癲的，我、我要殺了妳！」

原來她是前趙王后的妹妹。是了，她是與那豔麗的前趙王后有五分相似，怪不得面善了。

少女這麼一喝叫，四周的人便頻頻向孫樂打量著。可是，眼前的這個少女實在太過普通、太過不起眼，他們壓根兒就看不出來，這樣一個黃毛丫頭，憑什麼可以拉下一個王后？看來，是這美人兒在胡扯呢！

豔麗少女盯著孫樂，氣得胸脯一鼓一鼓的，在一眾色迷迷的眼神中，她恨恨地叫道：「孫樂，妳，我今天要殺了妳！」

說罷，她手中長劍一送，便向孫樂的咽喉刺來！

她做這個動作時，手在顫抖，劍尖也在晃動，十分不穩。

弱兒右手剛要抬起，便看到孫樂腳步一錯，輕飄飄地避到了一側。她這個動作十分輕盈而自然，幾乎是眾人一眨眼，便看到她站到了一側。

孫樂站在一旁，淡淡地盯著這豔麗少女，開口了。「姑娘認錯了人吧？我不是孫樂。」

豔麗少女一怔！

她顯然傻了，張大嫣紅的小嘴，呆呆地打量著孫樂，臉上露出狐疑和猶豫之色。

孫樂暗暗忍笑，臉上卻面無表情，她坦然地盯著豔麗少女，徐徐地說道：「姑娘，劍乃利器，最好不要把它輕易指向陌生人。」

說罷，孫樂伸手輕輕地一拂，把指著自己的劍鋒推開，牽著弱兒的手，頭也不回地向前走去。

孫樂直走了好遠，那豔麗少女還皺著眉，傻乎乎地、迷惑地盯著孫樂。

兩人一離開那豔麗少女的視線，弱兒便忍著笑說道：「姊姊，妳如今睜眼說瞎話的本事可是大漲了。」

孫樂也是一笑，她彎起嘴唇說道：「我這張臉，自己對著鏡子無數次，一放下鏡子便都想不起來，我就不信那小姑娘如此好的記憶。」

弱兒側頭打量著她，搖頭說道：「姊姊不管走到哪裡，我都一眼便識得。」

孫樂聞言一怔，不由得想道：是啊，也許只有弱兒和五公子能一眼認出我來。

弱兒這時眼珠子一轉，回頭看了一眼後，忽然低叫道：「不好！那姑娘殺過來了！」

孫樂一驚，下意識地扯著弱兒的手一貓腰，便鑽入了人群中。

她一邊鑽，一邊急急地向前衝去。弱兒緊緊地牽著她的手，老實地跟在她的身邊，在人群中鑽來鑽去。

一邊鑽，孫樂一邊向後看去，想看看那豔麗少女是不是真的追來了？那姑娘孫樂倒是不怕，可她不想出鋒頭，不想一不小心便被世人記住了孫樂這個名號。

可她人小身矮，回頭看卻是啥都看不到，傾耳一聽，處處是喧譁聲，也是什麼都看不清。

在孫樂不停疑惑地回頭看去時，弱兒總是板著一張臉，動作迅速地向前躥去，顯得十分積極。

孫樂無法判斷，便只好牽著弱兒的手在人群中擠來鑽去，不停地竄逃。

他們的動作，不時引得四周的人怒目而視，可這些怒目而視的人，在對上弱兒掃來的冷厲目光時，都是頭一縮，退了回去。

擠著擠著，不知從什麼時候起，孫樂已經被弱兒緊緊地摟著了腰，她人小瘦弱，不知不覺中，已是被弱兒半抱著竄逃。

孫樂縮在弱兒的懷抱中，聞著他濃烈的男子氣息，感覺到他溫熱的呼吸，臉又開始發燙起來。

她跑著跑著，突然間不動了。

看到她停步，弱兒連忙急聲說道：「姊姊，快走呀！」

「不走了！」孫樂紅著臉，癟起嘴，倔強地說道。

弱兒緊緊地摟著想掙脫他懷抱的孫樂，叫道：「為什麼不走了？」

他說話之際，溫熱的呼吸全部撲到她的耳中、鼻中，他強而有力的心跳，更是不停在她耳邊鬧著。

孫樂雙手成拳抵在弱兒的胸口，奮力地讓自己離他遠一些。聽到弱兒不解的問話，孫樂紅著臉忖道：*就算被那姑娘給追到，也勝過這般被你摟著跑路啊！這、這實在太羞人了！*

弱兒看到孫樂紅著臉低頭不語，長長地嘆息一聲。「姊姊，別鬧了，要是讓那女人追上一鬧就麻煩大了。」

孫樂聞言便是一聲輕哼，她甕聲甕氣地惱道：「弱兒，你的身周隨時會有不少劍師跟著吧？以他們的能耐，對付一個小姑娘那豈不是手到擒來？」她說到這裡，有點羞怒了。「可你偏偏趁我心亂的時候騙我，那姑娘根本就沒有追過來！你、你……你就是想占我便宜！」

孫樂的聲音一落，弱兒便是雙眼圓睜，連聲怪叫道：「姊姊，妳怎麼能如此想我？」

他剛說到這裡，便看到孫樂怒瞪著自己。孫樂這一怒，弱兒連忙嘿嘿嘿地傻笑起來。他一邊傻笑，一邊伸手摟著孫樂的腰，好不溫柔地說道：「姊姊別生氣嘛！姊姊想想，妳不讓弱兒占占便宜，難道還讓別個男人來？奶奶的，就算是姬五，他要占了姊姊妳的便宜，弱兒我也割了他那玩意兒讓他做太監去！哼！」

孫樂聽到這裡，又羞又氣又怒，她忽然一把抓起弱兒的手，頭一低，便在他的手掌側狠狠地咬了一口。

她含恨一咬，頓時一排整齊的牙齒印烙了出來。孫樂重重咬了一口後，便把弱兒的手一甩，身子一貓，一個箭步躥入了人群中，轉眼便逃得不見人影了。

弱兒站在人群中，把被咬的手掌抬起來，歪著頭在陽光下細細看著。

孫樂才衝出百公尺不到，回頭見弱兒沒有追上來，便紅著臉輕哼了一聲。她每次在弱兒面前都有點失控，表現得十分幼稚。

眼見弱兒沒有追上，孫樂以為自己自由了，便大步向前走去，準備讓那傢伙急上一急。

哪裡知道，她又走了十步不到，便看到前面出現了一個麻衣漢子，這漢子站在離她不足十公尺的人群中，正靜靜地盯著她。
這漢子孫樂見過，他是弱兒身邊的人！
孫樂瞪著他。
那漢子面無表情地迎著她的目光，似乎沒有察覺到孫樂在瞪自己。
孫樂輕哼一聲，轉過身向旁邊走去。
她這一走，那漢子也不追來，依然站在人群中靜靜地看著。
孫樂向左走了不到五步，便看到左側街道旁亦站著一個麻衣漢子，這個漢子也是弱兒身邊的人！
怪不得那小子不追來了，原來他壓根兒就不擔心自己會跑掉。
孫樂輕哼一聲，鬱悶地掉頭就走。
她走到弱兒身邊時，弱兒還歪著頭在陽光下細細地看著自己的傷口。孫樂一眼瞟見他似笑非笑的表情，不由得一臊。她大步衝到弱兒身前，重重地把他的手掌打下，低聲道：「這有啥好看的？」孫樂瞟了一眼左右，紅著臉繼續說道：「大家都在看你呢！」
弱兒手掌上的明顯是牙齒印，他這麼當眾堂而皇之地欣賞著，當然會引得路人頻頻注目了。
弱兒笑吟吟地掃了一眼羞紅著臉的孫樂，又舉起手掌欣賞起來。「姊姊，妳咬我了呢！」

孫樂忍不住丟給他一個白眼，悶悶地說道：「廢話！」咬你很稀罕嗎？

在孫樂的鬱悶中，弱兒樂滋滋地說道：「姊姊，我娘親與我父親恩愛時，他們也這樣咬來咬去的。姊姊，妳是不是終於發現弱兒長大了，是個大丈夫了，讓妳又惱又愛了？」

騰地一下，孫樂再次臉紅至頸！

弱兒的聲音一點也不小，他這些話說出不要緊，可聽到的人都是詫異地睜大眼看向兩人，特別當看到孫樂是如此其貌不揚的普通女子時，人人都是一臉的不敢置信。

孫樂又羞又急，連忙扯著他的手，急急地向前走去。

弱兒笑咪咪地任她牽著。

孫樂一直把他扯到一個角落裡，才左右瞧了瞧，紅著臉怒道：「弱兒，你、你幹麼聲音這麼大？」

弱兒聞言，雙眼睜得老大，怪聲叫道：「姊姊，妳居然只責怪我的聲音大了？」

孫樂的臉更紅了，她喘著氣，睜大雙眼恨恨地、努力地瞪著弱兒，羞惱得都說不出話來了。

弱兒見到她惱得只是喘氣的樣子，眨了眨眼，雙臂一伸便把她重重地帶入懷中。他像安撫小孩一樣拍著孫樂的背，溫柔地哄道：「姊姊別羞了。乖，別羞了。弱兒知道妳也喜歡上弱兒了，弱兒歡喜著呢，不會笑話妳的。」

這是什麼鬼話！

孫樂直噎得翻白眼了，連訓斥弱兒的力氣都沒有了。

弱兒緊緊地摟著孫樂，有一下沒一下地在她的背上輕拍著。

正當兩人緊緊偎成一團，在外人眼中親密無間的時候，一個聲音傳入兩人的耳中──

「前方發生何事？居然在封鎖城門？」

封鎖城門？

這可不是小事！

孫樂和弱兒同時一凜，兩人一分而開，側耳傾聽起來。

「從墨者那裡傳來消息，說是那自封為王的楚酋楚弱居然給混到臨淄城來了！」

「還有此事？」

「那傢伙好大的膽子！」

「嘖嘖，真乃大丈夫也！」

眾人的議論聲不絕於耳，孫樂和弱兒相互看一眼，同時心中一驚。該死！先前墨俠以弱兒作賭，為了確保不會有外人插入，多生枝節，自是不會洩漏出他在此地的消息。現在他們既然不再以他打賭，那就沒有了替他的行蹤保密的必要了啊！如此明顯的事，他們竟是一點也沒有考慮到！

「弱兒！」

孫樂抬頭看向弱兒，一臉擔憂。

弱兒伸出食指在她的唇上一放，揚唇笑道：「姊姊無須擔憂，我既然敢來，自是早就做了萬全的準備。」

他嘴角一彎，湊到孫樂耳邊輕聲說道：「我帶來的人中，有精於改形易容之術的人在，弱兒隨時可以混出去。」

孫樂吁了一口氣，表情一鬆。

她剛吁出一口氣，突然手腕一緊，卻是弱兒緊緊地握著她。

孫樂抬頭看向弱兒。

弱兒盯著孫樂，一瞬也不瞬地說道：「姊姊，跟弱兒離開吧！」

他目光灼灼，表情堅定，語聲中帶著請求。

孫樂心下一軟，不由得有點為難。

弱兒一眼便看出了她的為難，他把頭一低，放在孫樂的肩膀上，無助地說道：「姊姊，弱兒雖然可以改變裝容，可是弱兒重傷未癒呀！這一路奔回楚國，也不知弱兒的傷會不會加重……」

他說到最後，尾音低低的，帶著一絲脆弱。

孫樂明知道，弱兒這話大有演戲成分，她甚至不用抬頭，也可以肯定弱兒的臉上定無一絲無助，可是，她聽了這話，心中就是不安，就是擔憂。

天人交戰中，她的這絲不安不知不覺中被擴大，不知不覺中越來越明顯。

孫樂咬了咬下唇，狠下心說道：「好吧。」

她這兩個字一吐出，把頭擱在她肩膀上的弱兒便渾身一僵！

片刻後，弱兒低低地說道：「姊姊，妳答應了？」

「嗯。」

弱兒長長地吁了一口氣，低笑道：「好，我們馬上就動身吧。」他不等孫樂開口，便接著說道：「我會令人把此事轉告姬五的。」

弱兒提到五公子後，生怕孫樂反悔，伸手便把孫樂的雙手按在自己的胸口上，開心地說道：「姊姊，弱兒好快活！」

孫樂猶豫著笑了笑。

兩人手牽著手，迅速地向前走去。

這個時候，他們自是不會再去弱兒居住的地方。

弱兒和孫樂走了不到兩百公尺，那一直跟在弱兒身周的十數人便在不知不覺中圍了過來。

弱兒頭也不回，低聲說道：「形跡已露，吩咐眾人速速離開，在原定地方相會。」

「喏。」

弱兒所說的那個擅長於易裝改形之人，便是那相助過孫樂的騎驢的漢子。一行人在一處偏角裡停下，那漢子幫弱兒改變了一下妝容。

那漢子的手法十分簡單，就是弄了一把絡腮鬍子給弱兒黏上，再改變了一下他的膚色，修淡了一點眉毛。

這種在孫樂眼中極為簡單的技術，顯然令弱兒等人十分滿意。

前面就是城門了，孫樂走在摘下了斗笠、身穿麻衣的弱兒身後，亦步亦趨地做婢女狀。

她雖然低眉斂目的十分安靜，可心中終是十分擔心，因為孫樂覺得弱兒這種改裝實在粗陋得過分。

城門處，遠遠地便看到兩隊足有百人的軍士排在兩旁，他們舉著寒森森的長劍，正一個一個地盯著過往的行人打量。兩排百數軍士，劍尖齊刷刷地指著，劍尖在陽光下寒森森地發著光。

孫樂遠遠地看著這種架式，心中更虛了。

不過她有一個優點，就是不管心中是如何想來，表面上依然平靜無波。

不一會兒，一眾人便走到了排隊出城的人群之後，與那些舉著長劍的軍士正面相對。

這一正面相對，孫樂赫然發現這些軍士居然全都身穿竹製的盔甲！

他們沒有戴頭盔，除了上身胸口處有一小片銅保護著外，其餘都是竹片。

孫樂看著這些軍士，不由得暗暗想道：都說齊王富裕，卻原來也不過如此。看這些人的樣子，弱兒就算強衝也衝得過去。

排在他們前面的隊伍足有上百人，其中有大半是一些劍客。從來劍客都是粗魯任性之人，他們哪裡受得了這種盤查？一個個都在那裡罵罵咧咧的，雖然不敢辱及齊王，提高嗓子吼上兩句卻是人人都會的。

在這些人的吵嚷中，孫樂不由得向弱兒低聲問道：「這些軍士以竹為盔，是不是並非齊王精銳？」

她實在是想不明白，按道理捉拿楚弱王對於齊王來說是一件十分重要的事啊！

弱兒很詫異地回頭看向孫樂，他低聲說道：「以竹為盔，天下軍士盡皆如此呀！銅重鐵易腐，竹盔雖然不夠結實，勝在輕盈易得，而且足可擋住流箭。」

居然是這樣！

孫樂睜大眼，她記起來了，自己幾次看到的身穿銅盔鐵盔的衛士，都在特殊場合。看來，自己畢竟是見識淺薄。

兩人交談之際，慢慢輪到了孫樂和弱兒這一夥人進入眾軍士的劍陣了。

上百手持寒劍的軍士，瞪大眼一瞬也不瞬地盯著人，細細地上下打量，那種感覺真是很不舒服。孫樂低著頭，一臉老實地走在弱兒身後，她的手不自覺中緊握成拳，手心汗濕了一遍。弱兒的裝扮如此粗陋，該不會被認出吧？

她知道，就算以弱兒身邊的這些人足可以護著他殺出城去，可出了城後呢？他們現在可連一匹馬也沒有啊！

在孫樂的擔憂中，無數雙眼睛緊緊地盯著弱兒，盯著眾大漢細細打量著。

一個……十個……二十個……

不知不覺中，隊伍已走到了軍士的中間，來到了城門前。

靠近城門旁的軍士中混有一個麻衣赤足的漢子，這漢子孫樂無意中瞟了一眼，卻驚得立刻低下頭去。這人，她在朱求處見過！

孫樂剛一低頭，馬上又抬起頭來了，因為她記起來了，自己見朱求時可是易了男裝了，這人就算看到自己，也定不會識得的。

孫樂卻沒有想到，她連這個想法也是多餘的，每一道視線在看向她時，都是停也不停便一眼帶過，因為楚弱王絕對不可能是個瘦弱的黃毛丫頭！她根本不值得任何人注目。

那麻衣赤足的漢子朝眾人打量了幾眼後，眼睛一瞟瞟到了弱兒，眉頭微皺，細細打量起來。

孫樂心頭一緊，手心瞬間汗水濕透。

這時，弱兒昂起頭來，睜大眼與那麻衣赤足的漢子來了個面對面。

他對上那漢子打量的目光，忽然咧嘴一笑，操著一口濃厚的齊地口音說道：「大兄弟，那楚弱王到底長了個啥樣？是不是身高三丈、聲如洪鐘？」

他一臉的好奇，那甕聲甕氣的聲音十分響亮，嗡嗡地傳出。

弱兒這話一問出，他身前身後的眾人也都好奇起來，幾個聲音同時響起——

「他是破軍星呢，肯定是高大異常，可負千斤巨石的大漢！」

「咄！那小子才不過十五、六歲，還是個毛孩子呢，肯定是個小白臉兒！」

「破軍星是小白臉？你這話恁地可笑！」

眾人嘰嘰喳喳地吵得那麻衣赤足的漢子有點暈了，他雖然見過弱兒一眼，可那是遠遠地瞟過，本來便有點不清朗，此時被眾人這麼一鬧，便一點把握也沒有了。在他的猶豫遲疑中，弱兒和孫樂等人不知不覺中出了城門。

直到一行人的身影消失在城門處，麻衣赤足的漢子還不時地向他瞅去，暗暗忖道：這大漢著實有點眼熟，可那楚弱王是沒有鬍子的少年郎呢！

孫樂兩人一出城門，便腳下加速，急急地向前走去。

他們這隊人一出城門，便四散開來，混在人流中。因此只有弱兒和孫樂加速時，便不那麼顯眼了。

孫樂眼尖，一眼便瞟到前面三、四百公尺的官道側，停了幾輛馬車。

那該不會是來接應弱兒的吧？

孫樂剛這麼想來，弱兒已在旁邊說道：「姊姊，那是候著我們的。」

孫樂點頭，提步的速度更快了。

不過，孫樂注意到，這麼急馳時，弱兒不時會皺一下眉頭，手掌有意無意地按上腹部，顯然他的傷口有點痛了。

她擔憂地看著他，幸好馬車就在前方，孫樂沒有擔憂多久，兩人便來到了馬車旁。

弱兒牽著孫樂的手爬上第一輛馬車，喝道：「啟程！」

「駕——」馭者應聲一喝，馬蹄揚起，馬車啟動。

孫樂不用問便知道，後面那幾輛馬車是留給那些大漢們的。只消一會兒他們便會趕上，而且，弱兒帶來的人並不只有那些大漢，其他人也會絡繹趕來。

孫樂轉向弱兒，關心地問道：「傷口很疼嗎？」

弱兒搖了搖頭。

可他雖然搖頭，臉色仍然有點不好。

孫樂什麼也做不了，只能伸出手緊緊地握著他的大手。

馬車很顛簸，孫樂擔心地看著弱兒，真是有點擔心這麼顛下去，弱兒的傷非復發不可。

隨著馬車漸漸駛離臨淄城，後面的馬車也逐漸跟上。

孫樂朝後面看了看，發現根本沒有人追來。她輕吁了一口氣，衝著馭者叫道：「稍緩而行！」

「喏！」

車伕響亮地應了一聲，果然減慢了速度。

孫樂回過頭來，她蹲下身，把放在馬車中的榻全部拿過來，厚厚地鋪了一地，再在靠著車壁處墊上兩塊做靠背。弄好這一切後，她看向弱兒。

弱兒這時也雙眼亮晶晶地看著她，對上孫樂的眼神，他咧嘴一笑，低聲說道：「有姊姊在真好。」一邊說，他一邊靠著車壁坐在榻上。

弱兒坐好後，孫樂含著笑幫他再整理了一下。她暗暗想道：以弱兒之年少尊貴，他身邊的侍婢哪個不是我這般精心侍候？可在弱兒心中，我做什麼事他都會特別有感觸一些。

這樣想著，她的心中頓時滿滿的、暖洋洋的。這種感覺如數年前與弱兒相處時一樣，是一種被依賴、被需要、被珍惜的感覺。數年後再次感覺到，孫樂真的覺得很舒服。

正當孫樂低著頭為弱兒調整著背墊的時候，一隻手臂伸了過來，摟著她的腰。緊接著，弱兒的頭也伸了過來。

他把頭放在孫樂懷中，閉上眼睛輕聲說道：「姊姊，妳不會離開我的吧？」

孫樂一怔，這個問題她卻是無法回答的。

弱兒半睜開眼，眼中精光一閃。

緊接著，他長長地嘆息一聲。

這聲嘆息真是既長且憂，聽得孫樂好不慚愧。

在孫樂的慚愧中，弱兒把頭一偏，口鼻埋到她的懷抱中嘟囔道：「姊姊都不疼弱兒。」

孫樂聞言苦笑不已，她伸出手，輕輕地梳理著他的黑髮，按揉著他的額角，低聲問道：「弱兒，你的傷口可還疼否？」

她這是岔開話題了。

弱兒對她的行為十分不滿，從鼻中重重地發出一個哼聲，腦袋在她懷中鑽了鑽，偏不回答她的問話。

孫樂嘴角一彎，不由得笑了起來。

正在這時，一個清朗的男聲從車外傳來——

「大王，雉大家傳來消息，她已在前方十里處相候！」

雉大家？

孫樂聞言一僵，撫著弱兒頭髮的小手也是一顫。

弱兒的腦袋稍離她的懷抱，他看了孫樂一眼，沈喝道：「如此時刻，她怎能相隨？令她獨行便是！」

那男聲回道：「大王，雉大家說了，她不敢輕忽行事。此時她實與燕使的隊伍一道前行，大王如混在其中，必無憂矣！」

弱兒冷笑起來，沈沈地說道：「我楚弱是那種需他人庇護之人嗎？告訴她，她謹記自己的本分便可，我的安危無須她過慮。」

「喏！」

「馬車加速！」

「喏！」

「如今我在此地的消息已經散播開去，這一路上必然不會太平，爾等小心行事！」

「喏！」

「前方可有岔道？通往何處？」

弱兒這句問話後，外面沈默了片刻，不一會兒馬蹄聲響起，那清朗的男子聲音傳來——

「前方五里處有一岔道，可往秦地。」

弱兒喝道：「通令下去，駛入岔道！」

「這……大王？」那聲音清朗的漢子不由得猶豫起來。大王這一改道，那與雉大家豈不是難以聯繫了？

正在這時，弱王有點冷厲的聲音傳出——

「有甚可猶豫之處？少一人知道，便少一分危險！」

聲音清朗的漢子一凜，連忙應道：「喏！」

馬車顛簸中漸漸駛入岔道。

其實，不管是弱兒還是孫樂，都知道現在最大的威脅已不是來臨淄城的齊人，而是聞風而動的世人。

這時，在弱兒的吩咐下，所有的隨行之人都改變了衣著打扮，就連馬車也改裝了。

這一路，車隊不時遇到行跡各異的路人，這些人言談中毫不避忌地提到了楚弱的事，果然都是衝著他而來的。

如此馳了五天後，已離臨淄城數百里了。

在孫樂的精心照料下，弱兒的傷口並沒有出現明顯的惡化。不過雖然沒有惡化，卻也沒有好轉。

弱兒不喜歡裝扮，他這時已扯去了臉上的鬍鬚啥的，恢復了本來面目。這個時代逮人連畫像都沒有，一切只憑馬車徽號等十分明顯的特徵來相認，因此一路人上眾人雖然都說楚弱如何如何，可是弱兒真坐到他們面前，卻是半個注意的人也沒有。

「主公，前面便是丘離城了。」

一個清朗的嗓音從外面傳來。

自離開臨淄城那天起，弱兒為了安全，便吩咐所有人改叫自己為「主公」。

弱兒低聲應道：「然。」

他的聲音低低的，十分小心。

那清秀青年走到開口的中年人身邊，朝馬車裡望了一眼，笑道：「看來孫樂姑娘又睡著了。」

中年人沒有吭聲。

清秀青年卻不在乎他的冷淡，兀自看著馬車嘆道：「我家主公真乃重情之人。孫樂姑娘長得如此平凡，他卻珍之重之，視若寶物。」他說到這裡，嘖嘖連聲。「孫樂姑娘乃有大福之人。」

一直板著臉，沒有多少表情的中年人聽到這裡，淡淡說道：「要不是有孫樂姑娘，主公數年前便已不在了。有些人、有些事，是可以記一輩子的。」

清秀青年聽了連連點頭。

馬車中。

孫樂的頭一點一點地向下傾著，那腦袋一點一點的，從弱兒的肩膀滑到了他的胸脯，有時卻又像驚了一樣，連忙抬正，可剛抬正不到一瞬，那腦袋又開始下滑。

弱兒饒有興趣地看著睡意正濃的孫樂。在孫樂如此來了五遍後，他笑了笑，伸臂扶了扶她的身子，再輕挪了一個位置，讓孫樂舒服地枕在自己的大腿上。

弱兒低著頭，細細地觀賞著孫樂沈睡中的小臉，他粗糙的食指慢慢撫上她的眉毛，再撫過她的鼻子、小嘴。「姊姊五官倒是生得甚好，就是臉色也太難看。」

弱兒暗暗嘟囔著，嘴微一彎，想道：可不管如何，她是我的姊姊。在這個世上，任何人可以輕我棄我害我，她卻不會！

弱兒想到這裡，心中一暖。

他粗大的手掌在孫樂的臉頰上輕輕撫動著，目光溫柔至極。

也不知過了多久，孫樂的睫毛眨動了一下，又眨動一下。

感覺到她的動作，弱兒把手放下，含笑盯著她。

不一會兒，孫樂慢慢地睜開了眼。

她的眼睛一睜開，便對上弱兒含笑的俊臉，不由得嘴角一彎，浮出一抹笑容來。

弱兒大樂，他衝著孫樂眨了眨右眼，笑咪咪地說道：「姊姊一睡醒就笑個不停，可是瞅著弱兒容顏俊美、秀色可餐？」

孫樂眨巴著眼睛，已經完全清醒過來。她聽到弱兒這麼不知羞地自誇，不由得抿唇輕笑起來，朝弱兒白了一眼，說道：「不知羞！」

弱兒呵呵一笑，他頭一低，把額頭抵著孫樂的額頭，吐氣溫熱地嘆道：「唉，天下間沒有比我可憐的丈夫了。為了逗人一笑，連色相也得出賣。」

孫樂再次狠狠甩了兩個白眼過去。她伸手推開弱兒抵著的額頭，慢慢坐直身子。

她剛剛坐直，外面便傳來那清秀青年的聲音——

「主公，丘離城已到，可要下來一行？」

「然！」

弱兒的應答聲中，孫樂已整理好頭髮和衣裳。兩人一前一後下了馬車。

弱兒一下馬車，便大大地伸了一個懶腰。丘離城中人來人往，車水馬龍，喧囂聲一片。他旁若無人地伸了個懶腰後，甩了甩手腳，活動起筋骨來。

孫樂靜靜地站在他的身邊。

正在這時，一個嬌美的女聲傳來——

「這兒郎好生俊美不凡，妾甚歡喜呢！」

女聲不小，不但不小，還很響亮。

弱兒揮甩的動作一僵，他慢慢地放下手臂，和孫樂等人一樣，轉頭看去。

只見在眾人的身後，一個十七、八歲的少女掩嘴輕笑，秋波蕩漾地看著弱兒。這少女穿著繡上大片鳳仙的白色綢衣，面容秀麗，一雙大眼睛頗為水靈，顧盼之際盈盈生波。在這少女的身後，還跟著兩個麻衣劍客。

弱兒眨了眨眼，孫樂也眨了眨眼。

事實上，眾人都是一怔後，便發現這個嬌美的少女所說的對象並不是別人，而是弱兒！

果然，眾人剛如此想來，嬌美少女已輕移蓮步，徑直走到了弱兒面前。

她衝著弱兒上下打量了一眼，盈盈一福，抿唇輕笑道：「妾乃本城蕫氏之女，敢問公子可曾婚配？」

弱兒這下子完全傻眼了。

在他怔忡時，清秀青年走到弱兒的身邊，叉手笑道：「姑娘，婚配之事都是大人說了算，妳唐突了。」

嬌美少女大大的眼睛眨了下，搖頭說道：「不然，父早已說了，妾可自主擇婿。」

她說到這裡，秋波如水地看著弱兒，秀臉微紅。她長長的睫毛搧了搧，略有點羞怯地垂下眼瞼，轉又迅速地抬眸看著弱兒說道：「妾觀郎甚好，郎覺妾何如？」

弱兒還有些怔忡。在怔忡中，他露出一抹靦覥、不自在來。

清秀青年看了一眼面無表情的孫樂，連忙又站了出來。他一指孫樂，衝著那少女說道：「姑娘，妳相中的兒郎已有佳人了。」

嬌美少女一怔。

她似是這時才發現孫樂，當下大眼睛一轉，對上孫樂。

她衝著孫樂上下打量了好幾眼後，小嘴微嘟，頭一轉，對弱兒又說道：「此女容不及妾，阿郎何必捨璧玉而就頑石？」

少女這話一出，孫樂小臉頓時一黑。

她身後的眾人，都緊張地盯著弱兒和孫樂兩人。

那清秀青年暗暗想道：這女子甚是可愛，可孫樂姑娘乃是主公心念之人，卻不知主公會做何回答？

孫樂依然面無表情。

這時，弱兒忽然手臂一伸，摟上了孫樂的腰，衝著嬌美少女說道：「汝視之為頑石，我卻視為璧玉！」

嬌美少女一怔。

她再次轉過頭來，細細地打量著孫樂。直衝著她上下打量了好幾遍後，少女才滿是羨慕地看著她，說道：「這位姑娘好生福氣，妳家阿郎所說的話，妾只在夢中聽聞過。」

她朝孫樂和弱兒兩人盈盈一福，脆聲說道：「妾唐突了，兩位勿怪。」說罷，她灑脫地一轉身就走。

弱兒轉頭喝道：「還愣著做甚?走吧!」

他提步欲行，看到孫樂還衝著那少女發怔，不由得叫道：「姊姊?」

孫樂轉頭看向弱兒，淺淺一笑，低聲說道：「此女甚是灑脫別致。」於大街中選男人，看中了就直接表白，一聽對方有情人又坦然祝福，灑脫地離開。這樣的少女，孫樂就算在前世也不曾見過。

不知不覺中，她突然生出一種自形慚穢的感覺來。這念頭剛一起，孫樂便把它急忙壓下去。

可是，雖然壓下去了，她的心中終是不舒服。孫樂有點詫異地想著，自己以前最是困苦的時候，也不曾如此想過，為什麼現在卻有了這樣的想法?

她卻不知道，不管是五公子還是弱兒，都是人中龍鳳，她以前從不敢指望，便不會自慚形穢。現在她在不知不覺中，有了渴求了，有了妄想了，所以這自慚之心也跟著來了。

不管是前世還是今世，出身困苦的孫樂從來都不會十分自信的。

眾人這一路奔波，都沒有好好的休息用餐過，這一次便準備在丘離城休息兩天再趕路。

丘離城雖然遠不及邯鄲、臨淄，也是一座大城。它是一座水城，一條條小小的河流自城中繞行經過，城中除了車道還有水道。水道中，舟楫無數。這裡的人喜歡一邊撐舟一邊輕歌，那吳儂軟語帶著一種饒舌音，十分動聽，可惜孫樂壓根兒就聽不懂。

順著水邊的車道走了不到百公尺，眼前便出現了一座酒樓。當下那清秀青年率先走進去安排座位，孫樂和弱兒等人緊隨其後。

他們所上的是二樓。二樓有一間雅房，可以吹著習習涼風，居高臨下地觀賞來往的行人，看著從酒樓旁邊繞行而過的河流。

孫樂所選的位置，是靠窗邊的。她跪坐在弱兒的對面，饒有興趣地打量著這座水城，剛才小小的心事，此時早就煙消雲散了。

她看著看著，忽然聽到前方百公尺處的街道上傳來一陣喧囂聲，連忙順聲看去。不只是她，隨著喧囂聲越來越大，弱兒等人也都順聲看去。

街道上，人群分擠兩旁，人群中，一個三十五、六歲、高大魁梧的麻衣大漢大步走來。這麻衣大漢皮膚蒼黑，一臉憔悴之色。雖然憔悴，可絲毫不掩他的悍勇之氣。

那大漢走了幾步，在街中一站。

唰地一聲，他把手中的竹旗朝地上一插。這時風獵獵地吹來，吹得那旗面一轉，對上了孫樂等人。

孫樂一看到那旗面，雙眼瞬間睜得老大！那旗上墨跡淋漓，還沒有完全乾，駭然寫著四個大字——十金賣頭！

「十金賣頭？」孫樂低叫道：「此是何意？」

弱兒還沒有回答，那大漢已經開口了，他朝著眾人團團一叉手，聲音有點嘶啞地說道——

「諸位，某乃劍客，仗劍而行天下五年，一無所獲而歸。歸家後家業敗落，母死無葬身之財，父病無醫治之物。某百思無策，欲以項上之人頭換取十金！」

他說到這裡，突然聲音一提，渾厚而蒼勁地喝道：「有哪一位想試劍的高手？可拿十金來，某可任爾取了某的頭顱去！」

此人的聲音響亮渾厚，遠遠傳出。

孫樂倒抽了一口氣，她聽得十分清醒，眼前這漢子居然要用自己的腦袋來換取十金！

這不是讓孫樂驚異的，真正令她吃驚的，是她看到那大漢如此一喝後，人群中當真走出了一個蒼白著臉、背負長劍的青年來。

這青年大步走到大漢面前，扯著嗓子叫道：「兀那漢子，你可真是一動不動？」

大漢轉向那青年，隨著他厲眼一掃，這面色蒼白的青年不由自主地向後退出兩步，臉上露出一抹懼意。

大漢朗聲說道：「然！不過爾可有十金？須取出驗於父老！」他右手朝左側身後一指，嘶啞地說道：「他們會代某取金。」

這大漢的身後，站著三個老頭。這三個老頭都是一身麻衣，臉上盡是困苦窮老之色，皺紋間有著厚厚的死皮，彷彿長年沒有洗過臉一樣。可饒是如此，孫樂卻注意到他們背負長劍，渾濁的眼睛閉合間精光閃動，顯然並不如外表那麼老朽可欺。

孫樂看到這裡，倒抽了一口氣，轉向弱兒低聲問道：「這……以自己的腦袋換金，居然真的可行？」

弱兒也一直打量著外面眾人，他聞言淡淡地說道：「人命本來便輕賤如草，割之易耳！」

他說到這裡，頓了頓，向孫樂解釋道：「那白臉青年顯然一直想當劍客，一直想以手中劍取人頭顱，可他膽子既小又劍術低微，因此才會意動。」

弱兒說到這裡，看向孫樂低聲道：「如此之事，處處皆有。姊姊還是別過頭去吧。」

孫樂嘴唇顫抖了一下，低低地說道：「人命，真已輕賤如此了嗎？」

弱兒盯著她，沈聲說道：「人生而有貴有賤，此種賤人之命自是輕賤，姊姊妳別想太多了。」他頓了頓，目光堅定地看著孫樂說道：「姊姊會是世上至貴之人，無須為此等人感懷。」

孫樂沈默不語。

她聽得分明，弱兒的語氣中有不屑、有天經地義。不，不只是他，幾乎她所識得的所有人都是這樣，認為人生下來便注定了他的高貴和低賤。高貴的人自是命金貴無比，而低賤的人呢，則是不值一文！

這實是這個時代的普遍觀念。

孫樂靜靜地看著弱兒，眼一眨也不眨地說道：「弱兒，拿十金給那漢子吧。」

她這句話不是請求，而是吩咐。

孫樂這話一出，弱兒不由得詫異地看向她，不只是弱兒，旁邊的幾人都看向孫樂。

孫樂輕輕地說道：「弱兒，姊姊看不慣此等事。」她見弱兒要解釋，便又說道：「此等事既然教姊姊遇上了，便可以一管。」

弱兒看著孫樂，點了點頭，朝身後的人吩咐道：「聽到沒有？速去辦來！」

「喏！」朗聲應喏的，是那與孫樂相識的騎驢青年。他拿出十金，大步走向樓下。

他一動身，孫樂便長長地吁了一口氣。同時她站起身來，把榻挪了挪，移離窗戶後重新坐下。世上有很多事，還真是眼不見為淨呀！

孫樂一坐好，弱兒便給她倒了一大杯酒，他把酒杯送到孫樂的唇邊，看著她的雙眼輕聲說道：「姊姊，喝一點壓壓驚吧。」

孫樂垂下眼瞼，伸手接向他的酒杯。

弱兒鬆手任她接過。

孫樂小口小口地飲了起來。此時陽光正劇，照在陶杯搖晃的渾黃酒水中，顯出一些浮浮沈沈的微粒來。孫樂看著那些漂浮的、時起時落的微粒，暗暗想道：孫樂，這裡與妳以前的世界完全不同，這真是一個弱肉強食的世界，妳不管在什麼時候，都要居安思危，早做退路呀！

她這個時候，有種隱隱的恐慌。

正在這時，一隻手掌伸出，輕輕地按在她放在榻几上的左手之上。

弱兒伸掌按著她的小手，那溫熱的手心溫暖著她的手背。漸漸地，孫樂的心一定，慢慢抬眼看向弱兒。

弱兒靜靜地盯著孫樂，低聲說道：「姊姊可是懼了？姊姊，弱兒是妳的親人呢！是妳最親最親的人了。妳在弱兒身邊，又何懼之有？」

孫樂聞言，慢慢揚唇綻開一個笑容，輕聲回道：「姊姊知道了。」兩人相視一笑，都是心頭暖洋洋的。

第二十章　四國犯楚弱王威

眾人在丘離城休息兩日後，便重新啟程。

從臨淄至楚城郢，需一個半月的路程。

隨著離郢城越來越近，眾人也越來越是放鬆。

這一天用過中餐，馬車駛動後，弱兒指著前方出現的城池，衝著孫樂笑道：「姊姊，我們就快到家了！」

孫樂含笑眺望著遠方。

正在這時，一個騎士急急地從前面的城池處而來。

馬匹疾馳中，捲起漫天的煙塵。眾人遠遠一看，便認出來人正是他們派出打聽前面情況的一個劍師。

弱兒眉頭微皺，暗暗想道：出了何事，居然令得亞叔如此疾馳？

不一會兒，亞叔便奔到了弱兒面前，他急急一勒韁繩，來不及拭去額頭上的汗水，縱身跳下馬背，雙手一叉，朗聲說道：「主公，事有不妙！齊侯發兵十五萬，連同魏、韓二國，共發卒三十萬，三侯親自為帥，會師長平，不日將侵我楚境！」

轟！

眾人同時一驚，齊刷刷地轉頭看向弱兒。

孫樂心中一緊。該來的要來了！她也抬頭看向弱兒。

弱兒俊朗的臉上閃過一抹寒氣，他目光回頭眺向長平方向，冷冷地說道：「會師長平？

作戲給天下人看吧？哼！」

那騎士叉手言道：「除此之外，趙、秦亦蠢蠢欲動，境內有陳兵跡象。」

這一言一出，眾人盡皆變色。難不成，天下諸國都聯合起來了，誓要拿下楚地不成？

他們一個個緊緊地盯向弱兒，但見弱兒俊朗的臉上毫無表情，黑沈如子夜的雙眸精光閃動，不由得同時心中一定。

眾人雖然心中安定不少，卻還憂患著，畢竟，天下間的幾大強國都聯合起來欲不利於楚，這種事光是想想便能讓人心中惶惶。

清秀青年策馬上前，在弱兒身後叉手言道：「主公，此番消息一傳回楚地，怕是人心難安。依我之見，還請主公快快趕回郢城安定人心的好。」

弱兒點了點頭，長袖一甩。「上車，啟程！」

「喏！」

整齊的應諾聲中，馬車啟動，這一次眾馬車都加了速。

弱兒一上馬車後，便閉目不語。

孫樂低著頭，也是一聲不吭。

動。

馬車搖晃中，弱兒俊美的臉顯得明暗不定。孫樂知道他在尋思著，便安靜地一動也不動。

在馬車經過前面的城池時，孫樂感覺到了那種風雨欲來的氣氛，幾乎一城之人都在談論著這件事。

自周立國至今，已經太平了幾百年了。這幾百年中百姓久不見戰火，士卒也不曾見過鮮血。此時民眾聽到三國王侯為帥，率三十萬大軍欲代天子而除楚夷，大多感覺到的是興奮，是無比的興奮。

這個時候，不管是誰一說起此事，都認為楚地危矣。因此，他們談論得最多的除了三國王侯聯合攻楚之事外，還有就是為楚弱王感慨不已。

弱兒聽到這些話後，臉上都是毫無表情。

馬車日夜疾馳，三天內便進入了楚境，五天後正式抵達楚城郢。

楚地多丘陵，地脈起伏不平，而且雨水眾多，如此種種，均與中原各國大是不同。

車騎進入郢城時，正逢城中天氣陰霾，雨水不斷。弱兒的車駕沒有驚動任何人，無聲無息中便駛向楚王宮。

楚王宮建於郢城東側，位於半山腰上，王宮建得不見豪奢，遠遠看去是一眾由數十木樓組成的建築群。

楚王宮外的廣場和過道，都由青石板鋪成。可與別的宮城不同的是，這些廣場和過道處，無論是地面還是牆壁上，都繪刻著青鳥、飛龍、素女、慈姑、飛天等神話人物。這些神話人物都塗繪了彩色，人物抽象，但每一幅圖都可以與下一圖串起來，連著看完全是一個個生動的故事。

而在這些神話人物中，不時可以看到弱兒的畫像。他戴著王冠，站在代表人間的至尊的席位上，仰頭接受來自上蒼的雨露恩賞。

孫樂簡直有點看呆了去，她眨也不眨地從一幅看到下一幅。這些圖中的人物，都臉頰偏於飽滿，身形高眺，衣冠華麗繁複。更甚者，有不少畫像下都寫著一首首詩。這些詩類似於辭，也許它便是楚辭的原形。

孫樂一邊看著，一邊有一種時空錯位的感覺。這些圖像、這些神話、這些楚辭，在她的記憶中，明明屬於十分十分遙遠的故事，可是，這遙遠的故事卻色彩鮮豔、墨跡淋漓地展現在她的面前，清楚地告訴著她，她正在經歷著這些歷史，她正在目睹著歷史的發生！

也許是孫樂看得太過專注，表情太過驚異，弱兒轉過頭，微微有點不自在地說道：「這些故事是民眾胡亂編成的，弱兒聽了十分歡喜，便令人繪在此處。」

孫樂目不轉睛地看著這些畫，弱兒看到她這麼專注，早就令馭者減慢了速度行駛。

孫樂看著看著，聽到弱兒如此一說，不由得詫異地轉頭看向他。原來，所謂的傳說和神話，是她的弱兒和他的百姓締造的！孫樂看著看著，那種時空錯位的感覺更加劇烈了。她低低地嘆息一聲，回道：「楚人多浪漫才情，卻是自古皆然。」

「自古？」弱兒笑了起來，他也目光熠熠地看著那些壁畫，笑道：「姊姊這可說錯了。在弱兒之前，可沒有任何一個楚酋愛好此道呢！雖然民眾歡喜，楚酋們卻是絕對不許他們把這些畫放在如此莊重的場合的。」

弱兒見孫樂對自己喜好的東西如此在意，也是很開心，他目光晶亮地看著孫樂，伸手握緊她的小手，低低地說道：「姊姊，等敗退聯軍後，弱兒便娶妳為妻。到那時，弱兒不但要昭示天下，讓所有的女人都來羨慕姊姊，弱兒還要把我與妳的畫也繪在這裡，以後，我們的子子孫孫都來傳說我們的故事。」

他說到這裡，已是一臉神往。

孫樂也是一臉神往，不過她的神往與弱兒不同。她想到的是：原來我也是有機會成為神話中的人物的！看來上蒼讓我穿越到這個古老的時空，還是有獎勵的……

孫樂這麼想著的時候，便沒有注意到弱兒說了要娶她為妻的話，而弱兒在一旁盯著她，見到她居然沒有拒絕，不由得一喜。

他這一喜，本來嚴肅著的俊臉便如雲破月來，頓時笑逐顏開。

前面三百公尺處便是楚王宮的大門，此時，幾百宮人和下臣，已密密麻麻地排成兩隊，迎候著弱兒等人的到來。

孫樂與弱兒同坐一車，她不想面對這些人猜疑打量的目光，因此遠遠地看到那些人群，便把身子縮在另一側角落裡，把車簾嚴嚴實實地拉下。

弱兒哪有不明白她的想法的？他朝孫樂看了一眼，苦笑著搖了搖頭。

這時，馬車已正式駛入王宮中。馬車所到之處，宮人臣下紛紛低頭叉手行禮。

直過了半個時辰許，馬車才晃了晃後停下來。同時，弱兒轉頭對孫樂說道：「姊姊，已經到了。」

他關切地看向孫樂，溫柔說道：「姊姊長途勞累，先去洗沐休息吧。」說完後，他朗聲喝道：「來人！」

一個十五、六歲，白淨清秀的小太監小跑了過來。

弱兒說道：「整理好蓮樓。」他說到這裡，眉頭微皺，轉頭對那清秀青年說道：「文良，你帶我姊姊前去安置吧。」

文良連忙叉手應道：「喏！」

弱兒跳下馬車時，回頭朝孫樂說道：「姊姊，妳先好好休息一會兒，弱兒待會兒再來找妳。」

說罷，他在眾大漢的圍擁下，大步離開。孫樂伸出頭看去，弱兒走了不到兩百公尺，一眾戴著賢士冠，做臣子打扮的賢士圍了上來，簇擁著弱兒繼續向前走去。

一直到弱兒的身影消失在眼前，孫樂才轉過頭。她慢慢踩下馬車，跟在文良的身後向前走去。

那白淨清秀的小太監緊緊跟在兩人身後，他一邊走，一邊不時偷偷看向孫樂。剛才他聽得分明，大王可是叫了眼前這個女子做姊姊的，他甚至還自稱弱兒。看來眼前這位貌不驚人的女子是個極尊貴的人，可得伺侍好了。

蓮樓，是位於一個花園中的單獨小樓。這花園很大，裡面亭臺樓閣、蓮塘迴廊，美不勝收，最重要的是，如此美麗而寬闊的花園裡，只有一幢小樓，那便是蓮樓了。

文良和孫樂兩人來到蓮樓前時，聽到音訊出來的侍婢、宮女、太監早已排成了一隊，整齊地等著他們到來。

文良走到眾人面前，朝著孫樂一指，喝道：「這位可是尊貴至極的主子，你們得伺候好了！」

「喏！」十數人整齊地應諾道。

「如果有人膽敢輕忽，那就別怪大王辣手無情！」

「喏！」

文良威嚇幾句後，走到一側跟兩個中年人交代起來。不一會兒，他走到孫樂面前，叉手一禮。「孫樂姑娘，一切已安排妥當。姑娘可別有吩咐？」

孫樂搖頭。

文良再次叉手一禮，方才告辭離去。

他一走，孫樂便令誠惶誠恐的宮女帶自己前去沐浴。

孫樂在鋪滿了鮮花的溫水桶中洗了一個舒服的澡後，便回到自己的寢宮，倒在了鋪著錦被、以珍珠為帳的大床上。

她知道，弱兒現在肯定是急於瞭解國內的形勢，他這一次離國這麼久，需要處理的事情肯定不少，今天他是不會來找自己的了。

孫樂在床上翻了一個身。一直以來，她所睡的都是硬硬的石床，就算那石床上能鋪上草和被子了，都還是粗硬簡陋的。如現在這麼華麗舒服，還燃著檀香的房間，她是第一次睡。

孫樂不斷地翻轉著，這床太軟，也太香，珠帳太晃眼，她這個窮苦慣了的人還真有點適應不了，翻來覆去地，總覺得哪一個姿勢都不舒服。

這樣翻轉了一個多時辰，孫樂才沈沈睡去。當她睡去時，宮人恰好端著晚餐前來，她們看到睡夢正香的孫樂，也不敢叫醒，便這樣端著食盒站在那裡乾等。

一直等到飯菜涼了，孫樂也沒有醒來。宮人見飯菜涼了，只好退去。

孫樂這一睡，直是睡足了一晚，等她再次睜開眼時，外面天空大亮，鳥鳴啾啾，已是到了第二天上午。

孫樂爬起床時，早已飢腸轆轆。她洗漱後，吩咐宮人端來早餐用過後，便出了小樓，在宮人的帶領下，向弱兒所在的主殿走去。

孫樂還沒有走近，遠遠地便聽到主殿中傳來了弱兒的咆哮聲。

弱兒生氣了？

孫樂心中一緊，連忙加快腳步靠近。

當她來到殿外時，弱兒的喝聲朗朗地傳來——

「聯軍雖眾，卻不能奈我何，何故？一則，三國士卒人雖三十萬，卻從來沒有見過血。這可不比我楚地，我楚地精銳，盡皆是血海中爬出來的。」弱兒說到這裡，冷哼幾聲。「以我十萬身經百戰的精銳，別說是只對抗三十萬士卒了，就算是傾天下各國軍力，也不是我楚弱的對手！」

這話沈沈而來，聽得孫樂腳步一頓。她本來有點不安的心，此時也是大定，暗暗想道：是呀，我怎麼就沒有想到這一點呢？弱兒在收服各國楚酋時，肯定是練兵無數。以百戰精銳對抗一些從來沒有見過血的士卒，那可是勝算極大呀！

弱兒朗朗的聲音繼續傳來——

「二則，我楚地多山陵雨水，地貌與中原完全不同，且潮濕而多毒氣，如此地理，中原人從來沒有見識過。」

「三則，我為主，敵為客，客遠道而來，兵困馬疲，我以逸待勞，何足懼哉？」

「四則，此次齊、魏、韓諸國，備戰車三千欲與我一戰，此種戰車在中原各國自是可橫衝直撞，可到我丘陵山脈，卻由不得他們作主！」

聽著他侃侃說來，不但是殿中眾人，連孫樂也聽得大是歡快。她看著殿門，驚異地想道：真沒有想到弱兒居然是難得一見的大將之才！

這個時代，民智初開，世人連戰爭都沒有真正見過，更別提孫子兵法了，它根本就沒有問世。

可以說，這是個對戰爭一無所知的時代！數百年前許是發生過戰事，可流傳到如今的只有一些似是而非的傳說。

可在這種情況下，弱兒能從天時地理人和中想到這種種利弊，已是只可用天縱奇才才能形容了！孫樂直到這個時候，才知道弱兒能在區區兩、三年間收服楚地，憑的並不是僥倖！

弱兒的話音一落，大殿中先是一靜，轉眼便是一陣歡呼聲傳來，歡呼聲中，眾人同時高叫道——

「大王！天佑我大王！」

「大王戰無不勝，攻無不克！」

由數百人同時發出的歡呼聲，震破了天空，遠遠地傳蕩開去。

過了一會兒，弱兒雙手一張。

隨著他手這麼一張，歡呼聲立止。

安靜中，弱兒沈聲喝道：「話雖如此，但諸位萬萬不可輕敵。」他說到這裡，忽然哈哈一笑，大聲地喝道：「諸位，這一次我們楚人大敗聯軍，一舉震動天下，令得無人再敢輕犯，如何？」

數百人整齊地應道：「喏！」

「我們且小心對敵，務必讓三十萬士卒有來無回，如何？」

「喏——」已是聲如驚雷。

「我們現在還不能笑，要笑，等拿下了齊王、魏王、韓王！到時我們架著這三王開進周都，令周天子當著世人之面認罪，如何？」

「喏——」

這一聲應諾中，已夾雜著熱血沸騰的狂熱和激動。孫樂知道，弱兒已成功鼓動了眾人的士氣，此時這些人巴不得聯軍立刻趕到，好與他們痛快一戰了。

弱兒忽然仰頭哈哈大笑起來。

在他大笑時，眾人同時停止了喧囂。一時之間，整個天地間似乎都在傳蕩著弱兒的笑聲。

大笑聲戛然而止，弱兒聲音一提，朗聲說道：「諸位，天下各國都叫我等為楚夷，他們說我們乃是蠻夷之人，不識禮教風化，這一次，我楚弱定要天下間為我顫慄！懼我如虎！」

弱兒這話一出，人群先是一靜，緊接著，一個清朗的喝聲響亮地傳來——

「天賜我弱王，天佑我大楚！」

數百人同時大聲叫了起來——

「天賜我弱王，天佑我大楚！天賜我弱王，天佑我大楚！」

這聲音越來越大，越來越整齊，漸漸地，連宮外的侍女、太監都跟著大叫起來——

「天賜我弱王，天偌我大楚！」

孫樂靜靜地聽著，在排山倒海的吶喊聲中，她怔怔地看著殿門口，久久沒有動彈。

轟隆隆的歡呼聲、驚天動地的吶喊聲中，孫樂聽到了眾人對弱兒發自內心的崇敬、狂熱。

叫喊聲衝破王宮，遠遠地傳了開去。這叫喊聲傳出的地方，楚人都是駐足傾聽，本來灰白的臉色已變得紅光滿面。

孫樂靜靜地聽了一會兒後，慢慢地退後兩步，轉身向回走去。

她這次來，本來便是想給弱兒打氣，想安慰他的，可是，現在的他又何嘗需要人來安慰？孫樂，弱兒並不只是弱兒，他還是楚弱王！是令得天下人都震驚的楚弱王！

他不是一個孩子，而是一個梟雄，一個意圖一統天下的梟雄！

孫樂長長地吐出一口氣，說不出自己是高興還是不高興。她一步一步地向外走去，不一會兒，便已離開了正殿。

弱兒一回來，人心惶惶的郢城便安定了下來。可以說，他是個極有人格魅力的人，不過區區兩天時間，郢城人不但安定下來了，還一個個熱血沸騰，恨不得馬上與聯軍大戰一場。

他行事雷厲風行，接下來的日子裡，都在為將來的大戰做著積極準備。孫樂看得出，弱兒雖然自信滿滿，卻也不曾輕敵，從他流露的隻字片語中可以看出，他的準備工作做得十分周密。

此時此刻，孫樂正慢慢地研著墨，時不時地在旁邊的竹簡上寫上幾個字。她寫得甚慢，持筆的動作也有點不自然。

她前面不遠處，弱兒和那清秀青年文良，以及四個楚國的臣子，正在就作戰部署作進一步的討論。

陽光透過紗窗，鋪在孫樂的身上、臉上，暖洋洋的。孫樂一邊磨著墨，一邊享受地半瞇著眼，感受著溫熱的陽光照在身上的舒服感覺。

弱兒說了一會兒後，伸手拿起酒盅飲了一大口。飲完後，他轉頭看向孫樂。這一看，正好對上她如貓一樣，半瞇著眼，很是享受陽光的模樣，不由得雙眼一亮，破顏一笑。

眾臣看到弱兒的模樣，相互看了一眼。

弱兒的目光從孫樂身上移開，轉向眾人揮了揮手。「暫時說到這裡，都出去吧。」

「喏。」眾臣同時躬身應諾，一個個站起來倒退出去。

他們一走，弱兒便站起身提步向孫樂走去。

孫樂正在懶洋洋之際，忽然感覺到腰間一暖，同時，一個溫熱的身軀緊緊地貼上了她的身子。

弱兒摟緊孫樂，低頭打量著她，見孫樂終於睜開眼看向自己，不由得咧嘴一笑，笑呵呵地說道：「姊姊好生舒服。」

孫樂一笑。

她朝房中瞟了一眼，見眾人都已散去，抬頭對上弱兒問道：「怎麼這會兒就散了？」

弱兒下巴一落，擱在她的頭髮上輕輕摩挲著，嘟囔道：「他們見我想與姊姊親熱了，便避嫌離開了。」

唰地一下，孫樂的小臉騰地通紅。

弱兒一看到她臉紅了，便是大樂，當下歪著頭，細細地欣賞著。

孫樂伸手在他的胸口重重一推，惱道：「快放開我！」

「偏不！」

弱兒這樣說著，手臂越發的緊了。

他緊緊地摟著孫樂，下巴在她的頭髮上摩挲，輕輕地說道：「姊姊，不知為什麼，妳在弱兒身邊，弱兒就會覺得很安心，就會做什麼都很有力量。」

孫樂聞言，不由得嘴唇一揚。她在跟弱兒前來時，還以為自己可以幫到弱兒的，但這個把月一相處，她才知道，弱兒本身便是天縱奇才，他的事自己根本就插不上手。

因此，弱兒如此說著的時候，她在心中暗暗忖道：弱兒為了讓我安心，刻意哄著我呢！

她正這麼想著時，弱兒的聲音又從她的頭頂低低地傳來——

「姊姊，三國聯軍已在路上，不需兩個月，他們便會兵臨郢城。」

孫樂輕輕地「嗯」了一聲，她抬眸看向弱兒，說道：「弱兒知己知彼，這一戰必勝無疑。」

弱兒聞言並不見欣喜，他低嘆道：「如今已不是勝不勝的問題了，於此之時，趙和秦都在旁側虎視眈眈。弱兒這一次不但要勝，還要不過於傷及自身元氣，不然，趙秦兩國怕是會插上一手。」

孫樂連連點頭。

正在這時，一個清朗的聲音傳來——

「大王，雉大家已至！她帶來了黃金五十車、緞三十車、錦三十車、糧食三千車、劍客一千人。請大王查收！」

弱兒聞言，連忙鬆開摟著孫樂的手，大步走出，哈哈笑道：「好！來得好！」他的笑聲豪爽至極，顯得心情愉悅之至。

他大步流星地走出房門，忽然記起了孫樂，腳步便是一頓，轉頭對著孫樂笑道：「姊姊，一起去吧！」

孫樂知道他是要去迎接雉大家，當下搖了搖頭，溫言回道：「我不去了，姊姊幫你整理一下你們剛才所議之事。」

「然。」

弱兒哈哈一笑，大步走開。

孫樂目送著弱兒的背影，暗暗吃驚。這雉大家卻不知是何來路？居然可以拿出這許多的物資來。

同時，她也不由自主地想道：不管雉大家的背景如何，她如此幫助弱兒，只怕他們之間的交易很不一般。

想到這裡，孫樂不由得記起上次雉大家流露出的殺機，苦澀地一笑。看來這雉大家是相中了弱兒的王后之位，怕我擋道呀！

孫樂想到這點，並沒有多少的鬱悶和不舒服，她只是暗暗警覺道：這雉大家看來是弱兒爭奪天下的大助力之一，以後我得小心提防來自她的暗殺了。畢竟在弱兒的立場，怕是只能提供保護吧？

她想到這裡，嘴角不由得浮出一抹冷笑來。她要是真敢再對我不利，我倒想試試這個天下第一聰明的女人究竟有何聰明之處了！

孫樂沈思了一會兒後，把這些思緒全部拋開，低著頭一筆一畫地把弱兒幾人剛才所議之事歸納起來。

幾人所說之事雖然繁複，歸納後也只是幾句話而已。孫樂費了大半個時辰，歪歪扭扭地在竹片上用隸書寫上那幾句話，然後收好，轉身離開。

孫樂回到蓮樓不久，王宮中忽然熱鬧起來，這種熱鬧中，夾雜著女子的嬉笑之聲。弱兒的後宮一直空置著，平素很少聽到女子的歡笑聲，此時那些鶯鶯燕燕的嬌笑聲一傳，讓孫樂頗是感覺到古怪。

歡笑聲和喧囂聲久久不絕，一直到太陽漸漸落下，王宮才再次恢復了安靜。

不過這個安靜沒有持續多久，一陣笙樂聲、酒肉香又遠遠地飄來。孫樂站在樓前，望著那燈火通明、音樂喧囂的遠處。

「大王定是給那天下第一美人接風洗塵了。」

「然啊，剛才我悄悄地瞟了一眼，那位雉大家可真是美呀，看得我都愣住了！」

一陣低語聲中，一個少女驕矜地說道：「那又如何？大王一向珍之重之的蓮樓裡，住的可是我家主人！」少女說到這裡，聲音得意中帶著不解。「雖然咱們的這位主人長得很普通，性格也不出眾，可大王都叫她姊姊呢，還一看到她就笑逐顏開的。嘻嘻，這種榮耀，可是絕無僅有的。」

「然，然。」

「對極，對極！」

一陣低語嬉笑聲中，孫樂搖了搖頭。她看著那燈火通明、鼓樂喧天的地方，心中明白，弱兒是知道自己不喜歡看到雉大家，便提也不曾跟自己提起入宴的事。

此時此刻，不管別人如何想來，孫樂的心中是很平靜的。

孫樂一直看著那燈火通明的所在，直到夜已漸深，直到笙樂漸散，她才轉身向房間走回。才一轉身，她便打了一個寒顫，忍不住伸手搓著雙臂。孫樂不由得想道：明明我心如止水的，為什麼卻有一種空蕩蕩的感覺？

孫樂，弱兒是個天生的王者，這樣的人，最好是做他一生的姊姊，那才是最穩妥的，也是最幸福的吧？

寢房中，燈籠幽幽的光芒閃動著。孫樂實在不喜歡這種空蕩蕩的、彷彿漂泊無依的感覺，便在寢房中拉開架式，慢慢地練習太極拳來。

練著練著，她的心終於真正的安靜下來。

雉大家帶來的物資，對於現在的弱兒來說是雪中送炭了。

孫樂還以為自己會與雉大家見上幾面，哪裡知道，第五天她才曉得雉大家在王宮中休息沒有兩天，便又匆匆啟程，再幫弱兒弄物資去了。

時間飛逝如電，轉眼間，兩個月過去了，三國聯軍已聚集於郢城外百里處的平原上，大戰一觸即發！

此時此刻，弱兒站在郢城的城樓上，緊緊地盯著聯軍紮營的所在。雖然隔了百來里，他其實什麼也看不到，可是，弱兒還是一眨也不眨地盯著，面無表情。

在弱兒的身後，一眾食客和臣下都轉頭看向他。這一場戰爭，眾人等了三個月了，現在終於來了，心中還是不免惶惶。

在城樓上，除了這些丈夫之外，還站著兩個女子，一個美貌無雙，正是雉大家，她於三天前再次率大批物資來到楚地。此時雉大家戴著紗帽，把她絕世的容貌完全給遮住了。

另一個，正是孫樂。

孫樂和雉大家一左一右地站在弱兒的身邊。

雉大家乃是舉世注目的人物，她全力協助弱兒的事，不能為世人知道。因此，在這樣的場合中，她一直是戴著紗帽出來的。

其實也無須如此，楚國內鐵板一塊，人人皆知，以前楚弱一年內平定楚境諸酋，直到他自己傳出才被世人所知，此時自也是一樣。

與一臉沈靜、毫不起眼的孫樂不同的是，雉大家妙目頻顧，聲音甜美。「大王，三國聯軍以齊王為首，他們已就地紮營，明天開始車隊衝鋒。」她說到這裡，眼波如水地看著弱王，軟聲說道：「妾無能，此次只能助王拉得戰車兩百輛。」

弱王一直盯視著前方，聞言笑了笑，轉頭對雉大家說道：「何必自輕？舉齊、魏、韓三國之力才得戰車三千，妳以一人之力能助我拉得戰車兩百，已是大功，怎能說無能？」

雉大家聞言甜甜地一笑。

她轉向孫樂，盈盈一福，輕聲道：「我來去匆匆，兩番均未與孫樂一見，孫樂可勿要見怪才是。」

她話中雖是請罪，語氣中卻隱隱有著得意，那看向孫樂的表情中更有著輕慢。

孫樂自是明白她為什麼得意了，為了此次大戰之事，她多方奔波，厥功甚偉，而自己卻是可有可無，雉大家這是在向自己顯耀呢！

孫樂想到這裡，有點好笑，也有點無奈。她平生最不喜歡與人爭長道短了。當下，她低斂著眉眼，淡淡地回道：「雉大家言重了。」說了這幾個字後，她便面無表情地和弱兒一樣看向前方。

雉大家望著孫樂那沈靜而毫不在乎的面容，紗帽下銀牙暗咬。面對孫樂，她一直有種無力感。這個任何一方面都與自己天差地遠的黃毛丫頭，她從來都是不屑一顧的，可她為什麼卻偏偏與弱王相依為命過？

正在這時，弱王開口了。「齊王已下戰書了！」他轉向眾臣，目光晶亮。「三天後，午時一戰！」

弱王這話一出，眾臣面面相覷。不一會兒，清秀的文良率先站了出來，他叉手言道：「大王，我軍只有戰車八百輛，且粗習不久，可如何是好？」

弱王淡淡一笑，徐徐地說道：「孤自有主張。」

他這幾個字一出，眾人彷彿得到了他的肯定一般，同時鬆了一口氣。

弱王轉頭看向孫樂，他一對上孫樂，那嚴肅俊美的臉便是一鬆，表情中不知不覺地添了一分屬於他年齡的稚嫩。「姊姊，」他雙眸中晶光閃動。「楚雖千戶，一統天下者必楚也。姊姊，這一次弱兒會讓妳見識一下楚人的威風。」

孫樂抬頭看向他，也是一笑，目光中頗為溫柔。她明明不在意的，可是不知道為什麼，此時此刻，知道雉大家在一旁看著，她的眼波中不知不覺添了一分溫柔媚意，一分屬於女性的嬌柔。「當世英雄無幾，弱兒本是其中佼佼者。弱兒，姊姊期待著你這番大勝而歸呢！」

弱兒哪裡見過這樣的孫樂？

她眼波如水，平凡的臉上流露著一抹婉轉的媚意，這種表情，在別的懷春少女臉上時常可見，可在孫樂臉上，弱兒卻是第一次看到。當下他微張著嘴，一臉驚喜。

不過這驚喜只是一閃，他便狠狠地把它壓了下去。弱兒的眼角瞟了一眼面沈如水的雉大家，暗暗想道：我這姊姊內斂得過分，性情又淡，我還以為終我這一生，都見不到她用如此眼神看我，沒有想到她居然如此在意雉姬的存在！

弱兒哈哈一笑，他這大笑聲突如其來，引得眾人頻頻看來。

大笑中，弱兒伸手握住孫樂的手，連聲說道：「承姊姊吉言！」

不過，這一次他只是一握，便鬆開了孫樂的手，轉頭對著眾人說道：「都下去吧！」

「喏！」

他率先走在前面，長袖飄飄，雉大家盯了孫樂一眼，搶先一步跟在弱兒的身後。而孫樂自是與眾人一樣，跟在他們身後。

孫樂走在後面，看著弱兒和雉大家並肩而立的身影，突然發現，這兩人一個俊朗，一個嬌美；一個生得英武，一個柔弱，光從外形上看來，還真是天生一對。

孫樂迅速地移開視線，不再讓自己盯著前面。她的目光對上城牆下呆呆望來的百姓，這些百姓的表情是歡喜的、崇敬的。時不時地，她還聽到人群中傳來一陣議論聲——

「此女何人？雖面目不可見，卻儀態妙麗無雙。」

「想是我家大王將娶的王后吧？大王已十六了，也該娶后了。」

「如此佳人，亦配得上我家大王。」

孫樂聽著聽著，突然發現心中又開始空蕩蕩的了。這種空蕩蕩的感覺很奇怪，初初感覺時，彷彿是一如往昔的平靜，可是再一感覺，這種平靜中卻沒有了自在。這是一種很空很空的感覺，無法用言語來形容的空蕩。

弱兒走了幾步，突然腳步一頓，停了下來。

雉大家一怔，轉頭看向他，臉帶詢問。

弱兒回過頭，看向落在人群之後的孫樂，微笑著伸出手來，叫道：「孫樂，妳怎麼走得這麼慢？」

孫樂一怔！

他怎麼突然叫自己的名字了？轉眼她便明白過來，弱兒是不想當著眾人的面叫自己姊姊呢！

下面的人群沒有聽清弱王的話，卻都看到他停步回頭。這時，無數目光咻咻咻地轉到了孫樂身上。

弱兒嘴角一揚，返身大步走到孫樂面前，手臂一伸摟上了她的腰，同時，他頭微微一低，含笑說道：「姊姊，妳可是弱兒將來的王后呢，老這樣躲起來怎麼成？」說到這裡，他聲音有點沙啞，低低地在她耳邊吐著溫熱的氣息。「姊姊，弱兒需要妳在他的身邊，僅僅在他的身邊就足夠了。姊姊，妳為什麼一直無法明白呢？為什麼妳總是喜歡把自己藏在暗處呢？」他雙眼晶亮，眼神溫柔一片。「我的姊姊，值得擁有世上最好的一切的。」

孫樂心頭大震！

她傻乎乎地抬起頭來看向弱兒，一時之間，她一句話也說不出來了，同時，腦中也是空蕩蕩的。

弱兒見她傻乎乎的樣子，嘴角一彎，小心地牽著她的手，大步向下走去。

不管是兩人竊竊私語時的親密，還是如今這樣手牽著手的行為，都使得眾人大是一驚。百姓們紛紛向兩人看來，一個個都張大了嘴，整個街道上變得鴉雀無聲。

而雉大家臉色灰白地站在一側，看著弱兒牽著孫樂，頭也不回地從自己身邊經過，看著他們兩人緊緊偎在一起的身影，突然之間，她心底升起了一種無能為力的感覺。眼前這一對男女，不管是從外表還是氣勢而言，都是相差甚遠，可是，此時他們緊緊的手牽著手的背影，卻那麼自然、那麼天經地義，彷彿一直以來便是如此牽著，也彷彿可以一直這樣牽手下去。

雉大家怔怔地站在當地，一動也不動，直到眾人去得遠了，直到弱兒半摟孫樂上了一輛馬車，她還是一動也不動。

這時，一個腳步聲從身後傳來，緊接著，一個男子輕輕地說道——

「大王當真重情。跟隨這樣的丈夫，可以讓人心安，雉大家以為然否？」

雉大家聞言沈吟起來。

文良看到她臉色稍緩，笑了笑，提步走下。

雉大家連忙跟上，走在文良身後，咬著下唇，低低地說道：「不過是昔日的情分，弱王還真是長情。」

文良眉頭一挑，似笑非笑地瞟向雉大家。他的目光略帶嘲弄，看得雉大家頗為不快，眼見她有點惱火了，文良搖頭嘆道：「雉大家本是聰明人，何必假裝看不見？大王對孫樂姑娘如此長情，可不僅僅是因為昔日的情分。」

他盯著雉大家，一字一句地說道：「大王生而富貴，什麼樣風情的女子沒有見過？他之所以對孫樂念念不忘者，唯心安耳。天下美人雖眾，可能讓他感覺到平靜、安逸和舒服，可以令他完全放下心防的，僅僅只有這個其貌不揚的孫樂。」

文良說到這裡，意味深長地打量了一眼雉大家後，腳步加速，三兩下便追上了隊伍。

雉大家臉色白了白，她盯了一眼孫樂和弱王所坐的馬車，又盯了一眼文良的背影。她聽得分明，剛才這個文良是在警告自己，他告訴自己，眼前的這個孫樂在弱王心中是無可取代的，他是在警告自己不要輕舉妄動！

雉大家目光閃動著，她咬了咬下唇，也加快了腳步。

一上馬車，孫樂便被弱兒強行摟在膝蓋上坐好。

她掙扎了幾下，白眼也甩了好幾個，卻一點作用也沒有。弱兒嬉皮笑臉著，手臂根本不願鬆開。

孫樂被弱兒剛才的一席話說得心頭大亂，掙扎了兩下見他不願意放開，也就無心理會了。

她雙眼有點發直，腦中嗡嗡的一片。

不管是前世還是今世，孫樂的人生都是殘破的，她沒有親人，沒有體會過親人之間的珍惜和溫情。一直以來，她的潛意識中，都覺得自己是可有可無的。

如前世時，她看到優秀的同齡男子也有過心動，不過她從來都沒有想過，自己可以接近他，可以與他進一步接觸，因為她一直覺得，這世上美好的一切，是不會屬於她孫樂的。與其費盡心思去爭求那遙不可及的感情，還不如自己守著自己，靜靜地過日子。

這一世初見五公子時，她便莫名其妙地迷上了他。可是，雖然迷戀著，她卻隱藏得極深，而且，她的內心深處還痛恨自己的這種迷戀，因為她覺得這種迷戀使得自己那麼的卑微。

那一次，聽到五公子對姬洛說中意自己時，孫樂先是大喜，繼而浮出心頭的，卻是裝作若無其事的想法。因為，她不敢相信會有人真正地愛著自己、捨不得自己。她害怕那些話，只是五公子一時的錯覺，或者，只是他一時的迷惑。她害怕自己一旦相信了、投入了，對方卻反悔了。

在孫樂的認知中，人生而寂寞，能相信的、能相伴的，只有自己。

可是，弱兒卻在她的耳邊告訴她，她也可以擁有世上最好的一切，她也可以與別的天之驕女一樣的驕傲著，她也可以理所當然地被人愛著、被人珍惜著，可以不用擔心某一天突然失去。可以相信有個人是真的把自己記掛在心頭。

類似的話，弱兒表達過。可是從來沒有一次如現在這樣，他說得那麼的認真，而孫樂也感覺到了他的真誠。

孫樂坐在弱兒的膝蓋上，她的嘴唇緊緊地抿成一線，目光沒有焦距，放在腿邊的小手，緊緊地握成了拳頭，拳頭有點發白。

以弱兒的聰明，他只是一眼，便發現了孫樂內心的激戰。他自是不會去打斷她的思路，在馬車的顛簸中，他只是緊緊地摟著孫樂的腰，緊緊地摟著。

陽光透過車簾，絲絲縷縷地鋪在兩人的身上。這個時候，威嚴的弱兒卻像個孩子似的，緊閉著雙眼，把頭放在孫樂的背上。他的表情溫柔中帶著一絲脆弱，年輕的眼角中露著一絲疲憊，可在疲憊中，他的嘴角是帶著笑意的。

此時此刻，兩個緊緊依偎的身影，是那麼的孤獨，卻又那麼的和諧。

「公子，該用餐了。」

阿福小步走到五公子身後，低低地說道。

此時正是夕陽西下，一縷縷金光從天邊散射而出，染紅了大半邊天宇。

五公子站在一叢柳樹下，眼望著前面的湖水出神。他俊美如玉的臉上帶著一抹茫然，與這茫然不相等的是，他的眉宇中隱隱染著一層焦躁。

阿福的聲音很小，他叫了一聲後，五公子一動也不動。

阿福遲疑了一會兒，靠上前半步，再次叫道：「五公子，該用餐了。」

這一次，他的聲音提高了少許。

可是，五公子還是一動也不動。他薄唇抿成一線，雙眼無神，卻又頗有點焦躁地盯著湖水。

阿福低低地嘆了一口氣，這陣子五公子動不動就這樣，眾人皆是束手無策，只有他說的話還能有點作用。

嘆息中，阿福乾脆再上前半步，走到五公子身側後，他順著五公子的目光，也看向碧波中蕩漾著金光的湖水。

眺望著雲山相隔的遠方，阿福嘆道：「孫樂也真是的！不過是一個小時候相處了半年的孩子，她怎麼如此念念不忘，都不親自來說一聲就隨人家離開了？」

果然，阿福一提到「孫樂」兩個字，五公子無神的雙眼便眨了眨，轉眼，他的嘴唇抿得更緊了。

抬頭凝視著遠方，五公子低低地說道：「阿福。」他的聲音有點嘶啞。

阿福一聽到他主動開口，馬上一喜，連忙應道：「在呢！」

五公子眼望著青山與白雲相接的遠方，低低地、迷茫地說道：「阿福，我不明白，為什麼這陣子我的腦海中老是會浮現孫樂的影子？」

他說到這裡，轉頭看向阿福，一臉的不解和難受。「你以前也出去辦事過，還有父親，還有大家。為什麼這一次我特別的不舒服？」他伸手揉搓著眉心，疲憊地說道：「我真是想不明白，怎麼她這麼一走，好似到處都變得空蕩蕩的？好像整個院子裡也冷清了許多似的？以前孫樂在時，她也是不說話的。有時我有客人來時，她也喜歡坐在我的身後一言不發。那時她坐她的，我從不曾回頭看她一眼，可為什麼她走了後，我連跟燕四說話都心不在焉了，總覺得少了什麼似的？」

阿福怔怔地聽著。

五公子說到這裡，認真地看向阿福，問道：「阿福，你可有過這種感覺？」

阿福點了點頭，他點頭的表情甚是奇怪，一邊低著頭點了兩下，一邊悄悄地抬眼看向五公子，表情頗有點鬼祟。

五公子沒有察覺到他的這種鬼祟，他見阿福點頭，不由得大喜，連忙問道：「你何時有過這種感覺？」

阿福嚥了嚥口水，小心地看向五公子。見他雙眼炯亮地盯著自己，等著自己的回答，他不由得搓了搓手，半天才吶吶地回道：「我出門太久，想我家婆娘和孩子時……」

五公子一怔。

他是真的給怔住了。

他明淨如秋水的雙眼傻乎乎地看著阿福，薄唇微張，一臉錯愕。

過了好半天，五公子傻乎乎地說道：「可是，孫樂不是我的女人，也不是我的孩子呀！」

他剛說到這裡，心突地一跳。

阿福的心也突地一跳。

阿福瞪大一雙青蛙眼，望著湖水蕩漾的金波，暗暗叫道：五公子不會真的相中了孫樂那個醜丫頭吧？奶奶的，她雖然不醜了，可是配我家公子，還真有點……真有點那個污泥塗在碧玉上啊！

阿福想到這裡，不由得一樂，得意地忖道：污泥塗在碧玉上？奶奶的，我阿福可真是有才呀！大大的有才！

五公子盯了一會兒阿福後，慢慢地又轉頭看向雲天一線處。這個時候，他的錯愕已經淡去。我本來便中意孫樂，也準備娶她的，這樣來說，我如今想念她也是正常的了？

五公子想到這裡，眼中的迷茫稍去，可迷茫去了，他的焦躁卻更甚了。長嘆一口氣後，五公子喃喃說道：「這感覺真不好受。阿福，不知孫樂在哪裡？我想去接她回來。」

這話一出，沈浸在自誇自讚中的阿福一驚。他瞪大一雙青蛙眼，看著五公子，愕然地想道：公子都想到這個地步了？接孫樂回來？五公子可是個極冷情的人，他都這麼不安了嗎？奶奶的，這可比我想我家婆娘時嚴重多了。

以八百戰車對三千戰車，這是實力相差極大的戰鬥。眾臣不知弱王是如何想來，他們唯一能做的，便是按下好奇和擔憂，按照他的吩咐井井有條地佈置起來。

弱兒不知是怎麼樣想的，他自從說了那話後，一直以來處理任何事，都會強行帶著孫樂參與。

不過，這些賢士也罷，眾臣、食客也罷，對於女人是極為不屑的。弱兒把孫樂一帶來，便會把她置於帷帳之後。而他們則在前面說話。

弱王這樣的行為，很多臣子是極為不滿的，剛開始還不時有人衝著帷帳處指桑罵槐，更有甚者直接走人了事。後來也不知弱王跟他們說過什麼，眾人的衝動才慢慢平息了。

明天便是約戰的日子。整個王宮瀰漫在一片緊張當中。弱兒的議事殿中，吵鬧聲、說話聲一直沒有停息。

孫樂知道明天一戰事關重大，她輕倚在榻几上，靜靜地傾聽著外面眾臣的議論。她這樣聽了兩、三天後，已對弱兒的能力十分瞭解了。就軍事而言，以孫樂那從後世得來的隻字片語，根本對弱兒起不了提醒作用。弱兒的骨子裡，有著楚人天生的頑固和狡猾。

在眾臣還在為他以八百戰車對抗三千戰車而頭痛時，孫樂已經聽出來了，弱兒壓根兒就沒有想過要與對手比拚戰車。

臨近子時之時，弱王已做好了最後的佈置，他揮退眾臣後，轉身便向帷後走去。

孫樂正倚著榻，低眉斂目的沈思著，聽到弱王的腳步聲傳來，她慢慢抬頭迎上了他的目光。

四目相對，兩人皆是一笑。

孫樂站起身來，她剛站起，弱兒便走上前一步，伸臂摟住了她的腰。他把孫樂緊緊地摟在懷中，摟得十分緊，彷彿要把她扁平的身軀壓進自己的體內一般。「姊姊，明天便要大戰了，妳怕不怕？」

「不怕。」

「為何？」

「一切都在弱兒的算計當中，姊姊何懼之有？」

孫樂簡單的一句話，卻令得弱兒大是開懷，他仰頭哈哈大笑，把孫樂摟得更緊了。

離楚都郢百里處的荒原中。

現在已到了約戰的時辰，在楚軍的對面，是齊、魏、韓聯軍。此時，齊國一千五百輛戰車居中，左側為魏國的戰車，右側為韓國的戰車。這些戰車，全部由四匹馬拉著，車上共有三人，中間的是馭伕，車的左邊是一個持弓弩的士兵，右邊則是一個強壯慓悍、手持戈矛的大漢。

在每一輛戰車的後面，則是百十來個步兵，與全副武裝，連駕車的轅馬也披有厚重的皮馬甲、頭套皮馬冑不同的是，這些步兵身上沒有穿戴任何的盔甲皮冑，僅僅是手拿戈和盾牌，或遠射的弓矢。

三千輛戰車，已是傾三國之全力了。這三千輛戰車整整齊齊地按縱隊排列，馬精人壯，殺氣騰騰。

這時一股風捲起漫天煙塵，把這些轅車和軍士全部掩映在風沙中，遠遠望去，竟是望不到邊，直讓人看了便心虛不已。

相比起聯軍，楚人的隊伍便有點寒酸了。

在離聯軍十里處，楚人卻只拿出了五百戰車，這五百戰車也整整齊齊排成三隊，而且與聯軍不同的是，楚人戰車的轅馬全部只有兩匹，而且不管是軍士還是轅馬，全部只在關鍵處遮上一層皮甲。

雙方隊伍這一排出，聯軍的方陣中便傳來一陣噓聲。

這些噓聲此起彼伏，中間夾雜著嘲弄的大笑聲。

在這些笑聲中，位於戰車之前的弱王卻是毫不動容，他面無表情地轉過頭，一一看向眾楚人。

眾人被聯軍一噓，本來都有點慚色，不自覺中一個個縮起了頭。

此時，這些人感覺到弱王冷厲的目光掃來，心中同時一驚，連忙挺直了腰背。

弱王瞪著眾人，朗聲喝道：「我楚弱從自封為王、封諸位為侯的那一刻鐘起，一切的是非規矩，便不再為我楚人所拘！然否？」

排山倒海的應答聲同時響起——

「喏！」

這應答聲衝破雲霄，遠遠地傳出，一直傳到十里開外的聯軍耳中。聯軍隔得太遠，根本聽不到弱王所說的話，他們不知不覺地停止了喧囂，側耳傾聽起來。

弱王雙目如電，冷冷地掃過眾人，再次朗聲喝道：「世人皆說我楚人為楚夷，說我們不通禮教風化，這一次，我們便以我們的不通禮教風化，震懾天下不屑之徒，然否？」

「喏——」

這一聲應諾，直是眾人扯著嗓子，力竭聲嘶地喝出。這一喝出，聲音直是驚天動地，震耳欲聾，久久不絕！

在聯軍的面面相覷中，弱王看著被自己兩句話便說得面紅耳赤，恨不得大展身手的眾軍，滿意地住了嘴。

眾軍的應諾聲剛剛止息，一輛轅車便從對面疾馳而來，那轅車上四匹馬同時奔跑如飛，漫天煙塵把站在右側的那個衛士的面容都給遮住了。不過，這馬車上的三人，連同馭者都是頭戴盔甲，面容本來便已不太清楚。

不一會兒工夫，轅車便衝到了楚車的隊列前，那站在右側的衛士轉頭看向楚王旗幟下的楚弱王，雙手一叉，朗聲叫道：「楚弱，可戰否？」

這是戰前的最後一次通緝了。

弱王策馬上前一步，冷冷地盯著來人，烏黑深沈的眼眸真如幽譚。他聲音一提，朗喝道：「戰便戰，恁地囉嗦！」

衛士再雙手一叉，朗聲應道：「喏！」

一聲應罷，轅車轉了一個方向，向回駛去。

這轅車捲起的煙塵一消失在楚人眼前，對面便傳來排山倒海的吶喊聲，大喊聲中，三千戰車齊動，一時地震山搖。

弱王冷冷一笑，卻是一動也不動地端坐在馬背上，根本就沒有迎上去一戰的意思。

三千戰車越來越重，沈重的馬蹄和戰車在地面上滾動的聲音沈悶地傳來。前面煙塵漫天，地面震動不已。

弱王依舊坐在馬背上，一動也不動。

楚人對弱王奉若神明，剛才又被他教訓了一番，此時雖然滿腹不解，卻也是一動也不動地盯著前方，並無半點聲音傳來。

戰車捲起的煙塵越來越近，越來越近。

漸漸地，三千戰車離楚人不過五里許了。

這時，楚人依舊一動也不動。

聯軍似乎有點遲疑了，戰車轟隆的行進中，不時有人頻頻向主帥的戰馬上看去。不過，雖然有不少的遲疑，更多的人卻是得意。聯軍戰車數是楚人的六倍，看來楚人是嚇呆了呀！

轟轟轟！

地震山搖中，聯軍的戰車離楚人不過三里許了。

這時，楚人依舊一動也不動。

轟轟轟！

聯軍的戰車越來越近，越來越近，可是楚人還是一動也不動。

齊王端坐在馬背上，他凝視著眼前一動也不動的楚人，縱聲一提，朗聲大笑道：「楚人懼矣！哈哈哈哈——」

齊王的笑聲遠遠地傳出，混在轟隆隆的地震山搖中，他的聲音一點兒也不見減弱。因為他這一笑後，無數的聯軍同時笑了起來。「楚人懼矣！」

聯軍的戰車推起的煙塵，已撲到了楚人的陣列中。

楚人這時依然面無表情，相比敵方的強大帶來的恐懼，他們更相信自家大王的睿智。

就在齊王和聯軍一邊大笑，一邊驅車靠近時，弱王突然高高舉起右手。

弱王右手一舉，隨即朗聲喝道：「前隊轉後隊，返身，回轉！向郢城方向駛進！」

弱王這喝聲一出，眾人先是一怔。不過他們這一怔只是片刻，轉眼間，所有的馭者同時驅車回轉，所有的步兵也同時上前，幫助戰車返轉過身去。

他這不合常理的命令，沒有受到任何的質疑，在第一時間便得到了執行。

煙塵沖天中，楚軍的行為聯軍根本看不清楚，直到楚軍的戰車全部調了一個方向，夾著漫天煙塵向郢城駛去，聯軍才先是一陣愕然，轉眼大笑聲更加響亮了。

聯軍的大笑聲中，夾雜著不屑的喝罵聲——

「楚蠻怎地膽小如鼠？」

「哈哈哈……未開戰便已敗退，天下間唯楚弱也！」

在一陣大笑和喝聲中，還是有不少人轉頭看向齊王。

在眾人的注視中，齊王右手朝空中一舉，隨著他這一舉，站在他身後的旗手連忙揮舞著帥旗。

齊王朗聲喝道：「全力進攻！活捉楚弱！」

「全力進攻！活捉楚弱！」

「全力進攻！活捉楚弱——」

驚天動地的吶喊聲和狂呼聲中，聯軍的馭者同時加速，轟隆隆的，地面震盪翻轉。

隨著聯軍這一加速，楚人也同時加速奔逃。轉眼間，一逃一追，夾起的煙塵鋪天蓋地，渾濁一片。

也不知衝了多久，忽然間一聲慘呼傳來。這慘呼聲一起，便是無數個慘呼聲緊緊跟上。

齊王聽得分明，這慘呼聲分明是來自自己的隊伍！正在這時，一陣風吹過來，煙塵消散了大半。煙塵這一散去，齊王駭然發現，只不過是片刻間，戰場的情形卻是大變！

只見在楚人和聯軍的戰車中間，約一、二里的距離內，不知何時衝出了一隊身穿皮甲，手持長戈的步兵。

這些步兵全部身著黑色的皮甲，手持黑色的長戈。而那慘叫聲，是最旁邊的轅馬和士兵被這些步兵的長戈刺中所發出的。

齊王和聯軍詫異地打量著這些步兵，看著看著，他們同時哈哈大笑起來。大笑聲中，齊王伸手朝前一指，喝道：「咄！輾死他們！」

「喏！」

眾軍朗聲應諾，戰車再次加速。

戰車向前疾馳，楚兵步步後退，楚人的戰車依然在退。

一切似乎與剛才毫無二樣。

可齊王的眉頭卻皺了起來。這夥步兵出現得十分突然，彷彿早就埋在一側等著一般⋯⋯

他剛如此想來，一陣慘叫聲和轟隆的車翻馬嘶聲不絕於耳，齊王急急地一看，卻發現車隊在無意之中，已經駛入了一片壟田山丘當中。這山丘壟田有三百公尺寬，兩側都是山林，它本身十分的平緩，只是慢慢升高，聯軍追得興起，一連衝上來二、三里也沒有人注意到地形已變。

而那慘叫聲和車翻馬鳴聲，卻是聯軍的轅車一不小心陷入田中，或被持戈步兵刺中所發。

齊王見此，連忙大喝道：「停止前進！」

「停止前進——」

齊王的厲喝聲遠遠傳出，聯軍的轅車馭者連連扯著韁繩。

弱王看到這一幕，嘴角浮出一抹冷笑來。「時機已到了。」

他右手果斷地一舉。

隨著他右手這麼一舉，他身後的王旗向右唰唰唰地砍出三下。

這三下一砍出，兩側山林中同時傳出一陣吶喊聲——

「殺啊——」

「殺啊——」

這喊殺聲竟是數萬人同時發出！

轉眼間，齊王發現兩側山林中同時衝出了無數手持長劍和盾牌的黑衣軍士。齊王看到這些黑衣軍士衝出，先是一愣，轉而又好笑地想道：難不成，楚弱想憑這些地腿子來對付我的戰車不成？

隨著這黑衣軍士衝出，三千戰車上的衛士同時握緊長戈，拉開弓箭。

咻咻咻咻，三十萬聯軍萬箭齊飛，箭如雨下，密密麻麻地射向黑衣軍士。

唰唰唰，黑衣軍士動作熟練地同時舉起盾牌擋住長箭，步下絲毫不減。

一番慘叫後，轉眼間，黑衣軍士衝到了戰車之前。戰車之上，手持長戈的衛士連忙揮動長戈。

隨著長戈一揮，喊殺聲四起，黑衣軍士十分熟練地一邊擋著長戈，一邊腳步不停。

就在齊王對黑衣軍士的行為還疑惑不解時，一陣慘啼聲傳來。他舉目一望，頓時心膽俱裂！

原來那些黑衣軍士不管不顧地衝近戰車，並不是為了與轅車上的衛士和車後的步兵一較高低，他們衝上去的第一個目的，居然是砍馬腳！

黑衣軍士一個個精悍非常，他們步履如飛，在聯軍的圍攻戈舞中，一邊不時閃避，抽得空兒，便朝轅馬的腿上揮出幾劍。

血濺三公尺中，齊王聽得群馬慘啼不已。可這僅僅只是開端，在飛舞的血流中，從來沒有見過血的聯軍開始恐慌了。

只是幾個照面，無數的聯軍步卒便開始從車隊後鑽出，沒命地向回逃竄。這逃竄有了第一個，便接二連三的無止無盡。

於是，擁擠聲、喊殺聲、哭喊聲、求饒聲、馬的慘啼聲混合在一起。轉眼間，聯軍已經崩潰，無數步卒向回逃去。而那些輚車，卻在驚慌和混亂中相互推擁，相互卡位，一時之間連方向也分不清，更別說攻敵了。

弱王端坐在馬背上，靜靜地看著這一幕。他依然是面無表情，可是在他身周身側的眾人，看向他的目光中已是無比的仰慕。

文良策馬走近，看著亂成一團的聯軍慨嘆道：「大王，今日之後，天下間無人敢輕視大王矣！」

弱王淡淡一笑，搖了搖頭。

文良大驚，不解地問道：「王為何搖頭？」

弱王卻是不答。

正在這時，對面的聯軍吹起了收兵的號角。

弱王瞇著眼，看著漸漸後撤的聯車，看著一輛輛掙扎回駛的戰車。

他慢慢伸出右手，重重地一砍，在眾軍的注目中厲聲喝道：「繼續攻擊，直到打殘了、打盡了為止！」

「喏——」

這一戰，齊、魏、韓三國聯軍三十萬卒，最後剩下的不足十萬，三千輛戰車，更是只剩下四百輛不到。倒是楚國，因此一役便收穫了戰馬九千匹，銅車兩千五百餘輛，盔甲兵器無數。

大勝而歸的楚人開進郢城時，剛走到城下，成千上萬的百姓便同時大喊著——

「天佑大楚，天佑弱王！」

「天佑大楚，天佑弱王——」

地震山搖的吶喊聲中，弱王揮舞著右手，一臉平靜地向百姓們點頭示意。

他目光一一轉過歡迎的隊伍，轉過城樓上的眾人，最後目光落到了位於人群之前的，一個面容普通的少女身上。

這個少女，正是孫樂了。

雉大家站在孫樂身側，她此時臉色有點不好。就在不久之前，她才有意無意地向孫樂吹噓著自己的功勞，而她最大的功勞，莫不過是為楚人提供了幾百輛的戰車。這可是傾一國之力才能辦到的大事，而這樣的大事她雉姬辦成了！要是弱王再憑著這些戰車建了大功，那她雉姬在所有楚人心中的地位一定是水漲船高，無女可以取代。

可是，她萬萬沒有想到，自己千方百計、千辛萬苦弄來的戰車，弱王壓根兒就只是作餌用的！他取得如此大的勝利，最終依靠的卻是他那些步卒！

孫樂一點也沒有感覺到身邊的雉大家鬱鬱不樂，她只是含笑看著弱兒，看著他身穿盔甲，滿身風塵，卻顯得無比高大英武的身影。

這是她的弱兒呀！她的弱兒是蓋世英雄！

周圍是數千歡呼的人群，弱兒的身後是浩浩蕩蕩得勝歸來的軍士。隔著這麼多人，孫樂和弱兒四目相對。

四目相對中，弱兒期待渴望地看著孫樂，他用他黑亮如子夜的眼睛對著孫樂，要求她當著眾人的面走到自己面前來。

弱兒的這個眼神，孫樂看得分明。她嘴角微微一彎，亮出一個燦爛的笑容。

笑容中，孫樂果然腳步一提，從容地向騎在馬背上的弱兒走去。

果然，孫樂這一走，弱兒不由得大喜。他目光溫柔如水地看著孫樂。

雉大家一直待在一旁看著兩人，她看到孫樂這麼一提步，又看到弱王如此歡喜的表情，心中不由得突突的一跳。不好！弱王不會趁大勝之時，當眾宣佈要娶孫樂為后吧？

她越想越覺得有這個可能，當下，雉大家腳步一提，曼妙地、輕盈地，卻也迅速地趕上了孫樂！

孫樂正含笑看著弱兒，向他靠近著，驀然眼前一花，一陣香風飄過，再一看，雉大家已衝到了她前面。

雉大家在衝過孫樂身邊時，頭也不回，面紗下的臉依然帶笑地低聲說道：「孫樂，妳長得不起眼，又幫不了弱王什麼忙，還好意思在如此的場合出面嗎？」

她的聲音不大，卻也足夠孫樂聽清了。

孫樂聞言啞然一笑，她低低地，以一種嘲弄的語氣笑道：「如果我一定要對弱兒有用才能留下，那麼這樣的兩人之間到底是真有感情還是在相互利用？」

孫樂一個箭步衝過雉大家，給了她一個憐憫的眼神。然後在雉大家煞白的臉色中，率先衝向弱兒。

弱兒一直注意著二女，他原以為，雉大家衝過來時，姊姊會退縮的。如今看到孫樂不但沒有退縮，還加快了腳步，當下他歡喜至極。

弱兒一個縱躍，從馬背上翻身而下，大步衝到孫樂面前，伸開雙臂把她緊緊地摟在懷中！

只是他全身盔甲，這一摟，孫樂的鼻子都扁了，小臉更是擠成了一塊肉團，給貼在他的胸口。

弱兒緊緊地摟著孫樂，低聲笑道：「姊姊，我勝利了！」

「嗚嗚嗚……」放開我，我喘不過氣來了！

弱兒仰頭哈哈大笑，得意地說道：「姊姊，弱兒的百戰精兵厲害否？」

「嗚嗚嗚……」再不放開，我要憋死了！

弱兒摟著孫樂的腰身更加用力了三分，他看著歡呼的百姓，目光中喜悅無限。「姊姊，弱兒趁此大勝之時，娶妳為后可好？」

他嘴角含笑，神采飛揚。「姊姊，弱兒要兌現小時跟妳許下的諾言了！姊姊，弱兒在妳的身邊，一定可以稱霸天下，成為天下共主！姊姊，這天大的富貴榮華，弱兒要與妳共享！」

他一直說到這裡，都沒有聽到孫樂的聲音，不由得笑盈盈地低頭看向孫樂的臉。他這一低頭，頓時大驚失色。「姊姊，妳怎麼啦？來人呀！快快叫大夫來，我姊姊暈倒了！」

弱兒叫到這裡，把孫樂橫抱在懷中，縱身跳上馬背，急急地向王宮的方向馳去。他急馳時，俊朗的臉上一時憂慮不已地皺緊眉，一時又忍不住揚唇含笑。姊姊是真的喜歡上我了呢，一聽到我要娶她為后，居然歡喜得暈過去了……

孫樂在馬背上顛簸了幾下後，慢慢清醒過來。這一清醒，她便抬頭看向弱王。

幸好，他平安無事！

孫樂嘴角微彎，快樂的，幾乎是感恩地想道：真好，他居然一點事也沒有。孫樂並沒有隨軍出征，在等候中，她深刻地體會到那種難以言喻的煎熬。

她伸出手，輕輕地撫上他緊握馬韁的大掌，歡樂地想道：在這種敵軍遠勝於己的情況下，他居然毫髮無傷，上蒼當真對我不薄。

弱王正策馬急馳，感覺到手背上溫熱的撫觸，不由得低頭看向她。這一對上孫樂的雙眼，他也是咧嘴一笑。「姊姊，我軍大勝了！」

「嗯。」孫樂盈盈一笑。「我的弱兒智慧過人，區區齊王怎會是對手？」

弱王聞言哈哈大笑起來。

他之所以策馬急馳，便是以為孫樂暈厥了。現在她既然清醒，自是一下子放鬆了。

弱王把孫樂扶正置於馬前，看著她笑得合不攏嘴。「姊姊，妳剛才可是歡喜得暈了？」

他這樣說著，頭還有點歪，笑盈盈的樣子帶著促狹，彷彿在期待孫樂變得羞澀。

弱王不提還罷，一提孫樂不由得大惱！她甩了一個白眼，道：「那麼用力，你差點把姊姊給捂死了！」

啊？

弱王睜大眼看著孫樂，笑盈盈的臉上迅速地浮出一抹黑雲。難不成，姊姊並不是因為歡喜而暈的？

孫樂沒有察覺到他的鬱悶，伸手在他的胸口輕輕打了一下，輕怒道：「你這銅牆鐵壁的，居然還如此用力！」

孫樂說到這裡，見弱王嘴唇嚅動著，一臉悶悶不樂，不由得安撫道：「姊姊現在沒事了，別在意。」

弱王低垂著頭，良久良久才重重地嘆了一口氣。

直過了好久，他都有點意興索然。

大勝而歸的楚人處於狂歡當中，弱王一回到宮裡，便著手處理所有的善後事宜，照樣忙得腳不沾地。

第三天，孫樂、雉大家與弱王及眾臣、食客們一起跪坐在議事殿中，商談著大勝後的諸般事宜。

正議論中，一陣急促的腳步聲從外面傳來，同時，一個渾厚的聲音響起——

「大王，急事相稟！」

「進來！」

一個瘦長的漢子應聲入內，他雙手一叉，朗聲說道：「大王，前方急報，秦軍發出戰車一千輛，虎威軍十萬人，以嬴秋為帥；趙軍發出戰車一千輛，紅煞軍十萬人，以叟沈為帥。秦、趙不日將誓師出征，犯我楚境！」

嘩！

這漢子的話一出，眾人齊刷刷地倒吸了一口涼氣。

一時之間，縱開在諸人臉上的笑容一一斂去，所有的人都沈下臉來。眾臣齊刷刷地看向弱王。

孫樂也是倒吸了一口涼氣，臉色微變。

弱王騰地站了起來，盯著來人低喝道：「情況屬實？」

「然！」

弱王皺緊眉頭，右手一揮，低聲說道：「出去吧。」

「喏。」

來人退了出去。

孫樂知道，這次的情況真的是不一樣了。齊、魏、韓三國攻楚，雖然派出了戰車多達三千輛，可他們的士卒全部是沒有見過血的，光這一點便不足為懼。

可秦人的虎威軍和趙人的紅煞軍就不一樣了。秦人位於中原，西臨夷狄，邊境處長年都有各種小型的爭執和戰火，而它們的虎威軍，便是處理這些事故的精銳。光從精銳上論，這十萬虎威軍便絲毫不弱於楚人的黑甲軍，而那贏秋以法治軍，嚴酷非常，論軍力可能還在黑甲軍之上。

贏秋身為秦王十三子，從小便是個鐵腕人物，他不但鐵腕，而且善於軍陣之事，是個不可忽視的對手。

孫樂想到這裡，暗暗忖道：那贏十三我還見過呢，確是當世人傑。

至於趙軍亦是如此，趙境內多盜賊馬匪，這些紅煞軍長年與這些盜賊作戰，早已積累了豐富的經驗，而叟沈也是趙之名將，是從實戰中鍛鍊出來的一流統帥。

這樣的精銳，任何一國前來，都會令楚大為震動，何況是兩國齊出？

弱王雖然天縱英才，可他畢竟年少，再加上立國不久，他的黑甲軍成立至今也不過兩年許，雖然身經百戰，可是比起虎威軍和紅煞軍還是有所不如。

一時之間，室內充斥著沈鬱之氣。

弱王冷著一張臉，皺眉苦苦思索著。

這時，文良在一側說道：「齊、魏、韓三軍雖敗，可他們若全力相助秦、趙，楚危矣！」

文良這句話一說出，又是一陣沈默。

就算沒有齊、魏、韓三國相助，楚也危險了。

雉大家臉色有點發白，她喃喃問道：「秦、趙諸國因何全力克楚？」

文良冷笑道：「名耳！周王式微，天下諸侯想通過與我楚人一戰，以定霸主之位！」

文良這話一出，房中更是再無半點聲息傳出。

孫樂暗暗想道：是啊，楚是多好的靶子啊！於今齊、魏、韓三國敗於楚，要是秦、趙兩國有一國勝了，那勝利的一國就是當之無愧的春秋霸主。這麼大的誘餌擺著，他們怎麼會不傾全國精銳而攻楚？

沈默中，不時有人向弱王看來。

也不知過了多久，弱王在房中踱開步來，他慢慢走到紗窗處，目光盯著外面，沈聲說道：「這一戰，楚不能打。」

眾人同時沈默。

每個人都明白弱王的意思，這一戰，楚就算能勝，也是慘勝，而且很有可能是耗盡國力後的慘勝。

可是，不戰又當如何？

正在眾人沈吟之際，雉大家輕軟優美的聲音傳來——

「然，此戰不可打。」她抬頭看向弱王。「如果有一說客，說得秦、趙不出兵就好了。」

雉大家這話一出，唰唰唰唰，幾雙目光同時轉過頭來，看向了孫樂。

雉大家大驚，她不敢置信地看著眾人，又轉頭對上弱王，清聲道：「弱王，此事非同小可——」她剛說到這裡，聲音便是一頓，馬上想道：秦、趙出兵如此大事，豈是區區說客可以改變的？我急什麼？孫樂要是真的應了，只怕半點功勞也得不到，反而命也保不住了。

這樣一想，她便放下了妒忌，頗有點嘲弄地瞟了孫樂一眼，繼續對著弱王說道：「如此之事，諸公為何看向孫樂姑娘？」

弱王眼角跳了跳，他沒有理會雉大家，而是看了低眉斂目的孫樂一眼後，揮手說道：「都散了吧，此事日後再議。」

第二十一章 臨危受命說客才

眾人面面相覷，事情如此緊急，又怎可日後再議？不過他們轉眼一想，這事也太過重大，確實是需要好好細思一番。

弱王看著眾人慢慢退出的身影，皺眉不語。他待了一會兒，目光盯向還留在房中不動的雉大家。

弱王的目光有點陰森，雉大家對上的同時，不由得打了一個寒顫，她連忙盈盈一福，低頭退下。

這時，房中便只剩下弱王，還有跪坐在榻上、靜靜地搖晃著杯中酒水的孫樂。

孫樂知道弱王肯定會有話想跟自己說，索性便一動也不動地等著。

等所有人都退去後，弱王大步走到孫樂的榻前，他在對面跪坐下，給自己的酒盅中倒了一大杯酒。

頭一仰，把盅中的酒水一飲而盡後，弱王把酒盅朝几上重重一放，沈聲說道：「姊姊，此事妳休要想了，弱兒萬萬不會讓妳前去！」

孫樂依然低眉斂目，一臉沈靜。

聽到弱王這句話後，她的嘴角微微一彎，輕聲說道：「弱兒，這次已不是你想與不想的問題。此事太過重大，雉大家所說的，派一說客行事的建議甚是妥當。」

她說到這裡，徐徐地說道：「如果弱兒沒有比姊姊更適合的人選，那就姊姊去吧！」

弱王一驚，他咻地一伸手按上了孫樂的小手，緊緊地把她的小手牢實地護在手掌下，盯著她的雙眼，一字一句地說道：「姊姊，弱兒帶妳來到楚地，只是想要妳待在他的身邊，如昔時一樣，一直待在他的身邊，僅此而已。」他說到這裡，騰地站了起來，沈聲道：「楚人英才濟濟，犯不著由我的姊姊來犯此大險。」說到這裡，他長袖一揚，轉身朝外走去。

孫樂慢慢站起，看著揚長而去的弱王的背影，輕聲說道：「秦、趙謀楚，利之大矣，已不是一個說客能成之功。弱兒，此番去說動秦、趙兩侯，需要那說客有縱橫之才，姊姊願意一試。」

弱王的腳步只是一頓，便沈沈地丟下一句。「別說了！」他的聲音中有點惱怒，腳下如飛，轉眼便消失在孫樂的眼前。

孫樂望著遠去的弱王，微微一笑，自言自語道：「這可是我孫樂第一次主動行危險之事呢！」

毫無疑問，這一次的事風險實在太大，而且可能性極低。秦、趙兩國向來是中原諸侯中，實力最為強勁，野心也最大的。這一番攻楚，他們必定是眾心如一，要在這樣的情況下去說動他們停止計劃，難度還真不是一般的大呀！

以孫樂的性格，最不喜歡惹事了。可是她想來想去，也想不出比自己更好的人選來。她要是不去，楚人並無他法解決目前的困境，那豈不是置弱兒於萬劫不復的境地？

低低地嘆了一口氣，孫樂慢步走出房中。

當她走到院落中時，亭亭玉立、美麗如花的雉大家正站在那裡等著她。

孫樂瞟了雉大家一眼，自顧自地從她的身邊經過時，雉大家突然叫道——

「孫樂！」她走上前一步，盯著孫樂笑道：「我實不知，妳有什麼本事，我一提到說客之事時，居然眾人都向妳看來？」

孫樂自是不答。

雉大家盯著她，清聲說道：「孫樂，如果妳真能說動秦、趙兩國不攻打楚，那我雉姬自願讓出楚王后之位於妳！」

孫樂一怔。

她轉過頭看向雉姬，淡淡地說道：「楚王后之位本是妳的嗎？」

雉大家絕美的臉唰地一紅。

羞愧中，她瞪著一雙汪汪的秋水眼，冷笑著說道：「孫樂，妳一無相貌，二無德行，三無家世，四無本事，憑什麼可以占據楚王后之位？別以為楚王中意於妳便可以了。於今亂世，能者為尊，妳毫無出色之處，楚王顧及舊情或者寵妳一年、兩年，相處久了，舊情用盡了，妳拿什麼來留著他的寵愛，保住妳的王后之位？」

雉大家說到這裡，聲音一緩，語氣也溫和了一些。「可是，如果妳真能解決大王現在的難題，那我雉姬也會心服口服地退一步，甚至，我還願意全力保妳之位，不讓別的女人妄想。」

雉大家下巴一抬，傲然地說道：「妳想讓我叫妳一聲姊姊，那就拿出妳的本事來，讓雉姬心服口服！」

孫樂怔怔地看著雉大家，她聽得分明，這雉大家是以弱兒的女人自居，而且她的語氣十分的天經地義。

還有，她說了別的女人……

孫樂想到這裡，不由得苦澀地一笑。

這笑容剛浮出，孫樂便是一驚，暗暗想道：為什麼我的心會不舒服？難不成我對弱兒有了想法了？

這個想法一出，孫樂都有點慌亂了。她咬了咬唇，想道：不行，我不能如此！我們不能如此！世上有什麼比親情還要可靠的感情？我與弱兒能保持現在的關係便已足夠了，不必再進一步。他對我所說的那些溫柔話兒原本是一時衝動說的，他壓根兒就沒有分清親情和愛情的區別。找到了機會，我得向弱兒說明了。

孫樂下了這個決心後，便輕吁了一口氣。

她抬頭對上了雉大家詫異打量的眼神，顯然雉大家很不明白，她怎麼聽著聽著，就走神了。

孫樂雙手一叉，說道：「此事以後再說吧。」說罷，她大步向外走去。

雉大家揚聲冷笑道：「如此事，料來天下間也沒有幾個人辦得到，以妳區區孫樂自更是不能。」

孫樂不答，腳下走得更快了。

接下來的兩天，不管是孫樂、弱王，還是眾臣，都在思量著解決困境的法子。所有人想來想去，都覺得還是得派說客去試一試。

至少，就算事不能成，損失也不太大。

可是這說客的人選就真的難定了。這事太過艱難，那說客還真需要具備縱橫權謀、機變無雙的大才！

以一張嘴，翻手為雲，覆手為雨，甚至改變楚國的命運，改變天下的格局，這等才能，天下間又有幾人具有？

想來想去，也只有孫樂或可為之了。

對於眾臣來說，上次孫樂在處理墨俠的事上，表現得太過輕鬆而悠閒，光憑這一點，她便是處理此事的不二人選。可是，她偏偏卻是自家大王最為敬愛、最為難捨之人！

此事成也就罷了，如果不成，那說客很可能便會屍首無存。這樣的危險，弱王必是萬萬不願意讓孫樂去承擔的。

時間在猶豫不決中流逝。

齊、魏、韓三國大敗後，已無一抗之力。他們拖延了幾日後，便徐徐退兵。

在他們退兵的同時，四國之戰也開始傳遍天下。不過天下人對於大勝的楚國，並沒有多少讚美。在世上看來，兩方會戰中，便應該以戰車對抗戰車，楚國這樣不敢正面對敵，反而誘敵深入再圍攻的行為，實在不夠光明正大。

想來，這樣的行為，也只有野蠻無知的楚夷才會肆無忌憚地做來。

這是普通人的看法，對於秦、趙兩國的王侯來說，他們已細細地把楚弱王這幾年的行為研究了又研究，務必要做到心中有數。

這一點，也是弱王不願意與他們一戰的原因。自己的行事風格已為對方所知，而對方的行事風格，自己卻是所知不多，這一戰，從哪一個方面看來，楚國都沒有幾分勝算了。

這一天，孫樂頭戴賢士冠，衣男子袍，慢步向弱王所在的書房走去。

這時刻，文良等臣也在其內，他們一看到孫樂，先是一怔，直看了兩眼才認出她來。

而弱王一看到孫樂這副裝扮，眼眸中飛快地閃過一抹痛苦。

孫樂徑直走到弱王的對面，盈盈跪坐下。

她雙手放在膝上，抬頭對上緊抿著薄唇，避開她目光的弱王，微微一笑，輕聲說道：

「弱兒，姊姊已決定一試了。」

弱王臉上的肌肉跳了兩下。

他剛要開口，孫樂已再次幽幽地說道：「弱兒，你乃天縱英才，要是能再給你幾年的時間，必定會成為當世霸主。可眼前這一關你如果過不了，甚至連生命也不能保全。弱兒，姊姊知道你疼愛姊姊，可如今形勢危急，姊姊應該一試。如果成了，自是一切都不必再說；如果不成，來日與弱兒一起赴死，姊姊亦無怨言。」

她說到這裡，聲音放慢了，看著弱王一字一句地說道：「如果姊姊不去一試，那姊姊唯有與弱兒赴死矣！」

這話一出，弱王一震，駭然抬頭看向孫樂。

弱王的嘴唇動了動，他想說「姊姊，妳就對這一戰如此沒有把握嗎？」，他也想說「姊姊，就算到時楚國大敗，弱兒也必救得姊姊性命，讓妳回到姬五身邊去！」。

可是，這個想法只是一閃現，便被他壓下了。弱王知道，孫樂說得沒錯，此戰楚國就算勝了，也是慘勝，最終結果必定是精銳盡毀，國力耗盡。到時候，如果梁國、燕國也來這麼一下，等待楚國的也只有滅亡一路。

而自己，不管楚國是慘勝還是敗了，面臨的都是死路一條。他自己知道自己的事，如果非死不可，怕也不會對孫樂放手的……

弱王的臉上肌肉不時地跳動著，神情變幻不定。

眾臣相互看了一眼，這時文良站了起來，他衝著孫樂叉手言道：「孫樂姑娘，隨我來吧。」

孫樂盈盈站起，跟在他的身後向外走去。

目送著他們的背影，弱王一臉的痛苦。

每一個人都知道，文良這是替孫樂出行做安排去了。

不管孫樂和弱王如何猶豫掙扎，所有的準備工作文良早就做好，這一次孫樂出行，共有馬車四十六輛、劍師五人、劍客百人、賢士僕從二十人、金一百斤、美貌的處女二十個。

所有的行人和馬車，都已除去楚人的標誌，改成巨富大商的家眷出行的架式。

而孫樂，則是換上了她那身男裝，成了田府的少主人。

隊伍在一個時辰後便正式出發。

浩浩蕩蕩的馬車隊捲起一縷長煙，順著向北的另一條小道，越駛越遠。

弱王一直沒有來送行，直到隊伍走得遠了，一騎煙塵才從楚宮中瘋狂般地衝出，那騎士眼看要追上隊伍時，速度卻越來越慢，越來越慢。

直到離隊伍不足五里處，騎士停了下來。就在他停下來的那一瞬間，只見那騎士突然仰頭向天，瘋狂地長嘯著！

文良等人急急地策馬追上弱王，見到他如此痛苦，文良不由得長嘆一聲。

身後的諸人見到弱王俊臉扭曲著，眼神中又是痛苦、又是掙扎，不由得面面相覷，再也不敢前進一步。

文良朝左右看了一眼，見眾人止步不前，他再次一聲長嘆，策馬到了弱王身後。

「大王，你不是早已想好了與孫樂姑娘同甘共苦、同生共死嗎？既然如此，今日之難她代大王受之，也是情理當中，大王何必自責？」

弱王一怔。

他臉上抽動的肌肉慢慢的恢復正常，緩緩轉頭看向文良。弱王對上他關切的雙眼，半晌才聲音嘶啞地說道：「姊姊，她還不曾在我身邊享受過半點榮華。」

文良聞言一笑。「大王何出此言？孫樂姑娘從小便智算無雙，這次她定可以圓滿歸來。」

弱王看向文良。

他看得很認真，目光炯炯。

直到他逼視的目光讓文良有點不自在了，額頭開始滲汗了，弱王才收回目光，嘴角一揚，說道：「不錯！我姊姊從小便絕頂聰明，這等事難不倒她的！」

弱王說這話時，俊朗的臉上陰霾盡去，一副深信不疑的模樣。

文良本只是信口安慰的，沒有想到隨隨便便一句話，弱王便當了真，他有點反應不過來，愣在當地久久都不知道如何說話了。

他自是不知道，弱王和孫樂幼時相處時，孫樂那沈穩而聰明的處事方式，早給弱王留下了深刻的印象。文良雖然是信口說來，弱王卻像吃了定心丸一般。

孫樂的隊伍，這一路是日夜不停的急馳而過的。秦、趙兩國已準備出征，他們要是走得慢了，對方的隊伍已誓師了，那事情又要難辦多了。

雖然一路急馳，孫樂等人也足足一個半個月才來到邯鄲。趙離楚地很遠，按照規矩，秦、趙相約伐楚，趙隔得遠便會先誓師出征，到了離楚地不遠處再與秦兵會合。所以，孫樂這一次的第一站是隔得遠的趙侯。

一來到邯鄲，孫樂馬上令人去買下一套院落暫住。

休息了兩個晚上後，修整得容光煥發的孫樂令人備上五十金，直接求見於趙大王子。

趙大王子在趙境內素有求賢納言的美名，孫樂的五十金一奉上，馬上便得到了他的親自接見。

孫樂理了理身上由厚厚的蜀緞做成的衣袍，這時節是冬天了，趙地寒風呼嘯，那風颳在臉上如刀子一樣，直是裂著生疼。

孫樂大步向趙大王子的賢王宮走去，在她的身後，兩個傭從亦步亦趨。這兩個傭從是真正的傭從，既不是劍客，亦不是賢士。在孫樂看來，既然人都到了別人的地盤上，劍客和賢士都已沒了隨行的必要了，之所以叫上兩個傭從，僅僅是為了撐一撐場面。畢竟，一個能隨隨便便拿出五十金的人，是不可能連個傭從也沒有的。

路過樹木叢生的林蔭道，孫樂還沒有走近，一陣金鐵交鳴聲便不絕於耳。

不一會兒，一個可容數百人的大廣場出現在孫樂的眼前。這個廣場中，兩個劍客正在比試著，而在兩個劍客的旁邊，則是二十幾個看熱鬧的劍客。

越過廣場，一陣朗朗的讀書聲傳來。孫樂的眼前，出現了幾十幢木製的小房子。這些房子前後、樹林中的房間裡，不時可以看到搖頭晃腦地誦書的高冠賢士。

孫樂看著這一切，暗暗想道：這趙大王子當真其志不小，他生恐世人不知道他重才能之士，都注意到了這分上了。

越過小木屋，前面是一處彎彎曲曲的沙石路，而沙石路的盡頭，一幢三層高的木樓上，書著「納賢閣」三個字。這，便是趙大王子會見她的地方了。

孫樂大步走到納賢閣的臺階下，剛走到，她便是雙手一叉，朗聲叫道：「齊地田樂見過大王子殿下！」

她的聲音一落，一個太監走了出來，他右手朝裡一擺，尖聲說道——

「田樂？大殿下在裡面候著呢！」

孫樂再次一禮，提起長袍在那太監的帶領下大步走進納賢閣內。

她一步入廂房，便感覺到幾雙緊緊逼視的目光。

只見廂房的屏風前，趙大王子正跪坐在榻几處，抬眼定定地打量著她。在大王子的左右，各端坐著三個高冠賢士。眾人都抬頭看向孫樂，他們在看到孫樂如此少年模樣時，都皺起了眉頭，目露疑惑和輕視之色。

孫樂抬起明亮的雙眼，靜靜地與趙大王子相對，她再次雙手一叉，深深一禮。「田樂見過大殿下。」

趙大王子有點訝異地上下打量了一會兒孫樂，忽然衝著左右笑道：「我正在想，是誰捨得花五十金只為見我一面呢？原來是個連毛也沒有長齊的小子！」

趙大王子說到這裡，仰頭哈哈大笑起來。他這一笑，左右眾人跟著也大笑了起來。

在眾人的笑聲中，孫樂忽然也是展顏跟著哈哈笑起來。

她這麼一笑，頓時令眾人大惑不解，不知不覺中，笑聲越來越小。

趙大王子收住笑，冷冷地盯著孫樂，右手緩緩地抽出擺在几上的長劍。隨著劍鋒出鞘，一股寒氣逼人而來。

趙大王子右手舉起長劍，在手中舞了兩下後，劍尖一指對向孫樂，冷聲道：「因何發笑？」

孫樂眼睛也沒有眨一下，似乎壓根兒就沒有看到指向自己的劍尖。她清聲笑道：「我笑自己。」

「喔？」趙大王子似乎有點興趣了，他挑眉問道：「說來聽聽。」

孫樂一哂。「小人千里迢迢，實是為了救趙而來。既有救趙之心，卻還得拿出五十金來開路，以求一見，誠可笑也。」

趙大王子聽到這裡，臉孔一沈，冷笑道：「你為救趙而來？」

聲音一落，唰地一聲，他右手長劍一舉，劍鋒直直地對上孫樂的眉頭，冷笑道：「你一入邯鄲，來不及休息便求見本宮，原來你還是為了救趙而來？哈哈哈……」

怪不得這趙大王子有喜賢的美名，見到自己卻冷言長劍相對，原來是懷疑自己的來意了。

孫樂腦中電光一閃，表情卻含著笑，悠然地說道：「小人確實是為救趙而來。大殿下敢聽否？」

她這是激將了。

大王子眉頭一皺，臉孔陰了陰。他強忍一口氣，暗忖自己不能敗壞了求賢納言之名，當下笑了笑，說道：「且說來聽聽。本宮倒真想知道，我大趙出了什麼事，要你這個齊人倒貼五十金來相救？」

趙大王子這句含諷帶刺的話一出口，左右眾人同時嗤笑出聲。一時之間，殿內的笑聲再度傳蕩。

孫樂彷彿沒有聽到眾人的嗤笑，她朝大王子雙手一叉，朗聲道：「敢問大殿下，趙之南方相鄰何國？」

趙大王子不明白她問這個是想說什麼，疑惑地盯著她答道：「魏耳。」

孫樂清脆地應道：「卻不知魏之南方相鄰何國？」

趙大王子更狐疑了，他盯著孫樂，答道：「韓也。」

「然。敢問韓之南方相鄰何國？」

「楚耳！」

孫樂雙手一合，朗聲道：「然也！小人想問大殿下，趙、楚兩國之間隔了魏和韓，卻不知大趙傾全國精銳、戰車千乘欲攻強楚，勝後欲求楚地否？」

大王子眉頭微皺，冷聲道：「否。」

這時不只是大王子，連左右賢士也同時皺起了眉頭，暗暗想道：趙與楚中間相隔了兩個國家，就算趙攻下了楚，楚地是不能為趙所有的。

孫樂雙眼一睜，直視著大王子，清脆地繼續說道：「如今趙與秦相約，欲合軍攻楚。小人敢問大殿下，秦之東南相鄰何國？」

大王子這時已露出沈思之相，他沈聲回道：「秦之東南為楚也。」

「然！」

孫樂朗聲應道：「秦與楚相鄰，趙、秦攻楚，勝則楚地趙不能得，而秦可得之！」

孫樂的話聲一落，竊竊私語聲在房中響起。

孫樂盯著眉頭緊皺的大王子，繼續說道：「趙傾全國精銳、耗金巨萬、財糧無數攻楚，勝則不能得楚地而壯己，反助強秦得楚。如此損己利人之事，卻不知趙所求何也？」

趙大王子慢慢地從榻几上站了起來，他抬頭看著孫樂，徐徐地回道：「勝則得霸主之名耳！」

孫樂聞言哈哈大笑起來。

她的笑聲清脆至極，遠遠地傳出。

要是剛才，大王子聽了還會惱怒不已，現在他卻有點沒底了。他雙手一叉，衝著孫樂恭敬地一禮，朗聲道：「先生因何發笑？」

這一下，他都改口叫先生了。他手中的長劍，更是牢牢地插入劍鞘，並連劍帶鞘都遞給了身後的侍從。

孫樂笑聲一止，清脆地問道：「敢問大殿下，趙所圖者，是霸主之名，還是天下共主之位？」

趙大王子驀然抬頭。

孫樂與他四目相對，一字一句地說道：「如趙所圖乃天下共主之位，則不應損己而壯秦。」

她在趙大王子一臉的沈思中，徐徐地說道：「當今天下諸國中，強大者，不過趙、秦、齊、楚四國也。齊者，已敗於楚，此時不足為懼；楚者，蠻夷也，楚弱自封為王，擅自問鼎，如此行為，亦無資格擔當天下共主之責。所剩者，唯趙與秦也。」

孫樂說到這裡，趙大王子不由得打了一個激靈。

不只是他，連左右眾賢都面面相覷，臉色微變。

孫樂甚至不需要說下去，他們也明白了。本來這個天下，最有希望能成為天下共主的便是秦和趙國，而這一次，如果趙國和秦國一起攻下了楚國，那麼靠楚的秦便會理所當然地接收楚的土地。以秦國之強，再得了楚的地方和財富，那他的勢力豈不是強大得不可相抗？相對而言，本來與秦一樣強大的趙國，卻因為攻打楚的過程中勞民傷財而大受損耗。這一消一長間，趙別說是成為天下共主了，只怕連自己的疆土也不一定保得住了。

孫樂看到眾人臉色大變，當下住了嘴。

趙大王子臉色不停的變幻著，時青時白。

直過了良久後，他朝著孫樂雙手一叉，恭敬地說道：「我們的士卒已經聚集，只等誓師出發了，如果貿然收回，豈不是視軍令如兒戲？還請先生教我。」

孫樂聞言微微一笑，淡淡地說道：「齊、魏、韓三國攻楚卻大敗而歸，既然軍令已發，何不棄楚而攻魏？」

孫樂雙眼中精光湛然，清聲說道：「趙、魏相鄰，趙強魏弱，趙兵一出，此次定大勝而歸。到那時，趙得了魏的地方和財富，就算是強秦，也得退讓三分了。天下共主之位，更是指日可待。」

孫樂說到這裡，趙大王子先是滿面喜色，轉而又猶豫起來。

他猶豫著，有點為難地說道：「這……無故而攻魏，天下人會怎麼看呢？」大王子這是要一個攻打魏國的由頭了。

孫樂一聽，不由得暗暗嘆息一聲。天下間所有的國家都敢打楚的主意，就是因為弱兒擅自封王、開口問鼎的事犯了天下人的忌諱，給了天下人一個攻打它的由頭呀！

在大王子的期待中，孫樂微微一笑，隨意地說道：「原由可多著呢。殿下可說魏與楚暗地有交往，所以這次攻楚時不但沒有盡全力，反而暗中動了手腳，導致齊、韓大敗；甚至，殿下還可以說，魏人不得趙人的允許，竟然擅自犯邊；或者還可以說，某某貴人被魏人所害。」孫樂說到最後一句時，趙大王子雙眼瞬間變得晶亮。孫樂見他意動，笑了笑說道：「這種原由多得是，大殿下可以找出幾十上百條來。」

這時的人還是本性純良的，孫樂這一番話在後世聽來很簡單，可在在座的眾人聽來，卻是相顧失色。

幾個賢士打量著瘦小的孫樂，暗暗心驚。這少年郎年紀小小，便如此陰險狡詐，真可懼也！

趙大王子卻沒有生出孫樂陰險的感覺，他只覺得孫樂所說的每一句話，都打動了自己，說到了自己的內心深處。

良久，他長長地吁了一口氣，朝孫樂一叉手。「我已明白了，田先生，請暫回吧。」

「喏。」

孫樂微微一禮，轉身出了廂房。

直到她的身影完全消失了，趙大王子才轉頭說道：「陳師，隨我去見父王。」

「喏。」

孫樂在房中侃侃而談，一走出房門便渾身大汗涔涔，雙腳虛軟。她這倒不是被嚇的，而是因為緊張和興奮的緣故。

她一回到居處，那些賢士便連忙圍了上來。

孫樂淡淡一笑，並沒有解釋的想法。

看到她轉身入內，眾賢士連忙圍上了兩個傭從，小聲詢問起來。

他們才問了幾句，孫樂清亮的喝叫聲便從房中響起——

「來人！」

「在！」

「吩咐下去，此間事已了，準備趕往秦地！」

「啊？喏！」

聽到外面越來越響亮的議論聲，孫樂倚在紗窗口，雙眼出神地望著遠方，暗暗想道：趙大王子是趙王最為信任的兒子，也是趙國實際的決策者之一。他此番已被我打動，必會全力說服趙王。看來，此間事可以算完了。

她伸手揉著額心，又想道：趙大王子素有愛才之名，也許會對我施以籠絡呢！

準備啟程並不是一句話，很多工作做起來都大費時間。

到了第二天，孫樂便得知趙王果然聽了大王子的勸，打消了聯秦攻楚的打算。不過他們是不是改為攻魏，那就不得而知了。畢竟，大王子派來報喜的人只是告訴孫樂，趙已不會攻楚了。

那報喜的人除了告訴孫樂這句話後，另外還帶來了一百金，以及趙大王子的盛情相邀。

孫樂收下一百金，找了一個藉口搪塞了大王子後，車隊終於再次啟動，向著秦地開進。

離開邯鄲時，孫樂所帶來的禮物不但沒有損失分毫，反而多得了五十金。

離開邯鄲的路上，眾人不時以驚異佩服的目光看向依然面無表情的孫樂。

一個四十來歲的賢士長長地吐了一口氣，望著孫樂的馬車頗有點敬畏地說道：「我從不知說客之能，一至於此！」

馬車中另一個瘦高的賢士點頭道：「一言可興，一言可敗，誠可畏也！此等縱橫機謀，不是尋常人可以領會的。怪不得大王一直說她聰明絕頂，對她尊敬有加。」

他們的聲音不小，兩人這話一傳出，只聽得左側的馬車中傳來一個嘆息聲——

「這樣可畏可佩的才能，出現在如此世道，合是天意？」

眾人同時沈默起來。

每一個人都在心中想道：大亂之世看來不可逆了。也不知孫樂姑娘這次的行為，會使得這天下亂成什麼樣子？

孫樂靜靜地坐在馬車中，外面的議論聲並不小，她自然也聽到了。

感覺到眾人語氣中對自己的敬畏，孫樂眨了眨眼睛，不由得想道：也許，在這個世間而言，我孫樂還真的是一個人物！

她一直都不怎麼自信，直到這一刻，才細細地思量著自己在世人心中的定位，才漸漸感覺到，自己也是一個可以與當世一流人物並肩而立的人物。

馬車漸漸駛離邯鄲。

要入秦境，車隊不可避免地要進入魏國。孫樂得到趙大王子的保密承諾，倒不怕她所說的攻魏之計此時便外洩開來。

魏境處處可以看到廣闊的平原，肥沃的田地。不過這並不代表著魏人就富裕，天下諸國中，魏國境內的馬賊盜匪乃是出了名的多。

孫樂的車隊在魏境中行駛了月餘，前方不到百里處便是魏都了。

越是鄰近魏都，前方便變得愈加的開闊。漸漸地，車隊駛入了一望無際的平原中。平原上草木凋零，已露出蒼涼之象。偶爾可以看到鄉民趕著一隊隊牛馬經過。

孫樂望著那蒼茫遙遠的天地交際處，失神地望著。

這時已過了中午，天空那一輪紅晃晃的太陽正開始轉入西邊。

正當孫樂看得出神時，一個劍師策馬靠近馬車，低聲道：「孫樂姑娘，有不妥之處！」

孫樂一凜，連忙低聲問道：「如何不妥？」

這中年白淨的劍師沈聲說道：「這一連三日，都有不明來意的人在車隊附近轉悠。我起先還不以為意，可就在兩個時辰前，他們突然消失了。我剛才細細查了一番，感覺大是不妙，我懷疑，我們要遇到馬賊了！」

馬賊？

孫樂笑了笑，清聲說道：「我們有五名劍師、百名劍客，區區馬賊何足懼哉？再說，這裡已近魏都了，馬賊就有如此大的膽子在都城附近行凶嗎？」

中年白臉劍師聞言咳嗽了兩聲，低聲說道：「魏之馬賊天下聞名，靠近都城也不例外，世人一直懷疑乃魏軍之近衛所扮，甚至有傳言，說這些馬賊乃魏土、乃諸位王子籠財的手段！姑娘不可輕敵。」

那劍師盯著孫樂，繼續說道：「這一路跟隨我們的馬賊進退有序，我懷疑是魏無涯的隊伍。」

魏無涯？

孫樂聽過這個人的名字，這是個瘋狂的、以殺人為樂的馬賊匪頭。他身負絕高的劍術，一直在世人面前提倡獸性，主張世人摒去這些道德是非的約束，解放慾望，如禽獸一樣行事。

這是個極為可怕的馬賊！

孫樂不由得緊張起來了。

可她對兵法戰術實在是一無所知。她想了想，轉頭看向那白臉劍師，沈聲道：「際伯，以你看，此事當如何處理的好？」

白臉劍師際伯苦笑道：「我們對魏境一無所知，如今又在這種無遮無擋的平原上，跑是跑不過這些騎兵的，只能靜觀其變了。如果這個魏無涯人數不多也就罷了，如果他看穿了我們的實力，還敢逼來，那事情就麻煩了。」

孫樂點頭。

就在她沈吟之際，大地轟隆隆地震蕩起來。

「是騎兵！大量的騎兵！」一個劍客驚叫起來。

際伯迅速地轉過頭，沈聲喝道：「所有的馬車全部圍成一圈，諸位劍客守在馬車外，拿出兵器和盾牌，劍師跟我來！」

這際伯在眾劍客中聲望極高，他這麼一喝，眾人整齊地應諾後，便按他的吩咐布圍起來。

不一會兒工夫，孫樂、諸位賢士已跳下了馬車，被幾十輛馬車團團圍在了中間。當然，那些作為禮物的處女還是待在馬車裡面。

而在馬車的外面，便是那百來劍客。他們全部身著皮甲，一手持劍，一手持著盾牌。

至於那五個劍師，都是手持長劍，依然身穿麻衣，一臉平靜地看著那滾滾煙塵捲來的地方。

馬蹄轟隆隆的響聲不絕，轉眼間，一隊三、四百人的馬賊出現在孫樂的眼前。這些馬賊全部身穿皮甲，只在胸口等處鑲以黃銅，他們的馬也都披上了皮甲。

這幾百人一出現，眾人便是一驚。看這架式，這些馬賊只怕人人都是劍術高手了。

不一會兒，馬賊捲起大片的煙塵，在離車隊兩百公尺處停了下來。這些馬賊不但身上穿著厚厚的皮甲，連面孔也通通戴上了黃銅面具，只露出一雙雙凶殘的眼睛和森森牙齒的大嘴。

眾騎一停下，便自動地向兩側散開，一個足有兩公尺高的巨漢騎著一匹巨大的馬出現在孫樂的眼前。

這巨漢倒是沒有戴上面具，他生著一大把絡腮鬍子，雙眼如銅鈴，一臉橫肉，看人的眼神中帶著陰森森的血煞之氣。

這巨漢一出隊列，孫樂這一隊的眾劍客便齊齊地倒抽了一口氣，臉色發白。

巨漢策馬駛到離車隊僅百公尺處，他瞪大眼，在五位劍師的身上打量了一會兒後，轉頭看向各位劍客。

打量了眾人之後，那巨漢露出白森森的牙齒，笑道：「兒郎們說，你們這一隊高手不少。果然沒有讓魏某失望，區區一個兩百人不到的隊伍，居然就有五名劍師！」他說到這時，雙眼一陰，森森地喝道：「魏某也不想趕盡殺絕了！馬車中的小子聽著，把你們的金全部拿出來，車中的處女也一併奉上，魏爺不但饒了你們的性命，你們的其餘物事也不會動個分毫！」

此人，一定就是魏無涯了。

孫樂轉頭看向際伯，卻見他正向自己看來，他的臉色有點蒼白，眼神中沒有自信。

孫樂看了一眼五名劍師，見他們人人臉色發白，不由得苦笑著想道：看來對方的隊伍中，劍師還不止有五人。

她想到這裡，當下吸了一口氣，朗聲說道：「喏！」

魏無涯一怔，他身後的群匪也是一怔！顯然沒有人想到眼前這個毛也沒有長齊的小子會如此痛快。

不只是他們，連同際伯等人都是一驚，他們齊刷刷地看向孫樂，表情又是驚異，又是羞愧，也隱隱有著掙扎和惱怒。

孫樂從眾馬車中擠出來，她盯著魏無涯，雙手一叉，朗聲說道：「久聞魏公乃信義之人，小人馬上令人把錢物、美人奉上，只求魏公放過我等。」

「痛快！好生痛快！」魏無涯仰頭哈哈大笑起來。

在他的大笑聲中，際伯擠到了孫樂的身邊，他顫抖著聲音說道：「這樣一來，我們怎麼去秦國？」

孫樂沒有看向他，只是低聲問道：「如果一戰，你有幾成勝算？」

際伯低聲說道：「魏都離此不到百里，我們五人護著妳全身而退，可有五成把握。」

孫樂聞言苦笑起來。這個車隊近兩百人，把其餘人都捨棄，他們五個劍師護著自己一個人退，卻還只有五成把握。這樣怎可一戰？

孫樂不再猶豫，她抬頭對上魏無涯那狹長眼眸中的嘲弄和殺機，右手一揮，朗聲喝道：「把魏公所要之物全部呈上！」

「喏！」

幾聲清脆的應諾後，孫樂帶來的百多金，以及二十個處女整齊地排到了眾馬賊的面前。

魏無涯盯了一眼裝滿金子的箱子，右手一揮。

十個馬賊從隊伍中走了出來，他們策馬來到每一輛馬車中搜查起來。

不一會兒，馬賊便搜查完了。他們回到魏無涯身邊時，都搖了搖頭。

魏無涯哈哈一笑，他轉過頭，認真地上下打量著孫樂，瞇著眼睛說道：「既然這位小兄弟是個信人，並沒有私藏金物，那我魏某自也說話算話。」

魏無涯最後幾個字一吐出，馬賊中再次奔出二十餘人，他們一人摟著一個美人，分兩個抱起箱子，在魏無涯的一聲呼嘯中揚長而去。

眾馬賊來得快，去得也快，轉眼間，他們便捲起漫天的煙塵，消失在眾人面前。

他們一走，眾劍客卻沒有感覺到放鬆，一個個低下頭，臉色蒼白中帶著沮喪羞愧的模樣。

孫樂依然一臉平靜，她看了一眼漸漸西沈的太陽，右手一揮。「走吧，落日之前務必趕到魏都。」

直到孫樂上了馬車，際伯等人還是面無人色。現在危險是解除了，可是他們一想到車隊中再無一金可用，便連自殺的心都有了。

以五個劍師、上百個劍客的隊伍，遇到馬賊不但沒有拚死一戰，還白白地奉金、奉美人，這等行為，實在不是他們所習慣的。

直到車隊駛動了一會兒，際伯還是忍不住了，他策馬趕上孫樂，吶吶地說道：「姑娘，如今連夜宿之金亦無，可如何是好？」

他說到這裡時，老臉一紅，整個人都羞愧得幾欲自盡。

孫樂聞言笑了笑，問道：「馬車售價如何？」

際伯一怔，他急聲道：「姑娘欲售馬車？這、這如何使得？」此次他們到秦國去，萬一迫不得已得顯出楚使身分，這四十六輛馬車是恰恰夠數，再少，就失了使者的顏面了。

際伯剛說完，便對上孫樂清冽而平靜的眼波，頓時聲音一低，老實地回道：「一輛馬車可售四金許。」

孫樂點了點頭，徐徐地說道：「且售出四輛馬車吧。」

際伯愣愣地看著孫樂，半天才吶吶地說道：「十六金，恐不能使我等到達秦國。」

孫樂淡淡一笑，目光掃過際伯，看向遠方，悠然地說道：「這十六金，有十五金乃是送人用的。」

啊？僅有的十六金還要拿出十五金去送人？

孫樂對著一臉不解的際伯淡淡一笑，說道：「際伯無須擔憂，這金送出是有回報的。」

孫樂說到這裡，冷冷笑道：「你不是說馬賊或是魏王之人嗎？我們想法子從魏王身上取得路費吧！」

這一下，際伯雙眼真是瞪得老大，他傻乎乎地看著孫樂，半晌都不知道如何說話了。

孫樂也不解釋，她淡淡一笑，拉下了車簾。在燦爛的夕陽中，馬車迅速地駛向魏國的都城。

魏的都城名鄴，孫樂等人緊趕急趕，快馬加鞭，終於在城門半閉前入了鄴城。

眾人現在手中空無一金，當下，孫樂便令隊伍中一個口齒便給的侍從和際伯一道，領著四輛馬車去販賣。

孫樂等人直等了一個時辰，那侍從才帶著十七金回來了。

現在手頭有了錢，孫樂這一行百餘人終於可以住店了。

在一家乾淨而優雅的酒樓安頓好後，孫樂休息了一晚，第二天上午聯繫上了魏大夫伯略。伯略是弱王兩年前便聯繫上的魏國大臣之一，此人貪財、心狹，是那種典型的小人，弱王在他身上可投了不少的錢財。

眾人本來以為孫樂聯繫此人，是想借金行事，哪裡知道，孫樂與伯略一番交談後，便笑咪咪地奉上了十五金。

伯略走後，際伯等人面面相覷，不過他們這時已感覺到孫樂行事高深莫測，自有其道理，便壓著滿腹疑問，靜觀其變。

下午未時正，魏王派太監前來相請田樂一見。

看來，這便是孫樂那十五金的作用了。際伯等人暗暗忖道：以弱王對伯略之厚，就算孫樂不拿出那十五金而請他代為求見魏王，怕也是可行的。這孫樂，實有點浪費了。

男裝的孫樂一臉平靜，她似乎沒有察覺到眾人的疑惑和感慨，笑咪咪地跟在那太監身後，向魏宮走去。

此時魏王大敗於楚後，回到魏宮不過一月。

魏宮的布局，與趙齊兩國相類，都是石屋與木屋相間，其中綠樹成蔭卻沒有怎麼打理，流水迴廊在粗陋中見雅致。

孫樂來到的地方是魏王所在的回春殿，這回春殿高三層，第三層上四面都是欄杆，居其上可以臨風賞月，是極風雅的所在。

那太監領著孫樂一直來到回春殿的第三層樓梯上，便朝上面一指，恭敬地說道：「田小公子，請上行！」

孫樂點了點頭，舉步向上走去。

她一邊走，一邊暗暗想道：花了十五金果然效果不同些。魏王在此等閒暇之時、風雅之處召見我，我要說什麼話或者辦什麼事，都會容易些。

孫樂一走到三樓，便看到魏王正懶洋洋地躺在一個榻上，手裡持著一個酒杯，慢慢地清飲著，他的腳邊，坐著兩個美麗的少女。這兩個少女衣襟半解，那胸前雪白的肌膚在陽光下發著誘人的光芒。

孫樂一見到魏王，便叉手一禮，朗聲說道：「齊人田樂見過魏王。」

魏王慢慢抬頭看向孫樂，朝她瞟了一眼後，懶洋洋地說道：「請坐。」

「謝大王。」

等孫樂在對面的榻几上跪坐好，魏王歪著頭打量了她幾眼，忽然說道：「聽大夫伯略說，你就是那個曾說得墨俠不再誅殺楚弱的田樂？」

魏王說到這裡，雙眼一陰，聲音冷了少許。「卻不知田樂是齊人否？是楚人否？你既然幫過楚弱，為何此刻又想求見本王？你意欲何為？」

這魏王被楚弱王大敗後，一直忌恨於心，他見孫樂做過楚弱王的說客，心中已有了幾分惱恨。

孫樂連忙雙手一叉，恭敬地說道：「回大王，田樂乃齊人也。」

魏王當下冷笑起來。

孫樂不等他再發問，慢慢抬起頭來看著魏王說道：「楚弱雖為破軍星，身上亦有紫微皇氣。有所謂良禽擇木而棲，田樂不一一見過當世豪傑，又怎能知道誰可以跟隨？」她最後一句是說：我孫樂之所以要求見你，就是想看看你值不值得我來追隨？

「良禽擇木而棲？」魏王暗暗唸了幾遍，臉上怒容漸漸消去。

他沈吟了一會兒，覺得孫樂所說挺有道理的，當下點了點頭。

點過頭後，他身子一正，頗有興趣的問道：「你想一一見過當世的諸侯王，再來選定可跟隨的主人？那麼田樂，你現在見過幾個王了？」

孫樂徐徐地說道：「小人見過齊王、趙王、楚弱，還有就是魏王你了。」

魏王一聽興趣更大了，他身子一正，問道：「那依田樂看來，你所見過的這些王都如何？」

孫樂笑了笑，回道：「小人見過齊王，齊王雖禮賢下士，有時卻頗為剛愎自用，不納人言。」

孫樂一提到齊王，便看到魏王的臉色變了變，顯出幾分不快來。想來也是，這次攻楚便是齊王為首，如今大敗而歸，魏王肯定會對始作俑者頗為不滿。

孫樂目光閃了閃，侃侃而談。「如這次聯軍攻楚，若不是齊王剛愎自用，以新建之軍求戰楚國百戰精銳，聯軍又怎麼會大敗而歸？」

孫樂這話可真是說到了魏王的心坎裡去了！當下他啪啪地在自個兒的大腿上拍了幾下，咬著牙恨恨地說道：「然！若不是那老匹夫，本王怎會被動至此？」

魏王恨恨地說到這裡，又滔滔不絕地繼續說道：「那老匹夫不識軍陣，卻偏自以為是，聽不得別人半點意見。這一次若不是他大言不慚，本王又怎會如此不堪？」魏王似對齊王有滿腹牢騷，這一說起來便如黃河之水，沒個盡頭。

魏王不住地說著，孫樂一邊傾聽，一邊不時地附和兩句。漸漸地，魏王看向孫樂的眼神已越來越溫和，語氣也越來越熱絡。

說著說著，魏王漸漸覺得眼前這個不起眼的小子，不但才學過人，而且還善解人意，與他說話實在是舒爽至極。

兩人說到後來，幾乎只差勾肩搭背了。而那兩個隨侍的少女，早已被魏王甩到了角落裡了。

孫樂聽了一陣後，突然說道：「我齊地雖有諸多不好，有一樣卻是無可代替者。」

魏王來了興趣，他笑呵呵地說道：「且說說聽聽。」

孫樂抬頭看著魏王長年縱慾留下的黑沈眼圈，咧嘴一笑，眼中晶光閃動。「我齊地有美人天下無雙！」

美人？魏王笑了起來。「你這個頭也沒有長齊的小子，居然在孤的面前說什麼美人？哈哈哈哈……」

他越想越覺得好笑，真是仰頭大笑起來。

孫樂知道他笑什麼，這個魏王十分的好色，閱女無數，自己這樣一個少年郎在一個大色鬼面前談女人，怎能不令人感到好笑？

在魏王的大笑聲中，孫樂雙眼一睜，瞪著魏王惱道：「大王你笑什麼？」她雙眼一瞟，抬起下巴頗為自得地說道：「大王你雖然身分尊貴，可平素出入總是隨從過千，哪如小人這般自由自在？我說大王，那種真正的絕色可只有小人這種自由之人才可以巧遇的。」

魏王收住笑聲，點了點頭。「這話也有兩分道理。」

見魏王認同，孫樂半瞇著眼睛，搖頭晃腦地吟誦起來。「有美人兮，手如柔荑，膚如凝脂。領如蝤蠐，齒如瓠犀。螓首娥眉，巧笑倩兮，美目盼兮。」

魏王聽著聽著，眼睛也瞇了起來，肥胖的臉擠成了一團，一臉神往地喃喃唸道：「手如柔荑，膚如凝脂。領如蝤蠐，齒如瓠犀。螓首娥眉，巧笑倩兮，美目盼兮？」唸著唸著，他忽然吸了一口口水。

孫樂依然是半瞇著眼睛，一臉陶醉嚮往癡慕，彷彿沈浸在絕代美人的容光當中。正當她出神地吟誦著時，忽然間，魏王的身子朝她一傾！

魏王直直地盯著孫樂，肥臉上的一雙小眼中淫光四射。

對上這樣的魏王，孫樂一怔。

魏王唰地伸手按在孫樂的手臂上，低沈地、認真地說道：「田樂，如此美人，在齊地多否？」

孫樂點頭道：「多矣。」

魏王聞言嘿嘿一笑，眉頭一挑，喝道：「來人！」

「喏！」

兩個青衣衛士應聲站了出來。

魏王右手一擺。「去給本王拿三十金……不，拿五十金過來！」

「喏。」

孫樂怔怔的，一臉不解地看著魏王。

不一會兒，兩個青衣衛士抱著五十金的箱子走了過來。

魏王把那箱子朝孫樂面前一推，涎著笑說道：「田樂，本王給你三十金，你給本王去弄幾個你所說的那種大美人來。」說到這裡，他似是找回了自己做大王的威嚴。「另外二十金，是給你的路費。」

孫樂一怔。

她對上魏王淫光閃動的目光，迅速地反應過來，連忙站起身叉手應道：「田樂遵令！」

魏王哈哈大笑起來。

又說笑了一陣後，孫樂帶著那五十金回到了住處。

際伯等人沒有想到她這一去，當真從魏王處弄回了幾十金，不由得面面相覷。這時侯，他們看向孫樂的眼神是既佩且驚。

孫樂對上眾人的目光，淡淡一笑，神秘地說道：「下面還有呢！」

孫樂令人把這五十金收好，她回到房中，在竹簡上寫了幾十個字，令人速速送到大夫伯略處。

伯略收到孫樂遞來的竹簡後，稍一沈吟，便轉身向魏王後宮走去。

魏王後宮的東西鳳宮中，住著魏王最為寵愛的兩個大美人——南后和鄭月。

伯略早就知道，這個時候南后和美人鄭月正湊在西苑遊玩。

伯略的身影剛出現在西苑，一個嬌滴滴的叫聲便從左側湖畔傳來——

「伯大夫來了？妾正想去找你呢！」這是鄭月的聲音。

伯略抬起一張彌勒佛般的圓臉，正正地對上站在湖畔、如雙生花一般美豔的南后和鄭月，在看到她們臉上顯出的焦躁之色後，伯略心中大樂，深深一禮。「見過王后，見過鄭夫人。」

「免禮。」

「喏。」

南后是個高而胖、臉如銀盆般的豐滿美人，她舉步走到伯略身邊，盯著他說道：「伯略，聽說剛才大王會見了一個叫田樂的少年？」

「然。」

鄭月走到南后身後，她皺緊眉頭，一臉煩惱地說道：「聽說這個田樂向大王許諾，會覓得幾個『巧笑倩兮，美目盼兮』的絕代佳人給大王送來？」

伯略應道：「然。」這句話一落，兩個美人便是臉色不豫，伯略連忙說道：「王后、夫人，這田樂還是下臣推薦給大王的，下臣萬萬沒有想到，此人竟然如此多嘴。唉，下臣一聽到此事後，便是心急如焚，當下連忙趕來，還請責罰。」

南后皺起眉頭，薄怒道：「責罰你何用？」頓了頓，她又說道：「每年進獻給大王的美人可多了去了，哼，世上哪會有這樣的美人兒？」

她這樣說著，臉色終是有點憂慮。以前送來的那些美人兒，不過是一些庸脂俗粉，與田樂所形容的那絕代佳人卻是不可同日而語的。

鄭月在一側低聲說道：「這個田樂說得信誓旦旦，萬一是真的可怎生是好？」頓了頓，她又說道：「手如柔荑，膚如凝脂。領如蝤蠐，齒如瓠犀。螓首蛾眉，巧笑倩兮，美目盼兮。要不是親見了，何人能作出這樣的詩句來？」

伯略嘆道：「是啊，萬一是真的怎生是好？兩位夫人雖然花容月貌，可大王日夜相見，難免見到新的美人不會移情別戀。」他見到兩女同時色變，當下重重地嘆息一聲，說道：「人都是這樣，相好時樣樣皆好，一旦另有美人，舊人卻是樣樣皆不好了。這魏王宮中，不知有多少昔日的美人現在枯守空房，等著老死。」

伯略剛說到這裡，兩女臉色已是煞白。

伯略瞟了兩女一眼，忽然說道：「其實，此事要解決也不難。」

南后和鄭月同時大喜，兩女盯著伯略，連聲說道：「何妨說來？」

伯略嚴肅地說道：「此話是從田樂口中說出，也可由他收回呀！兩位夫人，只要田樂在大王面前為兩位美言幾句，此事不就了了？」

兩女沈吟之際，伯略徐徐地說道：「不妨對田樂以厚禮相贈，令他收回原話。兩位夫人，這田樂下臣與他相熟，深知他的為人，此策一定可行！」

兩女相互望了一眼，鄭月低聲說道：「姊姊，何妨一試？」見南后猶豫，鄭月嘆道：「姊姊，我等只要有大王的寵愛在，金銀以後還有得是。」

南后一下子醒悟過來，點了點頭。

當伯略帶著從南后和鄭月那裡得來的五十金送給孫樂時，孫樂二話不說，又贈給了伯略十金。雖然她知道，兩女實際拿出的，應該還不止這五十金。

第三天，孫樂再次在伯略的帶領下來到魏王宮中，準備向魏王辭行。

宴會中，魏王此時與孫樂已熟絡非常，他與孫樂對飲了幾大杯後，不知不覺中又扯到了美人的身上。

孫樂顯然亢奮非常，她滔滔不絕地品評了天下美人一會兒後，突然對著魏王說道：「久聞大王身邊有兩絕色佳人，一為南后，一為鄭月，樂不才，可一見否？」

此時的男女之防還沒普及，大王們對自己的威嚴也沒有明確的維護條規，孫樂這個在後世很囂張的要求，魏王聽來卻是尋常至極，畢竟，以前夜宴時他經常召夫人出來與眾人陪飲的。

魏王一聽到孫樂這個要求，雙眼便唰地一亮。南后和鄭月可是他最為心愛的美人，這些年來，他就沒有見過幾個比得上她們的美人。眼前這少年大言不慚地說遍閱美色，自己的這兩位夫人倒是真要讓他見識見識。

想到這裡，魏王雙掌一合，啪啪兩聲脆響後喝道：「來人，去把王后和鄭夫人一併叫出來！」

「喏！」

孫樂給自己大大地倒了一杯酒，舉起來便是一通牛飲。飲了幾口，一陣蹬蹬蹬的腳步聲響過，不一會兒，兩個濃妝豔抹，十分美豔的女人出現在大殿中，出現在孫樂的眼前。

孫樂只是無意間雙眼一瞟，頓時給看得呆了癡了去，她張著小嘴，渾然沒有察覺到盅中的酒水正汩汩地順著嘴角流到了她的衣袍中！

孫樂雙眼睜得老大，一瞬也不敢瞬，直到兩位夫人走到面前，她才像驚醒了似的，驚噫幾聲，連忙把酒盅放到一側榻几上，自己肅然站立，叉手行禮。

就在孫樂叉手行禮時，她的雙眼還不受控制地瞟向兩位大美人，顯得色授魂與。

魏王十分得意。

他圓胖的臉上露出一個笑容來，不大的眼睛擠成了一線。滿意地看了看兩位豔光四射的夫人後，魏王轉向孫樂說道：「田樂，你不是說見過不少的絕代美人嗎？我這兩位夫人姿色如何？」

魏王的聲音一落，田樂突然退後兩步，跪倒在他面前。

這個時候的跪禮，還是很難一見的。魏王大奇。

孫樂跪在魏王面前，頭叩於地，吶吶地、頗為慚愧地說道：「稟大王，樂有罪！」

魏王眉頭微皺間，孫樂已朗聲說道——

「田樂無知，自以為看盡了天下的美人，今日見到兩位夫人，才發現那些美人實是毫無顏色！兩位夫人之美，天下無雙，如此佳人，也只有大王的宮中才配擁有！田樂不知天高地厚，居然在大王面前大言不慚，請大王治罪！」

魏王哈哈大笑起來。

他響亮的笑聲在大殿中不斷地傳開，大笑聲中，魏王撫著自個兒稀稀疏疏的鬍鬚，得意地說道：「我也以為，天下美色無過於她二人者。」

他說到這裡，右手一揚。「起來吧！你年紀還小，哪見過什麼真正的絕代佳人？」

孫樂應聲站起，她雖然站起了，臉上還是慚愧非常。她小心地瞟了魏王一眼，低聲說道：「大王，那五十金，小人還是還與大王吧！」

這時南后和鄭月已經一左一右地坐到了魏王的大腿上，她們以香唇度酒、玉手輕撫，已令得魏王雄心大起。

他聽到孫樂說要還金，當下右手一擺，哈哈笑道：「區區五十金耳，本王既已賜出，哪還有收回的道理？就給了你吧！」

孫樂感激涕零，深深一禮，朗聲說道：「謝大王！」在孫樂「謝大王」的聲音中，魏王已和身一壓，把鄭月壓倒在榻上，同時，南后站在他的身後，正輕解羅衫。

只是一瞬間，大殿中已是一片香豔。孫樂慢慢退後幾步，向仍待在殿中的伯略告知兩句後，便走出了魏宮。

當天晚上，孫樂令人再買回四輛馬車。第二天，一行人再次向秦國出發。

這時刻，孫樂的手中已有七十餘金，足夠一行人再跑兩國了。

孫樂的離開，魏王並不以為意，他雖然與孫樂相談甚歡，不過這只是他禮賢下士而已，魏王並沒有覺得，孫樂這個想擇良木的鳥兒有多麼的了不起，他壓根兒就沒有想到要挽留她。

半個月後，馬車便駛出魏境，正式進入秦國。

這時候，隊伍中的眾人，對孫樂已是言聽計從，敬仰有加。隱隱的，他們開始覺得，孫樂不但才智駭人，而且性格溫和又威嚴（這威嚴其實是不喜說話的效果），足可以擔任大楚的王后之位。

秦國咸陽。

孫樂這一次來到咸陽，並不想求見秦侯，她求見的人只有一個，那就是秦十三王子，嬴秋嬴十三，這個秦國十萬虎威精銳的實際領導者。

想到嬴十三，孫樂不由得浮現出三年前，那個俊美的翩翩公子的形象。當時自己如此低調，他也一眼便注意到了自己，還以國士之名相籠，可以說，這是一個極有眼力的人物。

也不知他現在還識不識得自己？孫樂想到這裡，不由得搖了搖頭。這三年間，她容貌大變，已絲毫沒有了當日那醜八怪的影子。再說了，她現在是男子打扮，更與女裝的她毫不相似。

求見嬴秋並不難，孫樂直接以「對攻楚之事別有看法，望十三王子務必一見」的理由，便在第三天得到了他的約見。畢竟，田樂之名，這時在諸侯間還是小有名聲的。

當然，這個名聲，主要還是年前孫樂說服墨俠之事傳揚開來的。這一次她的所作所為還沒有傳開，雖然世人現在已經知道趙國背棄了與秦的盟約，不過具體是什麼原因導致，卻還是不知的。

嬴秋約見孫樂的地方在他的王子宮中。秦人簡樸，嬴秋更是簡樸，他的王子宮就是由十五、六幢石屋構成，占地雖大，但房屋庭院，絲毫沒有楚人和齊人的細緻奢華。簡單地說，就是一片樹木中，立著一些石屋。沒有小橋流水，也沒有迴廓湖院。

秦人重武，孫樂一路走來，可以看到每幢石屋前後左右都有揮汗練劍的身影。

當孫樂來到最大的那幢石屋前時，清楚地聽到那帶路的太監向裡面稟報——

「十三殿下，田樂已到！」

「帶他進來吧。」聲音清悅動聽。

「喏。」

孫樂一跨入堂房，便雙手一叉，朗聲說道：「齊人田樂見過十三王子！」

「不必多禮。」贏秋笑了笑，看著孫樂說道：「田先生以名利為說，令得墨俠不再行刺楚王，乃是當世大才，請坐！」

「不敢！」

孫樂應聲在左側的榻几上坐好，然後抬起頭來。

她一抬頭，便與贏秋四目相對。與三年前一樣，贏秋依然身衣青袍，身材更顯修長，俊眉薄唇，雙眼如同子夜，深不可測。

三年了，這個宛如青竹的男子與以前毫無二樣，彷彿還是十七、八歲年紀。只是那子夜般的黑眸中，威嚴稍掩，整個人顯得比以前和藹可親多了。

贏秋對上孫樂的臉，出乎意料的，他眉頭微皺，說道：「田先生甚是眼熟。」

孫樂一驚。我都變成這個樣子了，你還眼熟？真是豈有此理！

當下她搖了搖頭，說道：「田樂不曾見過殿下。」

嬴秋淡淡一笑，收回打量她的目光，端起旁邊侍女遞上來的酒杯，徐徐說道：「田樂是為楚弱作說客乎？」

他這一句話突如其來，而且十分肯定。

孫樂一怔間，便對上房中七、八雙盯視的目光。

她哈哈一笑，坦然道：「然也！」

這承認的話一出，不管是嬴秋，還是房中諸賢士，都是眉頭一皺，臉上帶了幾分冷意。

孫樂渾然無覺，她輕笑道：「田樂只有幾句話可說，殿下何不聽聽？」

「說！」

「當今秦侯共十七子，存活至今的連同殿下在內有六子。而這六子中，又以大殿下、四殿下和十三殿下您深得秦侯所寵，待長者百年後許能繼秦侯之位。」

嬴秋等人顯然沒有想到孫樂會從這裡說起，當下臉上的冷意稍去，一個個都認真地傾聽她說下去。

孫樂從几上端起酒水抿了一口，繼續說道：「三位殿下中，大殿下為人仁德，深受讚揚；四殿下聰慧孝順，深為長者疼愛；而十三殿下你，則是手下有虎威精兵十萬，征討西夷每每當先，然否？」

嬴秋微微一笑，他的目光還是有意無意地打量著孫樂。「說下去。」

孫樂徐徐說道：「樂從北方來，隱隱得聞，趙人已背信棄義，不欲與秦聯軍攻楚。如此一來，攻楚者，僅殿下也！敢問殿下，此次與楚一戰，殿下可有完勝之把握否？」

嬴秋搖了搖頭，道：「否。」

孫樂哂道：「然也！齊、魏、韓攻楚，聯軍大敗，楚卻傷兵不過數千，根骨未動。殿下這一次進攻，與楚實是勢均力敵，勝負乃五五之數，不論勝負，虎威軍傷亡必大，然否？」

這一次，孫樂不等嬴秋回答，身子微傾，盯著嬴秋，徐徐地說道：「虎威軍乃殿下之軍也，它若在與楚一戰中拚光了。嬴者，得名者秦侯也；敗者，受損者殿下也。敢問殿下，若虎威軍不存，殿下還能為秦侯看重否？大殿下、四殿下，還容得下殿下否？他日秦侯百年後，還有殿下之位否？」

孫樂最後接連三句問話，咄咄而來，擲地有聲！

一時之間，不管是嬴秋，還是房中諸人，都露出沈吟之色。

在沈默中，孫樂慢慢站起，朝著嬴秋雙手一叉，朗聲道：「田樂言盡於此，告辭！」

說罷，她身子一轉，便向外走去。

嬴秋目送著孫樂走遠後，微微直身，向左右問道：「為今之計，該當如何？」

一個二十三、四歲，圓臉微胖的青年站了起來，叉手言道：「此子所言甚有道理。殿下何不直承大王，便說趙既不赴約，虎威軍十萬便不足取勝，請大王把五萬南西陵衛一併派出可也！」

嬴秋聞言思索起來。

這時，一個五十來歲、長著一張馬臉的賢士站了起來，他叉手言道：「殿下，姐武之言甚是有理，南西陵衛乃四殿下所屬，以四殿下的為人，必不敢把這五萬將卒落入殿下之手，四殿下一反對，殿下也可乘機拖延。」

嬴秋聽到這裡，點了點頭。

那圓臉微胖的姐武在旁言道：「如拖延不得，殿下便可請戰韓國。」

他說到這裡，眾人眼睛都是一亮。

嬴秋點著頭，手指在几上叩擊著，徐徐地說道：「不錯，韓敗於楚後，其氣已虛，我十萬虎威軍拿下韓國，並不是難事。」

他說到這裡，冷冷一笑。「就如這一次諸國攻楚，無不想藉機稱霸中原，既然如此，又何必假惺惺百般顧及？不過如要攻韓，得找一個由頭才是。」

韓與秦相鄰，國土僅及秦之三分之一，又素積弱，因此眾人只是一轉眼便想到了韓國可攻。

孫樂施施然地走出十三王子府，兩個侍從緊緊跟隨。

剛才孫樂與嬴秋見面時，兩人一直守在門旁，把裡面的對話聽得一清二楚。

此時，他們看到孫樂腳步輕快，一副氣定神閒的模樣，不由得低聲問道——

「姑娘，秦會退兵否？」

「那嬴秋可會應承？」

兩人同時問出。

孫樂笑了笑，回道：「嬴秋聰明絕頂，對於這樣的人，只需點醒便可以了。放心，秦必不會攻楚！」

兩人聞言，同時吁了一口氣，臉上笑逐顏開。

他們現在對孫樂實是心服口服至極，她可以空手套白狼騙得魏王宮心甘情願地奉上百金，秦國自然也逃不出她的算計。

孫樂等人回到酒樓，眾楚人一看到她，看到她身後兩個喜形於色的侍從，同時大喜過望。不一會兒，眾人便圍上了兩個侍從，嘰嘰喳喳地詢問起來。

孫樂稍微休息了一下，便向際伯等人提出要在咸陽城上逛一逛。

好不容易可以放鬆了，際伯等人自是滿口答應。要知道，連他們也都蠢蠢欲動，想著要出去走走呢！

他們本來是想跟在孫樂身後保護的，卻被孫樂拒絕了。在這個時代，對於人才，不管是王侯還是普通權貴，普遍都是很尊敬的。那種後世盛行的刺殺敵方的才智之士的做法，現在還沒有顯於世。再說了，這個時代的人普通沒有國家之分，因為所有的諸侯國實際都屬於周，都是一國之人。既然沒有了國家之分，你的人才為我所用，甚至一個傑出的人才同時服務於幾個諸侯國，也是正常之事。

際伯等人也覺得，以孫樂的聰明，是不可能遇到什麼危險的，便任由她換回女裝，施施然地走出了酒樓門。

第二十二章　前身恩怨惹殺機

秦人質樸簡單，走到咸陽的街道上，一切簡陋得不像話。街上很少可以看到店鋪，偶爾有，也是一些關於衣食住行的，與生活切切相關的店面。至於那些售賣珠寶脂粉的，幾乎很難找到。

咸陽的街道，全部由大塊大塊的麻石鋪成，這點倒是比其餘諸國都要好。秦人尚武，一路上孫樂看到的，多是一些負劍赤足的麻衣劍客。

雖然劍客極多，可還是井井有條，看來秦人的紀律觀念挺強的。

孫樂一邊走，一邊饒有興趣的東張西望。她雙眼亮晶晶的，總是不由自主地想著：也不知前世歷史上的春秋之咸陽，是不是也是這般模樣？

咸陽街道上因為店鋪和攤販不多，所以喧囂聲也顯得少些。孫樂輕快地在人群中穿行著，感覺著這安靜而又人來人往的都城。

自從出使以來，她一直繃緊著一根弦，此時大事已了，心中的放鬆真是無以言喻，因此，她的臉上帶著笑，雙眼更是笑盈盈的。

孫樂像隻燕子一樣穿行了一會兒，漸漸地，越走行人越少，當她穿過一個胡同時，不知不覺已步入了咸陽西郊。

西郊離最中心的地方雖然只有十數里不到，卻顯得偏遠，地面上雖然還是麻石鋪路，行人卻是寥寥無幾。而且，路的兩旁都是樹木森森掩映，風一吹來，便帶一股陰涼之氣。這股陰涼之氣配上啾啾鳴叫不已的鳥語聲，顯出了幾分荒涼。

怎麼走到這裡來了？

孫樂暗忖，身子一轉，準備順著另一條岔道返回。

她的身子剛一轉，眼角便瞟到樹木叢中，一個人站在一塊石頭上，正雙手扯著繩套，努力地把腦袋向繩套裡鑽去。

這人要上吊！

孫樂一驚，急急地身子一轉，穿過林蔭道向那人快步走去。走了不到百公尺，孫樂便來到了那人身後。

那人背對著孫樂，正站在石頭上踮著腳，雙手把掛在樹枝上的繩套向下扯，他是在調節著繩套大小，想裝下他的腦袋來。

「錯了！」孫樂忽然叫道：「你這樣吊不死的！」

那人一怔！

他慢慢回轉頭看向孫樂。

這人約十七、八歲，五官清正中透著股酸氣，此時正愁眉苦臉著，他的苦惱傷心中還帶著生悶氣，還是個少年郎呢！

這少年郎瞟了孫樂一眼，問道：「怎地錯了？」

孫樂嚴肅地板著臉，一本正經地說道：「你怎地如此愚蠢？這樣把脖子套在繩上可死不了人的。」

少年一怔，他不解地看了一眼孫樂，又看向手中的繩套，吶吶地說道：「書簡上不曾說來。」他說到這裡，自己也有點羞愧，當下很誠摯地請教道：「那、那該如何使來？」

孫樂挑高眉毛，說道：「你把繩子再繫高些。對，往那高一點的樹枝上掛著。笨，踩到樹杈上就可以掛上了！對，就這樣。然後雙手抓緊繩套。對，把石頭踢開。是了，就這樣！」

在孫樂的指使之下，那少年雙手向上舉起，他緊抓著那繩套，石頭已被踢開。他身子前後一晃一蕩間，玩起了吊單槓運動來。幸好那樹枝甚粗，少年這麼大個人吊在上面一晃一蕩的，樹枝只是吱吱作響，卻不曾斷裂。

少年臂力甚好，孫樂看他晃悠得挺舒服的樣子，差點忍不住教他做起引體向上來。幸好幸好，話到了嘴邊給她強行忍住了，不然少年再是純樸不知世事，也非懷疑不可。

孫樂走到一側的大石頭上，用樹葉墊了下，施施然地坐好。

坐好後，孫樂轉向少年欣賞起來，這個時候，少年顯然手臂開始瘦了，有點撐不住了，他端正的臉開始發紅，額頭上也有微汗滲出。

他看到孫樂向自己看來，喘著氣，有點羞愧地說道：「姑娘，我手瘦矣，撐不住了。」

孫樂聞言，雙眼冷冷地一瞟，喝道：「死都不懼，怎能怕累？」

少年苦巴著臉，連忙不再吭聲。

孫樂忍著笑，開口問道：「你因何事求死？」

少年顯然是真的撐不住了，他垂著頭，脹紅著臉，喘著氣費力地說道：「我心儀的姑娘，她許給別人了。」

這理由倒是過得去。孫樂點了點頭，好奇地問道：「那因何選在此地？」這地方就在街道旁，可不是一個自殺的好地方，一不小心就有多管閒事的人看到，如自己就是。

少年抿著唇，艱難地說道：「她、她喜從此地經過。」

原來，是要死給那個姑娘看！

孫樂這下完全明白了。

她剛明白過來，少年已無力地吐著氣說——

「我、我撐不住了，我……我不死了！」話音一落，撲通一聲，少年雙手鬆開繩套，整個人像巨石一樣重重地砸在地上。在他砸得七葷八素的時候，孫樂清楚地看到，少年抓著繩套的掌心，給勒出了一條很深的紅印子來。

少年剛摔倒在地，孫樂便騰地一聲衝到他面前。她冷著臉，極氣憤地盯著少年怒道：「你怎可如此？這麼一點點苦都受不了，還敢去求死？」

孫樂的聲音既厲且冷，雙眼中寒光四射。

少年正摔得頭暈目眩，屁股疼身子疼掌心更疼的時候，一抬頭便對上孫樂這張凶神惡煞的臉。

他嚇得身子一縮，本來脹得通紅的臉也是變得煞白。少年躲避著孫樂的指責，畏畏縮縮地說道：「我、我……我不死了。」

他從地上狼狽地爬起，一邊爬一邊叫道：「我、我不死了……」叫聲中，少年像隻躲著貓的老鼠一樣，身子一轉便向外面躥去，他一路跌跌撞撞，「砰」地一聲摔倒在地，忙又爬起，不過百來公尺的距離，他連摔了三次。

費了好大的功夫，那狼狽的背影終於消失在孫樂的眼前。

孫樂看著他消失的身影，慢慢地伸手捂著嘴。

忽然間，一連串的笑聲從她緊捂的嘴裡流洩出來。那笑聲越來越響，越來越響，孫樂前俯後仰間，直笑得連眼淚也出來了。

孫樂直笑得累了，才一邊搓著肚子，一邊拭著眼角的淚水，自言自語道：「欺負傻子的感覺還真是不錯啊！」

她說到這裡，又是一連串的笑聲。笑聲中，孫樂慢慢向城中心走回。

「姊姊快看，那姑娘是不是甚為眼熟？」一家酒樓的二樓上，一個美麗的少女東瞟西瞟間，突然一眼看到了在街道中閒晃的孫樂。她朝孫樂一指，朝著身側的另一個少女說道。

這姊姊比開口的少女年長一、兩歲，同樣秀美非常，只是她眉骨稍高，嘴唇極薄，眼神中有一抹厲色。

這姊姊伸出頭來，也向孫樂瞅去。

這一瞅，她眉頭皺了起來。這時，那妹妹還在旁邊叫道：「姊姊，妳看她那五官、那雙眼睛，簡直與那個賤女人是一模一樣，只是比那賤女人醜多了。」

在妹妹的嘰嘰喳喳中，那年長的少女右手招了招，一個麻衣劍客走了過來。少女朝孫樂一指，對著那麻衣劍客說道：「且去把那姑娘叫上來！」

「喏！」

麻衣劍客應聲退出。

孫樂正左顧右盼中，忽然感覺到一道視線緊緊地鎖在自己身上。她心中一凜，順著那視線看去，只見一家題著「如樓」的酒家門口，一個麻衣劍客緊緊地盯著她，正大步走來。

不一會兒，那麻衣劍客便走到了孫樂面前。他朝孫樂上下打量了一眼，見她衣著普通，長相不起眼，心中已存了幾分輕視。

當下，這麻衣劍客對著孫樂說道：「我家女公子欲與姑娘一見，請吧！」話氣隨意中帶著幾分傲慢。

孫樂挑了挑眉頭，她雖然一向內斂不喜出鋒頭，可不管是姬五還是弱兒，或者這一路來往交際的人，都是權貴名流，哪裡還願意承受這種莫名其妙的輕鄙？

她嘴角略彎，隨便地瞟了這個麻衣劍客一眼，淡淡地說道：「多謝貴主相請，見面就不必了。」

說罷，她身子一轉，竟是理也不理地轉身就走。

孫樂的反應，完全出乎這麻衣劍客所料，他當下眉頭一豎，怒喝道：「好大的膽子！妳知道我家女公子是何人否？」

這麻衣劍客喝聲可不小，一時引得路人頻頻回顧，不知不覺中，已有不少人駐足看起熱鬧來。

孫樂有點厭煩，也有點好笑，她靜靜地看向麻衣劍客。「你家女公子是何人，與我無關。我不想知道！」

麻衣劍客不由得一噎，直是瞪目結舌起來。

而旁觀的眾人，也發出了一陣嗤笑聲。

眾人的嗤笑，令得麻衣劍客極為惱怒，他下意識地朝背後一摸，想要抽出長劍來。可手剛碰到劍面，他又想到不能自作主張，便又硬生生地停了下來。

孫樂見這麻衣劍客居然伸手摸向兵器，眉頭不由得跳了跳，一瞬之間，她心思電轉，好幾個主意都冒了出來，只待這人長劍一抽便馬上應對。

就在這時，一個女子嬌柔的聲音傳來——

「燕大，退下！」

「喏！」

麻衣劍客一退下，一個嬌美的少女便出現在孫樂眼前。她的身後，緊跟著一個與她極為相似的、年齡偏小的姑娘。

孫樂一看到這少女，眉頭便是一皺。眼前這少女很有兩分眼熟……是了，她以前看到過的那什麼燕國第一的美人，似乎與這少女有點相像。

出面的是那眉骨稍高，顯得精明些的姊姊，她走到離孫樂五步處。腳步一定，朝她上下打量了一番後，忽然緊緊地盯著孫樂，說道：「是了，妳是醜奴兒！妳就是醜奴兒！」

少女又是驚訝、又是厭惡地打量著孫樂。「真沒有想到，六年了，居然在咸陽城裡遇到了妳！而且妳還一點也不醜了！嘖嘖，世事真是難料，當年神醫秦越人都說無藥可解的胎裡毒，居然被妳給解開了！」

神醫秦越人？胎裡毒？

孫樂記起來了，以前阿福和五公子說過，自己這個身體身世不凡，而且剛出生便被神醫秦越人斷定胎裡中毒，無藥可解。

看來，這一次卻是遇到故人了！

對於自己這個身體的情況，孫樂一直是無人可問起，也沒有多在意過。

年長的少女見孫樂狐疑地看著自己，不由得笑了起來。「醜奴兒，妳不會幾年不見，把一切都給忘光了吧？」

在這片刻間，圍觀的人越來越多，裡三圈、外三圈都擠滿了。

孫樂瞟了一眼兩姊妹，淡淡地回道：「然，我都忘記了。」

兩姊妹不由得面面相覷，她們幾乎不敢相信這是以前那個固執自卑中透著幾分瘋狂的醜奴兒說出的話。

孫樂瞟了那幾個攔路的麻衣劍客一眼，提步上前，淡淡地說道：「請讓步。」她一邊說，一邊伸手彈向那指在自己胸口的燕大的劍鋒。

兩姊妹這時已經完全明白了，眼前這個醜奴兒，壓根兒是不把她們放在眼中！

這還了得？

那妹妹站在一側，突然嬌喝一聲。「下賤的女人！妳敢如此跟我們說話？」喝聲中，她閃電般地抽出背上的長劍，寒光閃動，劍走長蛇，呼嘯中刺向孫樂的背心。

她這一劍，來得十分突然，而且直指孫樂的背心要穴！孫樂沒有多少打鬥經驗，根本無法判斷她這一劍是不是要取了自己的性命。當下，她下意識地腳尖一點，身子向左飄出。

眾人眼前只是一閃，定神細看時，孫樂已閃到了離幾人三步處，而且，她正貓著身子，毫不遲疑地向外擠去，眼看就要衝出了人群。

這個時候，孫樂心中是暗暗叫苦。她沒有想到這些人如此瘋狂，自己好不容易硬氣一回，卻踢到了鐵板。

這還了得?!以前那醜奴兒每次都是打罵由人，幾年不見，她倒是囂張不少了。

兩姊妹同時大怒，她們齊聲喝道：「攔住她!砍下她一隻手來!」

兩女怒喝聲一出，眾麻衣劍客整齊地應道：「喏!」應諾聲中，他們齊刷刷地走出，呈包圍狀向孫樂逼進。

本來叫苦不迭的孫樂在兩女說出砍下自己一隻手時，身上便是一寒。看來，這兩女本是想欺凌自己，就算自己委曲求全，其後果必也是現在這般，當真是欺人太甚!

孫樂經歷的大場面夠多了，越是危急她越是心如止水。

說時遲那時快，那燕大功夫最高，這時刻他已衝到了孫樂身後，只見他劍尖一掠，在空中劃過幾道寒光，森森地指向孫樂的背心。

劍還未至，風聲已凌!

就在燕大的劍尖閃電般刺向孫樂的背心時，依然向前衝去的孫樂右手輕飄飄地、極為簡單地向後一劃。

這一劃，一道無形的功力形成漩渦。

瞬間，燕大只覺得自己的劍尖被一股邪異的力量一帶一扯，本來就要刺入孫樂背心的長劍，頓時向右一偏，同時，他的腳步踏空。

兩姊妹看到燕大刺出那一劍，剛叫出「別殺了她」的話時，便看到穩操勝券的燕大向旁一個踉蹌，差點摔倒在地。

燕大乃是劍客中的高手，他當下急急地一穩，讓自己站定。當他再抬頭時，看向孫樂的眼神中已是驚駭。難不成，眼前這個年紀小小、其貌不揚的少女，還是劍師級的高手不成？

要知道，劍師級的高手與劍客是不可同日而語的。一個劍師，足可以在二、三十個劍客中來去自如。

孫樂急急地擠入人群中，想拔足狂奔，可是人群實在太過擁擠，根本就走不動。而那些麻衣劍客，似乎一點也不怕誤傷了路人。孫樂一邊躥，一邊聽到身後不時傳來陣陣慘叫。

孫樂臨陣經驗幾乎沒有，她現在全部心神都放在追著自己的那些劍客身上，便無暇顧及路線了。她本來是想盡快衝到所住的酒樓的，可是當她衝出數百公尺後，才發現自己不知不覺中，向咸陽西郊的方向跑。

這時候，那些劍客已衝出了人群的包圍，向她步步逼近，她要回頭是不可能的了。

孫樂咬著牙，急得額頭冷汗涔涔而下。她平素心思百轉，可現在滿腦子只想著怎麼避開後面來的殺招，根本就沒有精力分神多想。

兩姊妹急急地跟在眾人的後面，那妹妹尖叫道：「不必砍她的手了，殺了這個下賤的人！」

「喏！」

眾劍客齊齊應諾。

應諾聲中，孫樂只感覺到背後劍風呼嘯。她腳下不停，每每感覺到劍風襲來，便是伸手向後一揮。

而她這一揮間，每一次都可以令逼近的劍鋒偏斜，甚至令劍客摔倒在地。

就這樣，一追一逃間，孫樂和眾人已不知不覺中來到了咸陽西郊，來到了那少年上吊的地方。

而這個地方，卻是偏靜得多，也對孫樂不利得多！

孫樂暗暗叫苦，可她實是連罵自己的精力也沒有了。所有的精神，所有的感覺，都專注在背後不時襲來的劍風當中。

這個時候，孫樂鍛鍊幾年的體質終於顯現出成果來了。她一路狂奔十幾里，居然都沒有累的感覺。

只是，前方卻是越來越偏靜，她的前面，出現了一大片山林了。這時刻，連個過路的人影也不可見了。

雖然這個時代的人對於劍客追殺都不以為然，更沒有人打抱不平，可是，有行人路過畢竟就有了一絲希望啊！

兩姊妹顯然也是習過功夫的，她們看到孫樂逃到這種地方來了，不由得格格直笑，笑聲中，那妹妹尖利地說道：「醜奴兒，妳還是與以前一樣的愚蠢！這一次，本姑娘定要讓妳再嚐嚐生不如死的滋味！」

尖利的笑聲中，劍風呼嘯而來，轉眼間，一個麻衣劍客已率先衝到了孫樂的左側，他劍尖一彈，夾著厲厲寒風向孫樂的咽喉刺來。

與此同時，另外三個劍客也都一一圍上。

緊接著，兩姊妹也追上來了。

孫樂見逃也逃不到哪裡去，乾脆停下了腳步。她的腳步剛剛停下，那指向咽喉的劍尖已至。

孫樂這時求救無門，死亡將近，心神卻是寧靜到了極點。

就在劍尖眼看就要刺到她的咽喉時，孫樂左手腕一甩，左手掌輕飄飄地一甩一搭，同時，她腳步微斜，太極拳中的招式應機產生。不過這招式不同於她以前練過的任何一招，像是隨手揮出，卻渾圓自如，灑脫之至。

話說孫樂的左手一甩一搭，恍若無骨地搭上了劍面。

轉眼間，那劍客只覺得一股雄渾的大力向自己絞來。他持劍的右手一痠，不由自主地鬆開了劍柄，同時，他身子向旁側衝出了三步，雙膝一軟，仆倒在地。

一瞬間，孫樂已是長劍在手！

這一下，不只是兩姊妹和眾劍客，連孫樂自己也給驚住了。她看了一眼手中的長劍，驚喜地想道：原來，我的功夫也是很不錯的！

她記得陳立說過的話，自己實已有了劍師的實力，只是因為沒有殺氣，沒有實戰經驗，所以大打折扣。

也許，這一次她能找到一線生機！

孫樂看了一眼手中的長劍，想到自己從來沒有習過劍術，拿著劍還不如以肉掌拚敵，當下手指一鬆，把劍摔落在地。

她這個動作一做，眾人再次一驚。

轉眼間，那兩姊妹同時笑了起來，接著，那些劍客也嗤笑起來。

笑聲中，一個劍客右手一提，長劍破空而出，直直地刺向她的胸口，同時，他笑道：

「果然是個愚蠢之人！」

笑聲中，他長劍已至。

孫樂這時真是無悲無喜，心如止水。

就在那長劍指向自己胸口時，她腳步一錯，身子輕飄飄一轉間，右手再次一甩一搭。

再一次，那劍客右手一麻，長劍脫手而出，孫樂的手中再次得到了一把長劍，而她的人，則隨著那一轉，已轉到了這劍客的身側不足一公尺處。

就是此時！

孫樂右手輕飄飄地使出，極輕、極迅速，眾人只是一眨眼，一聲淒厲的慘叫已破空而出。只見那劍客的心臟處，穩穩地插著他的那把佩劍。口吐血沫中，劍客瞪大雙眼硬生生地摔下，瞬間便嚥了氣。

而此時，孫樂已飄移了他兩公尺之遠，站在一旁冷冷地看著那劍客的屍體，渾然不似一個初次殺人之人。

這一下，所有人都給驚住了。

剩下的三個劍客先是一驚，轉眼臉孔脹得通紅。原來她真是一個劍客，自己居然被一個下賤的丫頭給耍了！這還了得？

在兩個少女的驚叫聲中，三個劍客嗖嗖地圍上了孫樂。

孫樂此次連番得手，心神更是一定。

三人一圍上，三柄長劍便夾著寒光，森森地刺向孫樂的眉心、後腰、下腹處。

不過，這樣的圍攻，對於太極卻是毫無作用。孫樂雙手畫圈，一股雄渾的勁力如漩渦般產生，幾乎是一瞬間，三柄長劍同時被這股勁力一帶一扯，三人同時手掌一鬆。

就在三人大驚失色的時候，孫樂腳步一轉，已來到了左側的劍客之旁。她的右手腕一甩，一柄長劍到手，同時，她手中長劍伸出。

轉眼間，那劍客心臟中劍，與剛才的同夥一般無二。

砰！

隨著屍體砰然倒下，兩個劍客都是大驚失色。就在他們驚慌當中，孫樂雙手的勁道還在旋轉著，那渦流還沒有消失，轉眼間，兩柄長劍到了孫樂的雙手中，而她雙手手腕一抖，同時向前一送。

噗、噗！

隨著兩劍刺入兩個刺客的心臟，孫樂忽然身上大寒，她還沒有抽回手，背心便是一陣劇痛！

劇痛中，孫樂自然而然地向右一偏，讓了開來，同時，她體內滲出一股內勁，在劇痛處一阻。

孫樂踉蹌地轉過頭來。

她的背上，插著一柄長劍！那長劍隨著她的動作搖搖晃晃。

而她對面的兩姊妹，特別是剛剛刺了孫樂一劍的姊姊，更是臉色煞白。

兩姊妹又驚又懼又是暗喜地看著孫樂，看著她的鮮血汩汩而下，轉眼濕透了衣裳。

孫樂咬了咬牙，她冷冷地盯著兩女，殺機大起！今日之事，皆是因為這兩女而起。就算今天送了命去，也得拉下她們墊背！

想到這裡，她腳尖一轉，雙手再次畫圈。

兩姊妹的功夫只是初入門，這時候哪有什麼反應能力？看到孫樂靠近，都沒有半點動作。

孫樂依然動作輕靈地轉到那妹妹身邊，她右手再次一甩一搭，轉眼間，妹妹的長劍落入了她的手中。

噗！

一劍送出！

慘叫聲和尖叫聲同時撕破天際。

轉眼間，那妹妹心臟中劍，仆倒在地。

而孫樂右手一抽，把血淋淋的劍鋒拔出，不斷向地面滴著的血與寒光交錯在一起，森森地刺向那姊姊。

那姊姊突然看到妹妹一劍送命，哪裡還有什麼反應能力？當下她呆若木雞地瞪著雙眼，直到孫樂一劍刺到了她的心臟上，她才叫道：「妳好大——」

「撲通」一聲，這姊姊話音未落，屍體已仆倒在地。

孫樂每一劍都是直刺心臟，中者立斃！

轉眼間，幾人便被孫樂殺死了。

看到地上的幾具屍體，一直支撐著孫樂的緊張感在迅速地消去，而她，開始搖搖欲墜起來。

就在孫樂眼前一黑的時候，她看到剛才被她所救的少年和一個少女急急地向她跑來。他們一邊跑，一邊叫道——

「妳……恩人，妳怎麼啦？」

終於有人會伸手相救了。孫樂放下心了，同時，她也雙眼一閉，沈入黑甜夢鄉中……

兩人急急地扶著孫樂，他們看著一地的屍體時，本來便腳上痠軟，此時看到孫樂背上搖晃的長劍時，更是臉色煞白。

「哥，她背上這劍怎麼辦？」

「我也不知，先扶她回去見過父親吧。」

「然。」

就在兩人扶著孫樂離開兩個時辰後，際伯等人急急地趕到了這裡。可是，他們找來找去，卻只能找到地上這六具屍體。

孫樂已是形影全無。

半年後。

一個面目端正，嘴唇上生著細細微鬚的少年跑來，他跑著跑著，一眼瞟到了站在村前榕樹下、向咸陽方向眺望的少女，頓時腳步一轉，來到少女的身後，搔著腦袋，頗有點靦覥地說道：「孫姑娘，外面這麼熱，妳先回房吧？」

「我就在這裡看看。」少女回過頭來，微笑地看著少年。這少女面容清麗，雙眼如同一泓秋水，靈秀溫婉中透著幾分睿智。

少年一對上她的臉，便不由自主地露出笑容，聲音也自然而然地變得平穩。「孫姑娘，明天我和妳一起去咸陽看看吧。」他說到這裡，又搔起頭來了。

少女含笑道：「可是良大叔有事令你做來？別耽擱了，速速去吧，馬上就要吃飯了。」

「然，然！」少年似乎這才想起自己要辦的事，一迭聲地應了，匆匆忙忙地向東側小道跑去。

少女目送著他匆匆離去的背影，笑了笑，收回了目光。

這少女，卻是孫樂。

半年前她重傷之際，被良家兄妹救回。她的傷很重，那劍直是刺中了內腑，又沒有遇到高明的大夫，那傷直拖了一個月，她才可以起床行走。

傷一好，她便忙著練習太極拳。果然，在她堅持練習下，那老是化膿的傷口才不再反覆惡化，傷及內腑引起的咳嗽也有所好轉。

養傷直養到了現在才完全痊癒。

剛才跟她說話的，就是半年前她救下的那個上吊的少年。

這村落離咸陽城不過三十里許，當然，這三十里只是走小路捷徑算的，村落位於群山深處，要走官道的話，卻有六、七十里的路程。

望著咸陽方向，孫樂暗暗忖道：我現在傷也好了，可以離開這裡了。弱兒以為我失蹤了，他一定很慌亂。

她想到這裡，腦海中不由得浮出五公子的身影，一個念頭也同時浮出。也許，五公子也在為我的失蹤而不安。

想著想著，她的嘴角微微掠起。

這一次我變化這麼大，也許我走到弱兒和五公子面前，他們都不識得我了呢！孫樂不由得嘴角一彎，眼波中閃過一抹思念和快樂。

其實，現在的她只是比以前明亮些了，皮膚褪了黃和黑黯，嘴唇有了血色，雖然不似別的少女膚如凝脂，白裡透紅，卻也終於是皮膚白淨，清秀動人了。孫樂主要是五官生得十分好，但她的皮膚一點也沒有給她增分，還減分了。

這半年來最大的變化是，她的眼睛變得極明亮、極清澈，如一泓秋水，寧靜悠然而深遠，讓人看著看著，便會不自覺地放鬆，會感覺到十分舒服。如果說孫樂現在姿色算十分，她這雙眼睛已占了七分。

現在正是早餐時刻，孫樂轉過身朝良大叔的家中走去。良大叔這一家，在村落裡算很不錯的。良家似乎以前也是貴族，所以這一家不但家境寬裕，而且子女都識字。

不一會兒，孫樂已來到一幢石屋之前。一個少女正在院落裡晾曬衣服，這少女曾和她哥哥把重傷垂死的孫樂救回來，對孫樂來說，她也是自己的救命恩人，雖然這少女自己從來不這樣以為。

少女早就嫁人了，所嫁之人是隔壁的一個憨厚少年郎。因為與娘家靠得近，少女平素有事沒事就跑回娘家，幫助幹活，順便跟孫樂說笑一番。

她此刻看到孫樂走來，雙眼亮晶晶地笑道：「孫姑娘，妳回來了？我正準備去叫妳來用餐呢！」

孫樂笑了笑。

少女知道孫樂向來不喜歡說話，便繼續笑道：「哥哥可是去找妳了？」她忍笑道：「孫姑娘，這半年來幸好有妳在，我這傻哥哥變得聰明多了。」

孫樂一笑。她知道，少女是在笑她平素喜歡捉弄良小弟的事。

少女嘆了一口氣，低聲說道：「孫姑娘，妳這幾天老是看著咸陽方向，是不是準備走了？」

孫樂輕聲說道：「是要離開了，外面有掛念我的人。」

孫樂說到「外面有掛念我的人」時，表情中不由自主地帶上了幾分得意和驕傲，好似這是多麼了不起的事。

少女與孫樂相處了半年，卻從來沒有見到她也會出現這樣的表情，不由得看傻了去。半晌後，她哧地一聲笑了出來。「原來外面有掛念妳的人呀？嘻嘻，這可真是很了不得，很稀罕呢！」

少女說著說著，格格歡笑起來。

孫樂不理會她的嘲笑，暗中快樂地想道：這本來便是很了不起，很稀罕的。這天下雖大，屬於我孫樂的卻不多，那份掛念，可是我僅有的財富呢！

少女見孫樂只是沈默，嘴一癟，鬱鬱地說道：「孫姑娘，妳什麼都好，就是太不喜歡說話了。」

孫樂眼波一橫，笑道：「這是天性，沒奈何的。」

她看著格格歡笑的少女，暗暗想道：待會兒用餐時，我便跟他們提出離開吧。只要見到了弱兒，我就可以重重地報答他們的救命之恩了。只是，他們現在的日子過得很平靜、很自在，如我這種惹事之身，以後還得遠離他們。

這半年的相處，不管是憨厚單純的良小弟、眼前這個良家小妹，還是他們的父母，孫樂都是十分感激的。現在想到將要開口求離，她的心中便隱隱生出幾分不捨來。

可出乎孫樂意料的是，早餐時孫樂提出離開的事後，良家父母表現得十分鎮靜，他們與良家小妹一樣，知道孫樂早有去意。唯一不捨的只有良小弟，他低著頭，筷子有一下沒一下地拔拉著飯粒，癟著嘴，一副想哭的模樣。

良小弟的這個表現，所有人都看在眼底，可所有人都當作沒有看到的樣子。這裡的每一個人都知道孫樂不是尋常人，因為尋常人是不會被幾個劍客圍攻，還盡殲對方，全身而退的。她的世界太過遙遠，並不適合良小弟這樣的純良少年。

孫樂更是裝作沒有看到，她輕聲說道：「明天我便動身前去咸陽。」

良父皺眉說道：「孫姑娘，咸陽可有妳的親人？」

孫樂答道：「有。」本來是沒有的，不過孫樂熟知弱兒的為人，自己在這附近消失，他一定會派人常駐於此。

去。

孫樂這個「有」字一說出，良家幾人都放鬆了。只有良小弟把筷子一放，大步走了出去。

看到他離開，眾人都沈默起來。

沈默中，良父突然說道：「孫姑娘，老夫知妳不是尋常人物，明天妳要走的話，別讓小弟跟妳一起去，我另派人送妳如何？」

孫樂知道他擔心什麼，她也不願意與良小弟有過多牽扯，當下輕聲說道：「我身懷功夫，一人足矣。」

這話提醒了眾人，當下良父點了點頭，不再多說。

第二天一大早，孫樂便出發了，沒有驚動良小弟。所謂大恩不言謝，孫樂在臨走前只是衝著良父、良母深深一禮便轉身離去。

幾十里的路程，全速而行不過是一個多時辰的事，當孫樂站在咸陽城門時，心神激蕩至極。

咸陽城與半年前完全不同。依然是劍客極多，可來往的每一個行人的臉上，都帶上了幾分戾氣和緊張。

也怪不得他們緊張，自從半年前趙和秦同時對魏、韓發出攻擊後，一瞬間，太平了五百年的周天下亂了，亂成了一團。

魏、韓雖然在對楚一戰中大受創傷，可是，他們並不甘於束手就擒，一時間說客齊出，使者不絕，兩國各自約得了兩個諸侯國幫襯。因為有了幫手，戰爭也開始進入了膠著狀態。最後魏、韓兩國各割城五座，換取了趙、秦的退兵。

可以說，現在已是正式地進入了戰國時期。

戰爭、紛亂、機遇、死亡。種種因素交織在一起，令得現在的咸陽城與半年前相比，已不可同日而語。

這些孫樂早聽良家父子提過，良家父子與世隔絕，所知甚少，雖然他們說的是隻字片語，可孫樂聰明絕頂，很輕易便分析出了諸國的形勢。

她走在咸陽街道上，一邊四下張望，一邊百感交集。

這樣毫無頭緒的盲目尋找，不是孫樂的性格。當下，她拿出良父所給的幾兩銀子，住進了一家客棧中。

安頓好後，她便心平氣和地在客棧一樓一邊吃著早餐，一邊傾聽著眾人的議論。

喧囂聲中，一個聲音傳入了孫樂的耳中——

「我大秦現在可熱鬧著呢！十三殿下已邀請了那個立『五德終始說』的叔子前來了！」

五公子到咸陽了?!

孫樂心中一喜，眼眸中不由得露出一抹快樂來。

「豈止是叔子，有天下第一美人之稱的雉大家，還有另一位大美人燕玉兒也要到了，還有四大名姬，聽說也來了兩個。」
「當真如此？這下可好了，有熱鬧瞧了。」
「然也，然也！」
一陣笑聲中，孫樂眼波一閃，暗暗想道：難大家來了？看來弱兒也來了。她正這麼想著時，一個賢士便說道——
「何止如此？楚弱王也將抵達咸陽城！」
孫樂的心怦地一跳，快樂像潮水一樣湧來，一波接一波。歡喜中，她直過了一會兒才突然想道：那人稱呼弱兒為王了，看來，弱兒終於讓天下人承認他的地位了。
她仰頭飲下陶碗中的酒水，想道：現在的咸陽城，還真是熱鬧了。
眾人的議論聲中，街道中突然傳來了一陣鐘鼓之聲。
這鐘鼓之聲響亮至極，「砰砰砰」傳來之際，客棧中的眾人都是一怔。緊接著，他們齊齊地起身向外看去。
一時之間，客棧中所有人都不再吱聲，一個個都饒有興趣地看著那聲音傳來處。
孫樂也有點好奇了，她跟在眾人身後走出客棧大門，和大家一起看向左側長街的盡頭。
在長街的盡頭，一隊紅衣紅甲的衛士站在兩排，手持鐘鼓正敲打得起勁。那些衛士一個個長得高大健壯，身上有悍勇之氣，顯然是戰場殺將，怎麼這會兒做起這打鼓敲鑼的事了？
孫樂正疑惑間，一個十八、九歲的少年賢士雙眼發光地說道——

「四殿下英明過人，他用這種法子來歡迎天下英傑入我咸陽，還真是大漲顏面。」

那少年的聲音一落，站在他旁邊的一個十四、五歲，長相秀麗的少女即睜大眼睛驚叫道：「大哥，你說這些人是在歡迎人呀？那是誰要來了？」

就在孫樂的心怦怦地跳動時，那少年賢士側耳傾聽起來。

他聽著聽著，雙眼大亮，聲音直是有點顫抖地說道：「鼓四聲一響，兩長兩短，鐘亦是四聲一響，兩粗兩細。難不成，雉大家、楚弱王、叔子和燕玉兒這些人齊刷刷地在此時來也？」

啊？

眾人都是一驚，然後學著他那樣傾聽起來。

不等他們聽清，前面的人群中已傳來一陣潮水般的歡呼聲——

「好生福氣，居然是兩位貴人！兩位美人一起來也！」

「然！」

「噫——太令人開心了！」

歡呼聲越來越大，越來越響。隨著這歡呼聲傳出，從各家各棟的房屋裡又伸出了無數個腦袋來。轉眼間，咸陽街道兩側已是人山人海，水洩不通。

所有人都雙眼放亮，所有人都興奮得近乎狂熱地看著城門方向。

居然這麼容易?!

孫樂大喜，剛還在想著去見弱兒了，沒有想到他和五公子就都來了。

近一年不見了！真是近一年不見了！

無邊無際的喜悅和渴望、思念和快樂，如潮水一樣向孫樂湧來，一波接一波。這喜悅實在太過強烈，直讓她都顫抖了起來。

旁邊的人感覺到了她的異樣，一個個轉頭好奇地打量著她。

一長一短，一粗一細的鼓聲鐘聲還在響著，這震盪天地的巨響中，夾雜著絲絲笙樂，倒是另有一番情趣。

就在孫樂歡喜得顫抖時，前方傳來一個狂喜的呼聲——

「來了來了，我看到他們的馬車了！」

是來了！

人群如煮沸的開水一樣喧囂起來。

喧囂中，孫樂看到一隊長長的車隊出現在眼前。

車隊很長很長，看不到邊。可是，所有人還是狂熱無比，因為大家都看清了走在車隊最前面的一男一女。

那男子正騎著馬，俊朗威嚴的臉上毫無表情，眉頭微皺，雙眼如電，任何人一看到他，便可以感覺到，此人必是一位王者。他，就是楚弱王了。

馬背上的楚弱王僅是眾人注意的焦點之一。與他並行的馬車中，那個正與他輕聲說著話，巧笑嫣然，絕美無倫的少女，宛如月光一樣，吸引了大多數男人的目光。這少女，應該是雉大家吧？

緊接著，眾人發現，就在兩人後面不到五十公尺處，也有一個騎馬的俊美少年，以及一個坐在馬車上的絕美少女。

那個俊美少年，與楚弱王的俊朗威嚴完全不同，他明淨如玉，皎然如月，一襲白色錦衣，戴著賢士高冠。無論有多少人出現在他身邊，他都是最亮眼的，彷彿是那山峰上的雪，皎然，飄渺，遙遠，令人仰望。

這應該就是年少成名的叔子了。

在一眾少女的驚嘆聲中，眾人終於看向伴在叔子旁的馬車中，那嬌豔的、向叔子頻頻注目、掩嘴輕笑的燕玉兒。

看著這四人，所有人都呆了、癡了。

雉大家的豔，燕玉兒的嬌，楚弱王的威，叔子的冷，宛如四道太陽光，重重地衝擊著眾人的心臟。

一時之間，大家都眼花撩亂了。

孫樂也看呆了去。她從來沒有想到，弱兒與五公子同時出現時，會這麼耀眼！她第一次看到這麼華美的場面，一時之間直覺得腦子都有點糊了。

這四人都帶有大量的車隊，也不知他們是從哪裡便遇上了，此時，他們的車隊混成了一團，根本分不清。

不過，也沒有人注意他們的車隊，所有的目光都癡了傻了，眼前的兩男兩女那讓人眩目的風華和外表，實在太有震撼性。本來，這樣的人出現一個便足以滿城空巷，可現在是四個齊出。

不知不覺中，本來喧囂不已的街道中突然變得安靜下來。

也不知是不是受人群的影響，那些敲鑼打鼓的紅衣衛隊也都停止了手中的動作，一個個傻乎乎地、目不轉睛地看著他們。

弱王走在車隊前面，首先迎上了眾人的注目。以他的身分，這樣的注目並不能吸引他，可是，當他發現這些目光中，大多數是癡迷而非敬仰時，他的濃眉開始皺了起來。

他皺著濃眉，有點不耐煩地掃視過眾人，那俊朗的臉上隱隱露出一股戾氣。

這股戾氣雉大家十分熟悉，這半年來，弱王時常流露。特別是他安排在咸陽的人遍尋未果的消息傳來時，那戾氣更是濃得彷彿要讓千萬人血流成河才能洗淨。

這樣的弱王，雉大家有點害怕，她顫抖了一下，輕叫道：「大王……」她的聲音優美而溫柔，聽得周邊的人都是骨頭一酥。

雉大家享受地掃了一眼更形癡迷的圍觀者，改口叫道：「楚王。」她剛叫到這裡，還沒有來得及說話，忽然間，正在東張西望的楚弱王目光一頓，身軀一凜！

他看到什麼了？

雉大家大是好奇，她剛順著弱王的眼睛看去，卻聽得人群傳來一陣驚呼，只見楚弱王縱身從馬背上跳下，大步向前走去。

弱王的動作，也驚動了五公子和燕玉兒。

五公子抬頭順著弱王行進的方向一看，頓時也傻了眼。

瞬間，五公子雙眼大亮，一掃清冷，俊美的臉上露出一抹狂喜，緊接著，他雙腳連踢，想策馬衝向前面。

可是，馬才衝到一半，五公子狂喜的表情便迅速地一沈，整個人呆若木雞地立在當地，清冷的臉上一片灰白和詫異，還有憤怒。

不過，這時很少有人注意到五公子的表情了，因為，大家的視線都集中在楚弱王的身上。

在眾人的注目和詫異中，楚弱王疾步如風地衝向前面，他一直衝到一家客棧的臺階處。然後，在所有人的驚愕中，他雙臂一張，仰天哈哈一笑，朗聲叫道：「蒼天有眼！」

又是笑又是大叫中，他雙臂一張，如一陣狂風一樣，緊緊地把一個少女摟到了自己的懷抱中。

「啊——」

眾人齊刷刷的驚呼中，楚弱王雙臂一振，脫下了自己的青色外袍。他用外袍把那少女嚴嚴實實地包起，再把她一抱，哈哈大笑地向前奔去，竟是馬也不要了！

狂奔中，楚弱王頭一低，把嘴湊到被他包成了麻布袋的少女的耳邊，低低地、歡喜地、得意地說道——

「姊姊，弱兒知道妳不喜歡被人注目，所以把妳包起來了，妳說弱兒聰不聰明？」

——未完，待續，請看文創風063《無鹽妖嬈》4

文創風
061

無鹽妖嬈 3

國家圖書館出版品預行編目資料

無鹽妖嬈 / 玉嬴著. --
初版. -- 臺北市 : 狗屋, 民102.01-
冊 ; 公分. --（文創風）
ISBN 978-986-240-997-8（第3冊：平裝）. --

857.7 101026035

著作者 玉嬴
編輯 黃淑珍
校對 黃薇霓 蘇虹菱
發行所 狗屋出版社有限公司
地址 台北市104中山區龍江路71巷15號1樓
電話 02-2776-5889～0
發行字號 局版台業字845號
法律顧問 蕭雄淋律師
總經銷 知遠文化事業有限公司
電話 02-2664-8800
初版 102年1月
國際書碼 ISBN-13 978-986-240-997-8

原著書名：《无盐妖娆》由起点中文網(www.cmfu.com)授權出版

定價230元
狗屋劃撥帳號：19001626
網址：love.doghouse.com.tw E-mail：love@doghouse.com.tw